MICHEL PEYRAMAURE

Michel Peyramaure est né à Brive, en Corrèze, en 1922. Au sortir du collège, il travaille dans l'imprimerie de presse de son père avant de devenir journaliste et de se consacrer à la littérature. Son premier roman, *Paradis entre quatre murs*, publié par Robert Laffont en 1954, est encore en librairie. Quatre-vingts autres suivront, pour la plupart des romans historiques. Nombre d'entre eux ont fait l'objet de traductions. On peut y distinguer notamment une trilogie sur l'Ancien Régime, une autre consacrée aux bandits célèbres – *Cartouche*, *Mandrin* et *Vidocq* – et un nouveau cycle qui évoquera les grandes dames de la Révolution – dont le premier volet, *La Reine de Paris : le roman de madame Tallien*, a paru en 2008 chez Robert Laffont. Son dernier roman, *La confession impériale*, a paru chez le même éditeur en 2010.
Il a obtenu en 1979 le Grand Prix de la Société des gens de lettres et le prix Alexandre Dumas pour l'ensemble de son œuvre.

LA VALLÉE ENDORMIE

DU MÊME AUTEUR
CHEZ POCKET

L'orange de Noël
Les fêtes galantes
Le bal des célibataires
Le Parc-aux-Cerfs
Les prisonniers de Cabrera
La vallée endormie

Les trois bandits

Cartouche
Mandrin
Vidocq

MICHEL PEYRAMAURE

LA VALLÉE ENDORMIE

ROBERT LAFFONT

Le papier de cet ouvrage est composé de fibres naturelles, renouvelables, recyclables et fabriquées à partir de bois provenant de forêts plantées et cultivées durablement pour la fabrication du papier.

ISBN : 978-2-266-18328-4

LIVRE I

1

La croisière de Pâques

Spontour : dimanche de Pâques 1936

Durant toute la nuit l'événement attendu a suscité des visions et fait chanter dans ma tête des mots et des phrases. Des visions romanesques sur des mots de tous les jours : la galère de Cléopâtre voguant sur les eaux du Delta, les nefs d'Ulysse et de Pythéas errant au-delà des colonnes d'Hercule, la proue monstrueuse des drakkars déchirant les brumes de Thulé... Autour de ces images en Technicolor, les mots grisâtres du quotidien, le verbe rustique, papillonnaient à mes oreilles : « Tiens bon la gouverne ! Appuie sur la pelle ! Écope, nom de Dieu ! »

J'aurais eu du mal à situer ces personnages de l'histoire et de la fable dans notre vallée, entre ces pentes abruptes où ne se dressent ni temple ni mausolée, à voir dans notre gabare endormie, le nez dans la grave, une galère alexandrine, à respirer, dans les remugles de vase et de poisson, les senteurs opiacées de l'Orient.

On ne commande pas à ses rêves comme, du haut de la dunette arrière, un capitaine en tunique et jupette à l'antique. Les rêves ? Ils font ce qui leur chante ; il faut les prendre comme ils viennent, ne pas confondre la fin d'un rêve avec celle du monde.

C'est dimanche, un dimanche de Pâques. Je vais avoir douze ans. La vieille marmite qui sert de cloche à notre église rurale vient, en traversant le tissu des rumeurs insolites qui bourdonnent dans le village, de sonner neuf heures.

L'événement qui se prépare n'a rien pour me surprendre. Il a mûri durant des jours dans ma tête, autour de moi, dans une ambiance de parousie chaque jour plus obsédante, dans les premières chaleurs des vacances des Pâques.

Qu'est-ce qui me retient encore au lit, alors que, d'ordinaire, j'ai déjà le cul sur le banc du *gabarot** [1], les pieds dans l'eau, la tête sous mon chapeau de paille, ma gaule à la main ou prêt à lancer l'épervier dans les eaux lumineuses du printemps ? J'attends, les yeux mi-clos. J'attends que l'événement vienne à moi, qu'il dissipe les dernières brumes autour des galères, nefs et drakkars. J'attends, le cœur serré, la voix qui me donnera l'ordre attendu :

— Émile, lève-toi ! C'est l'heure.

Ce matin on semble m'avoir oublié. L'événement... faudra-t-il que je me lève de mon propre chef, que je le bouscule, que je fasse de cette rencontre une décision personnelle ?

D'ordinaire, c'est ma mère qui me sort du lit et, quand je tarde, l'hiver surtout, mon vieux me secoue les puces. Ce matin, c'est Gaby qui est entrée dans ma chambre, à pas de nuit. Elle a ouvert la fenêtre, a poussé les volets et s'est penchée vers moi.

— Émile, elle a dit, faut te lever. Tu sais l'heure

1. Les termes en italique suivis d'un astérisque lors de leur premier emploi sont répertoriés dans un petit lexique régional, en fin de volume.

qu'il est ? Le temps que tu te prépares tu risques de manquer la gabare.

J'ai dit :

— Et ma mère ? Où elle est, ma mère ?

— Dans la cuisine. Elle tourne une omelette pour trois Canadiens. Elle m'a demandé de te réveiller, grosse *lure* * !

Des Canadiens... Sous mes paupières, un canot fend le miroir d'un lac, en pays mohawk. Des flèches plongent dans l'eau à travers une neige lourde.

— Et mon père ? Qu'est-ce qu'il fait, mon père ?

— À la gabare, avec ton Pépé. M. Soudeille vient d'arriver. Il est avec le maire et le curé. Y a du monde dehors, comme pour la *vote* *.

Elle me tend ses mains, comme si j'étais encore cloué au lit avec ma dernière grippe. Elles ont une fraîcheur de rosée et me donnent envie de les embrasser. J'aurais eu du mal à la reconnaître, dans sa robe de messe, une rose sauvage dans ses cheveux blonds qui, avec la lumière du matin, lui font une auréole, sa croix en or qui se balance sur la dentelle de la collerette.

— La gabare... elle part à quelle heure ?

— Tu le sais bien ! À dix heures. Tu as juste le temps de te préparer. Elle t'attendra pas, tu sais.

Une heure, pour ce qui me reste à faire avant d'être prêt pour la croisière, c'est plus qu'il n'en faut : une toilette de chat au puits, le déjeuner, mon costume des dimanches, et hop ! attendre la bénédiction du curé avant le grand départ.

Gaby, elle, a dû s'éveiller avec le coq, tourner, virer dans l'auberge de ses parents, observer de la terrasse l'arrivée des canoës, des cyclistes, des voitures automobiles, des autobus de Mauriac et de Lapleau, des gens de la ville venus se mêler à ceux de Spontour, de ces Canadiens venus spécialement d'outre-mer pour assister à l'événement... Elle est curieuse et d'une patience angélique : elle peut rester des heures, les fesses collées à la murette de la terrasse, à observer, à *bader** en suçotant un bâtonnet de *bois-doux*, notre « chuingome » d'alors. Moi, le « petit sauvage », comme dit ma mère, plus pragmatique, je n'observe que ce qui peut m'être utile : des détails, notamment, relevant de la pêche, ma passion.

Ces Canadiens ? Ils ne sont pas en *vrai*. Ils ont dû laisser dans leur embarcation leurs vêtements de cuir, leur fusil à dentelles de couleur, leur bonnet de fourrure et leur long couteau. Dépourvus de leurs attributs à la Fenimore Cooper, ils ressemblent à des vacanciers ordinaires. Ils parlent haut, avec un drôle d'accent, du « Saint-Laurin » qui ressemble si peu à notre Dordogne, avalant leur omelette avec des grommellements d'ours et notre vin en lampées généreuses. Me voilà orphelin d'une légende. Une de plus...

Et les autres visiteurs, ceux qui sont venus de loin, même de Paris, où sont-ils ?

— À l'auberge, me dit Gaby. Ma mère n'a pas pu les recevoir tous. Alors ils sont allés chez les voisins...

On n'a jamais vu autant de monde à Spontour, même pour les fêtes nautiques organisées en été, sur la rivière, par notre instituteur, M. Soudeille. Tout est sens dessus dessous, et ça ne me plaît guère. Une journée de pêche de foutue !

J'ai gardé de cette enfance villageoise, depuis toujours, une idée particulière, celle d'une ambiance que résument deux mots : solitude et silence. De ces mamelles nourricières, j'ai gardé toute ma vie le goût d'un lait âpre et tonique. J'ai toujours fui, comme autant de vaines agitations, les fêtes votives et les processions, pour ne chercher qu'un accord entre la nature et mes sentiments. Je comptais déjà rester, jusqu'à la fin de mes jours, dans ce cadre conforme à mes goûts, sans curiosité comme sans ambition. J'ai appris à aligner mes pas et ma démarche sur ceux de ma famille : vivre de la forêt et de la rivière. C'était plus qu'une habitude : une passion chevillée au corps et à l'âme.

J'ai avalé mon café au lait, raflé sur la table couverte de miettes un *croustet** de pain qui portait des marques de dents canadiennes, du gras de jambon, pour, toilette faite, rejoindre ma copine. Ma mère a arrêté mon élan.

— Tu vas pas partir dans cette tenue, *peilharot** ! Tu vas mettre ton costume des dimanches. C'est malheureux : faut tout te dire...

Mon lit est déjà fait, mes vêtements dessus, bien repassés, avec le *crabatou** et un mouchoir propre. Je m'habille « en dimanche » et je rejoins Gaby.

Prête au départ, la grande gabare étale ses flancs lourds de Léviathan le long de la grave, entre les madriers du chantier et les entassements de *merrain** et de *carassonne** : des éléments de futaille à destination du Bordelais, qui sentent le bois frais coupé. On a suspendu le long des bordages des guirlandes de lierre et de buis mêlées à quelques fleurs de saison et à un drapeau tricolore. Il faut en convenir : cette grosse barquasse a belle allure. Il ne lui manque que les galériens, César et la reine Cléopâtre sur son trône.

— J'ai aidé à la décorer, me dit fièrement Gaby. On y a passé des heures, hier au soir. Tu aurais dû venir.

Hier, à la nuit, j'avais des cordes à poser. C'était autrement important...

Cette gabare est sans commune mesure avec les primitifs *courajoux** de vingt mètres de long qui, naguère, servaient à transporter au pays des vignobles les produits de nos forêts et de nos mines. Ces embarcations ne remontaient pas la rivière : on les débitait sur place, comme bois de chauffage, pour remonter à pied par les chemins de rive, vers la haute vallée. On appelait ces sortes de radeaux d'un autre nom : des *argentats**, alors que les chantiers de construction se situaient en amont du port de ce nom, qui abrite davantage de boutiquiers et d'aubergistes que de bateliers.

En descendant, ma main dans celle de ma compagne, vers le *peyrat**, je songeais à ces galères encombrant les rivages de Phénicie et de Carthage, dont nous avait parlé, avec une éloquence poétique, M. Soudeille. Notre modeste gabare ajoutait à cette image une notion de défi. Elle était belle ; il lui restait à être courageuse.

Un groupe de journalistes, de photographes et de curieux entourent M. Soudeille et le père Clary, un vieux de la vieille qui connaît la Dordogne mieux que sa propre famille. Des bribes de propos qui me parviennent ne m'apprennent rien. Toutes les précautions ont été prises pour que cette descente de la Dordogne en gabare, la première du genre en matière de tourisme fluvial, se déroule sans incident. Le barrage de Marèges a lâché suffisamment d'eau pour que la Dordogne soit, comme on dit, « de *voyage** » : qu'elle ait l'étiage suffisant. Il y aura, certes, dit M. Soudeille, des passages un peu délicats, mais on les franchira sans anicroches...

L'optimisme est parfois l'arme des faibles, mais

M. Soudeille ne l'est pas : la rivière ne lui fait pas peur et il la connaît, lui aussi, mieux que personne. Il la caresse du regard le jour et, la nuit, il lui fait l'amour.

Un détail m'inquiète pourtant : cette nave peut transporter quarante à cinquante personnes ; M. Soudeille en a annoncé soixante ! Des récits de naufrages passent en rafale dans ma tête : la Dordogne est une garce, une grande dévoreuse de bateliers.

Au cours des veillées sur les chantiers forestiers on évoque à voix basse l'obituaire des victimes. Aucun monument funéraire n'évoque leur mémoire, comme pour celles de la Grande Guerre, mais leurs noms n'ont pas été oubliés, ni les endroits où leur gabare est allée se fracasser, où ils ont disparu dans les tourbillons. Leurs noms font froid dans le dos : la Despolhas, le val d'Enfer, le Malpas...

J'aime et je vénère M. Soudeille, mais ce bon maître d'école a un défaut : il brasse trop d'idées, parfois étranges, souvent dangereuses. Sa croisière touristique est de la deuxième catégorie. Cette spéculation hasardeuse : faire descendre la Dordogne à des journalistes et à des touristes a pris des proportions insolites. Cet adieu apporté au trafic fluvial aurait dû ne concerner que des gens du métier, des vétérans comme le père Clary. Ce qui aurait pris l'allure d'une épopée était devenu, par sa volonté, une opération touristique ! En y songeant, j'en ai encore des sueurs froides.

Avec quelques années de plus et du poil au menton, j'aurais fendu le groupe qui entourait l'orateur, pour dire ma façon de penser : on allait vers la catastrophe ; trop lourdement chargée, la gabare deviendrait vite incontrôlable. Cette journée risquait de passer, dans les quotidiens, de la rubrique touristique à celle des faits divers, avec, peut-être, des dizaines de cadavres partis au fil du courant.

Il était trop tard et l'on aurait pris mes réserves pour de l'infantilisme. Comme dit Fellini : *E la nave va*...

Un groupe de dames jacassantes s'est approché. Dans leurs propos l'admiration se mêle à l'inquiétude. Elles avancent d'un pas vers la gabare, reculent de deux.

— C'est ça, leur navire de croisière ?

— Ma chère, ce n'est pas le *Normandie*, mais nous allons vivre une belle aventure. Cette gabare est rassurante. Vous avez vu ses dimensions ?

— Ni plus ni moins qu'une grosse barque. Où sont les bouées de sauvetage ?

— Et moi qui ne sais pas nager...

— Elle a fière allure. Décorée comme une gondole de mariage...

— Sauf qu'à Venise il n'y a pas de rapides !

Par le pont reliant Auvergne et Limousin affluent encore voitures et cyclistes. Un autobus lourdement chargé parvient à se loger sous l'église, le long de l'artère qui traverse le village. Il en descend des gens de Mauriac, endimanchés et bruyants, qui prennent le sentier menant au *peyrat*. Le soleil vient de cligner de l'œil au-dessus de la colline et de la rangée de peupliers bordant la rive. Encore plongée dans son sommeil noir, la rivière commence à brasiller. L'eau lâchée par Marèges amorce sa décrue. Il est dix heures passées ; si l'on tarde encore à embarquer, la hauteur d'eau, insuffisante, rendra la descente plus dangereuse encore.

Le père Clary laisse traîner sur la berge un regard

lourd d'inquiétude. J'entends M. Soudeille lancer avec son lyrisme de distribution des prix :

— Mesdames, messieurs, mes amis, en route pour l'aventure ! On dit que la Dordogne est la plus belle rivière de France. Vous allez en juger. Suivez-moi ! On embarque !

La plus belle, peut-être : l'une des plus dangereuses, sûrement.

Il va sans dire que je suis de cette partie de plaisir. Y renoncer eût été, malgré mes craintes, me discréditer à mes propres yeux. J'ai ma fierté. D'ailleurs, avec le Pépé, j'ai contribué pour une modeste part à la construction de ce rafiot. On m'a confié le soin d'aider à colmater joints et fissures avec de la mousse et de la glaise, à tailler des banquettes dans de vieilles planches... Le Pépé a souhaité que je l'accompagne : malgré mon âge je suis robuste et excellent nageur. En cas de naufrage, je pourrais être utile.

L'orphéon de Mauriac nous a délégué sa clique. Ce n'est pas sans tambours ni trompettes que nous passons à l'abordage, comme au temps des guerres impériales. Du haut du parvis de l'église, une voix – celle de mon père ? – entonne le *Chant des gabariers*, œuvre de l'Homère argentacois Eusèbe Bombal. Elle sonne en son patois comme une chanson de geste. M. Soudeille nous la fait chanter à l'école et en régale l'inspecteur lors de sa tournée pastorale.

Des costauds du village ont enlevé la passerelle et poussent à la gaffe l'esquif dans le courant. Pas d'incident au départ. L'eau porte bien. On embarque comme pour aller danser. Au moindre tangage répondent les vagissements des dames. Je dis à Gaby :

— Tu restes près de moi, devant les Canadiens. S'il arrive malheur, tu t'accroches à moi.

— Tu oublies que je sais nager.

— Oui, comme un fer à repasser.

Elle s'assied sagement, mains croisées entre ses cuisses, près d'une grosse dame de la ville qui grognonne sous son chapeau cloche comme un marcassin, son sac à main en croco plaqué sur son ventre. Les quatre Canadiens entonnent l'*Alouette*, des journalistes prennent des photos. Debout à la poupe, derrière le gouvernail, M. Soudeille, son visage rond coiffé du béret qu'il ne quitte jamais, ressemble à un marchand de parapluies plus qu'à un batelier. Au-dessus de lui, près de mon Pépé, le père Clary, veste étriquée et chapeau auvergnat, rappelle un marchand de porcs endimanché plus qu'un amiral.

Nous avons beaucoup de chance : il fait un temps superbe. La Dordogne ronronne comme une grosse chatte amoureuse, fait le gros dos, caresse les flancs de la gabare, affleure le sommet du bordage et crache quelques giclées d'eau sur les jupes des dames et les pantalons des messieurs, pour s'amuser. Je me dis qu'elle ne va pas tarder à sortir ses griffes et à montrer ses crocs.

Nous avons une vingtaine de kilomètres (environ huit milles en termes de marine, précise M. Soudeille), avant d'apercevoir Argentat, première étape précédant Beaulieu, terme de notre odyssée.

À peine avons-nous longé la sablière, en aval de Spontour, que des passagers commencent à manifester des signes d'agitation joyeuse. En dépit de la consigne répétée par M. Soudeille, ils se lèvent pour saluer des paysans et des pêcheurs ou prendre des photos. Aucune inquiétude pour le moment : le ballant de notre gabare est celui d'une gondole, du moins je l'imagine : ample, souple, majestueux, en raison de ses dimensions et de son poids. Elle glisse entre des pentes caressées par le soleil de Pâques, qui plongent abruptement dans la rivière. Ce calme sera de courte durée. Passé le cingle de Valette dominé par les murs austères de l'abbaye, on range un îlot de sable et de pierraille où se pavanent quelques saules rabougris malmenés par les crues.

C'est l'amorce des premières difficultés. Les hommes de la pelle se crispent sur le timon à l'approche du rapide de la Roche-de-Rat. La grosse chatte s'énerve, bouscule l'embarcation qui, avec un bruit de grosse caisse, pique de la proue dans le maigre en soulevant des gerbes d'eau glacée, au milieu des cris de frayeur.

— Ce n'est qu'un baptême ! lance M. Soudeille, hilare.

Ce qui n'arrange rien, des gens se lèvent, d'autres s'allongent entre les banquettes. La main de Gaby se crispe dans la mienne. Notre grosse voisine s'agrippe à son sac en croco comme à une bouée. On sort les imperméables, mais l'alerte n'a duré que quelques instants, et le vent de panique s'apaise comme la colère des eaux. Une vague d'un mètre de haut nous a aspergés des pieds à la tête. Gaby me regarde et me sourit. Muette depuis le départ. Figée. Grelottante, mais de froid.

La gabare aborde en douceur un dormant alors que, par une rude tranchée de la rive droite, une rivière, la Luzège, dégorge une eau généreuse. C'est le moment que choisit M. Soudeille pour nous faire un petit cours d'histoire : c'est à l'abbaye cistercienne de Valette que le maréchal Ney a trouvé refuge à la fin de l'Empire, avant le peloton d'exécution. Fermez le ban !

Passé l'île Basse où je vais parfois, en compagnie du Pépé, lancer la maille, on fait une première tire à l'aviron. Une compagnie de choucas tient concile sur un chêne à demi ployé au-dessus du courant. Dans le ciel d'une pureté de source, sous de petits nuages de corail éblouissant, lisérés de rose, planent des rapaces.

Je grelotte dans ma veste des dimanches. Gaby se serre contre moi pour chercher un peu de chaleur. Notre voisine essuie son sac avec son mouchoir et s'éponge le visage avec de petits cris de rat.

Dressée comme un décor de tragédie antique, la belle forêt de Frétigne, face au Bel-de-Roffy qui nous distrait d'un rapide en miniature, n'est, dans cette matinée de printemps, qu'un bloc de nuit et de silence dominé à trois cents mètres, au-dessus d'un cingle en épingle à cheveux, par la pyramide qu'on appelle le Roc-de-la-Buse.

La vallée se resserre dangereusement. C'est le moment que choisit mon père pour reprendre son *Chant des gabariers*, qu'il n'avait fait qu'entamer à Spontour. Il sonne comme un clairon, éveille des échos sur les pentes, prend une dimension épique. Roland à Roncevaux... M. Soudeille doit partager son émotion, car il reprend le refrain avec des graviers dans la voix et, sur les joues, des larmes mêlées peut-être à l'eau de la rivière.

Le chant se casse alors que la gabare se cambre, file à vive allure vers l'embouchure de la Sombre et un *malpas** de mauvaise réputation : l'éperon des Charbonniers. Ils vont s'y mettre à cinq pour tenir la gouverne, mon père y compris : visage grave, muscles crispés comme la cordelle de chanvre des remontées, l'œil rivé à la base de la roche de granit gigantesque, lisse, comme taillée par l'homme, qui s'approche de nous à une allure vertigineuse.

Cette fois-ci, la grosse chatte devient tigresse et feule lourdement sur nos flancs. La gabare vient de plonger dans une sorte de nuit verte, entre des pentes escarpées, quasiment verticales, où semblent tonner des échos wagnériens. Autour de nous, on commence à s'agiter sérieusement, au risque de déséquilibrer l'embarcation. M. Soudeille reprend sa voix de maître d'école pour lancer :

— Restez assis à vos places et ne bougez pas ! Ça va secouer un peu, mais vous ne risquez rien.

Il tente d'entonner le troisième couplet, mais les sons s'entravent dans sa gorge. Ça secoue en effet, et rudement. Il semble que la grosse chatte soit passée sous la gabare et s'amuse à la faire tanguer et à l'envoyer drosser à une falaise. On a écouté M. Soudeille. Personne ne bronche. Face au danger, on respecte l'union sacrée de la terreur. On s'agrippe au bastingage, on s'accroche à son voisin, on fait bloc. Même les Canadiens se sont tus et se contentent de s'enfiler des lampées de whisky à la fiasque. L'espace d'un éclair, le regard de mon père croise le mien et nous échangeons un sourire en forme de grimace. Il n'en mène pas large, et moi non plus. Gaby m'a ceinturé la poitrine avec ses bras et murmure « maman » avec sa voix du catéchisme.

Le piton vient à nous, droit devant. Un iceberg de granit sur lequel nous cinglons, balayés par des gifles d'eau qui font crier quelques femmes et jurer les hommes. Sous la tension de la gouverne, la gabare geint, craque de partout, rebondit sur des muscles d'eau noire.

Soudain, après une dernière embardée et une manœuvre qui lui imprime un ample mouvement, elle fonce sans un soubresaut dans le dormant du

Chambon-de-Laygue. Le village de Bassignac, perché sur la rive gauche, apparaît comme une bénédiction. Des fourmis nous saluent en agitant des mouchoirs, des vaches en balançant leurs queues, des chiens en aboyant. Un petit vacher, sa *guillade** sur l'épaule, son chapeau sur les yeux, jambes nues dans le courant, regarde cette embarcation fleurie sortant de la légende.

Entre ces espaces de pacages cernés par la forêt, la Dordogne est calme comme un fjord. Une écharpe de soleil détachée des sommets flotte sur l'étendue sombre. Je sens sur ma peau la chaleur et comme le contact d'une chevelure, avec des odeurs d'étable et de pommiers en fleur. La grosse chatte ronronne, se couche sur le dos et se laisse gratter le ventre, comme pour dire qu'on s'est bien amusé.

— Cramponnez-vous ! lance M. Soudeille. Encore un passage difficile...

Des noms chargés de légende défilent dans ma tête : Combenègre... le Trou du Loup... la Gratache du Diable... Un vers de Hugo me trotte dans la mémoire : « Ô combien de marins, combien de capitaines... » Nous sommes partis trop tard ; l'eau a amorcé sa décrue et nous risquons de talonner. Déjà la gabare fait entendre sa sourde musique de catastrophe ; elle heurte un fond rocheux, racle un banc de galets, va donner de la proue sur un récif, s'y accroche, effectue un mouvement tournant, décroche... Panique à bord. J'entends la voix grêle du père Clary : « Restez assis, nom de Dieu ! » Les cinq hommes de barre pèsent sur la pelle, parviennent, après des efforts qui leur arrachent des « ahan », à faire reprendre à l'embarcation le fil du courant, après quelques bonds et de belles éclaboussures d'eau lumineuse. Nous nous ébrouons comme des chiens mouillés. La voisine gît entre deux banquettes, dans une flaque de vomi, évanouie. Un Canadien se précipite pour la ranimer.

Ce *rajol** loin derrière nous dans sa dentelle d'écume, voici que s'annonce le plus dangereux de tous les *malpas* du haut pays : celui de la Despolhas (de la Dépouille en français, pour dire qu'avant de l'affronter il est prudent de poser la veste pour mieux nager et de faire sa prière).

L'instant a la solennité d'un rite funèbre, accusée par la disparition du soleil derrière un gros nuage et l'ombre recouvrant les pentes qui se referment sur le fleuve comme un défilé.

Il faut louvoyer entre des blocs affleurants recouverts d'une mousse blanc et vert avec, droit devant, une muraille pharaonique, noire comme un cul de marmite. Mon cœur se crispe. Je sens la main de Gaby chercher à s'accrocher à ma veste, près de la grosse voisine qui, ballottée lourdement, livide, semble somnoler.

Le bordage, à tribord, racle un rocher. Violemment déportée, la gabare embarque une grande giclée, roule, pique du nez dans des remous, fonce sur une falaise, l'évite de justesse, et soudain, comme par miracle, se trouve propulsée dans une *meilhe** paisible comme un canal, où elle joue les gondoles.

Sur les crêtes de la Xaintrie-Blanche (la Terre des Saints), le soleil revenu étale son linge en longues risées argentées. Des villages, des hameaux, des moulins nous adressent leur salut. Le passeur du port Saint-Jean-de-la-Bontat agite son bonnet et nous lance un appel emporté par le vent de la course. Détente à bord. La voisine se reprend à vivre ; les Canadiens vident leur fiasque ; M. Soudeille, radieux, avale l'air comme une carpe.

Sur le port des Donnadious, il y a foule. C'est là que, jadis, venaient s'échouer les bois de flottage des forêts de Bort-les-Orgues. M. Soudeille lance des noms de syndicat d'initiative : le Mirandel, Roc-de-Coulau, Roc-d'Engimont, Eylac, Lavastrou, avec de grands gestes pour embrasser le paysage.

C'est alors qu'une dame se dresse dans sa robe humide où se dessine sa culotte et entonne une chanson de troubadour :

Rossignolet des bois
Rossignolet sauvage
Apprends-moi ton langage
Comme il faut aimer...

Et d'autres voix reprennent, celle de mon père plus haute que les autres :

Il faut être sincère
Et beaucoup travailler...

Au Saut-du-Diable, autre chanson. Plus question de faire les artistes. L'endroit est tristement célèbre par son gour profond où la rivière se jette en tourbillons. La gabare y plonge à pleine proue, une vague haute d'un mètre balaie les premières rangées de passagers qui glapissent. Comme la grosse chatte, le Diable qui a là son domicile s'amuse, et parfois cela tourne au tragique. Nous avons échappé au maelström. Soulagement général...

Au débouché de la rivière de Crèvessac, le pont suspendu d'Eylac fait le grand écart sur le fleuve apaisé. Le village nous sourit au milieu de ses bouquets d'arbres en fleurs, largement déployé entre son *peyrat*, ses auberges et son église. On fait escale pour un pique-nique à même la berge. Il est une heure passée et nous avons quitté Spontour depuis trois heures ! C'est l'avantage des émotions : le temps passe vite.

— Suis-moi ! dit mon père.

La fatigue lui fait le dos rond et la démarche mesurée. Il nous mène, Gaby et moi, jusque sous un gros chêne qui commence à mettre ses feuilles, jette sa musette à terre, nous fait asseoir près de lui, sur une grume et dit à Gaby :

— Toi, ouvre. Il est temps de casser la croûte.

Gaby tire de la musette un pain rond, du jambon, du fromage de Mauriac et des pommes encore lisses. Mon père sort une pièce de sa *biasse**, me la tend en me disant :

— Toi, va chercher une chopine à l'auberge. Oublie pas de réclamer la monnaie.

On n'attend jamais de lui que le nécessaire pour se faire comprendre. Il est économe de ses mots jusque dans ses colères. Pour ses petits bonheurs, je ne sais : il ne manifeste rien. Peut-être est-il aussi économe de ses sentiments. C'est ce que je crois, d'autant que, pour ce qui est de parler, je lui ressemble un peu. En revanche, il aime chanter ; il doit dire par la chanson ce qu'il n'ose pas exprimer. Ma mère, elle, parle pour deux, et même pour trois. Ça fait un équilibre dans le ménage.

Sur la petite place, on se dégourdit les jambes au son d'un accordéon. Le maire fait interrompre la musique et, son écharpe en sautoir, y va de son laïus, pour faire honneur aux héroïques passagers. Tous applaudissent. Mon père, non. Ils ne sont pas du même bord, question politique. Et la politique, chez nous, ça compte autant que le manger et le boire.

Il nous tend la chopine que nous vidons, une gorgée chacun, et que je ramène à l'auberge à cause de la consigne. Quand je reviens, il s'est endormi, les mains sous la nuque, son chapeau sur les yeux. Ce n'est pas lui qui ira se joindre à la bourrée. C'est pourtant un fameux danseur.

À l'heure dite, il se réveille pile et soupire :

— Faut y aller. Va encore y avoir de la bisbille.

C'est un mot qu'il emploie fréquemment pour dire qu'un coup dur est à prévoir.

Il semble que le ciel soit enfin avec nous.

La gabare musarde dans les dormants. Le paysage fait la sieste sous une couette nébuleuse, dans un air épais et tiède comme du pain frais. Villages et hameaux se succèdent. Nous passons sans le moindre soucis les jolis *rajols* du Roc-de-la-Louira (la loutre, en patois), et de Bèquefage. Elle flâne avec de petits balancements de hanches le long des *peissières** de Glény, dominées par une chapelle médiévale qui nous vaut un commentaire savant de M. Soudeille. Elle a des soubresauts de bonheur dans le Rajol-du-Pic et le val d'Enfer.

Autour de nous, abattus par les émotions et amollis par la bonne chère, la plupart des voyageurs somnolent. Les Canadiens sont les seuls à prendre des photos. Nous ne reverrons pas notre voisine : elle s'est arrêtée à Eylac et a renoncé à réembarquer. Un jeune homme coiffé d'un béret a pris sa place ; il griffonne dans un calepin calé sur ses genoux. C'est un instituteur, Léon Dautrement. Il va inonder la région de ses écrits sur l'histoire et la géographie. Ses cartes murales figureront dans toutes les écoles. Un savant.

À l'approche d'Argentat, la vallée prend ses aises. Le château du Gibanel se dresse à tribord, austère et carré comme un sarcophage, dans un cadre de forêt qui lui donne un air romantique.

— Les enfants, nous dit M. Dautrement, il va falloir vous accrocher. Nous allons affronter un autre *malpas*. Et, celui-ci, ce n'est pas de la « petite bière ».

J'ignore ce qu'il entend par sa « petite bière », mais, ce que je sais, c'est qu'on ne badine pas avec ce passage, difficile entre tous.

Dans le cingle dominé par le lourd promontoire d'Aumont, non loin du confluent à *peissières* du Doustre, la grosse chatte se réveille et grogne comme si on lui arrachait ses petits. L'eau n'a pas la hauteur convenable pour porter la gabare. Un grondement furieux précède l'agitation, au milieu des rochers qui affleurent de toutes parts. Le rapide nous entraîne dans une course débridée. Nous talonnons une fois, puis une autre. La gabare se maintient en suspens sur un bloc de granit en craquant de toutes ses membrures, tangue, décroche et reprend tête-bêche le fil du courant.

Nous avons échappé au naufrage mais par miracle. Après cette épreuve, que dire des rapides de Ribiège et des Estréchoux ? Rien. Des amusettes de fête votive, des tours de manège. Passé le Roc-de-Négraval, les lauzes d'Argentat scintillent dans le soleil, de part et d'autre du pont envahi par la foule qui nous salue à tour de bras. Drapeaux et mouchoirs flottent dans le vent. Les filles de l'institution religieuse entonnent un *Salve Regina*.

Le maire nous attend. Il tient son chapeau d'une main, le texte de son discours de l'autre. L'orphéon vient de couper la chique à la chorale et attaque le *Chant des gabariers*. Il ne manque à cette réception que la barbiche et le canotier d'Eusèbe Bombal, mais l'âme du barde corrézien frémit dans l'air du large.

Charles Lindbergh, neuf ans auparavant, n'a pas

dû recevoir au Bourget, à bord de son monoplan, le *Spirit of Saint Louis*, après sa traversée de l'Atlantique Nord, un accueil plus enthousiaste.

— Mes enfants, nous dit M. Dautrement, vous avez été très courageux. J'en parlerai à mon collègue, M. Soudeille. Il sera fier de vous.

Il sort de sa poche son calepin, nous le montre, pincé entre le pouce et l'index, flasque comme de la tripe et tout bleu d'une encre délayée. Il soupire :

— Qu'est-ce que je vais tirer de cette bouillie ? Heureusement que j'ai une bonne mémoire. Ça permettra de raconter cette équipée pour les générations futures...

2

Les hommes de la forêt

Gaby et moi avons passé avec succès notre certificat d'études. Elle surtout, qui a figuré dans les premières du canton. Nous avons reçu des livres à couverture cartonnée, rouge à lettres d'or : elle, les *Aventures du capitaine Hatteras au pôle Nord*, de Jules Verne ; moi, les *Contes de Noël* de Charles Dickens. Nous avons fait alterner durant tout l'été des séjours sur la banquise et dans les bas-fonds de Londres.

Une fois couchés, mes parents parlaient de moi comme si l'ombre était favorable aux spéculations concernant mon avenir, alors qu'il paraissait tout tracé. Le fait qu'ils ne se voyaient pas pouvait faciliter ces entretiens. Pour les écouter, je collais mon oreille à la cloison.

C'est ainsi que j'appris qu'ils avaient pour leur fils unique des ambitions louables mais divergentes. Mon père acceptait mal l'idée de me voir abandonner la famille pour aller chercher fortune ailleurs que dans la vallée, fût-ce comme facteur ou instituteur sur le plateau ; il m'avait déjà trop appris de son travail de forestier et de pêcheur pour renoncer à me voir lui succéder. Ma mère, en revanche, acceptait ce sacrifice pour ne pas laisser en jachère le précieux enseignement de M. Soudeille ; elle rêvait de me voir assis à son bureau. Le Pépé, lui, s'en foutait. Pourvu qu'il ait son vin, son tabac et table mise, le reste...

Passé le certif, ils en parlaient chaque nuit ou presque, sans hausser le ton, avec chaque fois des arguments intangibles, sempiternellement ressassés. Je trouvais cette controverse superflue : je n'avais pas suffisamment d'ambition pour espérer prendre la place du maître et ne demandais rien d'autre au destin que de succéder à mon père.

Incapables de se départager, ils décidèrent de faire appel à un arbitre, mais lequel ? Le maire ? Maman le jugeait impropre, de par son manque d'instruction, à ce jugement de Salomon qui demandait des vues pertinentes sur mon avenir. M. Soudeille ? Mon père le récusait, disant qu'il « prêcherait pour sa paroisse ».

Tout le temps des vacances, ils restèrent prisonniers de ce dilemme. Un soir de septembre, peu avant l'heure de la soupe, M. Soudeille vint nous faire visite, après avoir amarré sa barque à quelques pas de notre demeure, comme on fait aujourd'hui de sa voiture.

Il ne venait pas, je le devinai sans peine, parler de la pluie, du beau temps ou de la pêche. Il en revenait, d'ailleurs. Sa vareuse encore humide sentait le poisson frais et l'eau croupie. Il ôta son béret, le glissa, plié en deux, dans sa poche, signe qu'il souhaitait rester un petit moment. Ma mère capta ce signe implicite et y répondit par la question habituelle :

— Vous prendrez bien une petite goutte ?

— Ma foi..., répondit le maître. Après l'effort, le réconfort. Vous êtes bien aimable, Marie.

C'était chaque fois le même rituel et les mêmes propos. Un mot de trop ou de moins et on aurait subodoré je ne sais quoi de pas catholique. M. Soudeille avait la tête du paysan qui vient de faucher son pré par temps de canicule : un crâne blanc comme du fromage caillé et, autour, le rouge liséré du soleil et de la fatigue, avec le luisant de la sueur. Il allongea les jambes sous la table et soupira :

— Eh bien, mes amis, nous avons eu encore une belle journée.

— Oui, dit mon père, mais faudrait bien un peu de pluie pour le regain. Y en aura pas gras cette année.

Je pensai qu'il en disait beaucoup plus que d'ordinaire, où il parlait par « oui », par « non » ou par « peut-être ». J'en déduisis qu'il tenait, face à l'adversaire putatif, à se réserver une part d'autorité. M. Soudeille nous informa qu'il y avait eu un orage sur le plateau, du côté de Lapleau, et que, pour nous, « ça n'allait pas tarder ». Avec cette chaleur... Ma mère lui demanda comment s'était passée sa partie de pêche.

— Pas fameuse, ma pauvre Marie. De la blanchaille et une belle *assée** noire. Demain matin, j'irai tâter du brochet, du côté d'Aynes où il y en a de beaux. Je dois recevoir un collègue, alors, vous comprenez, je ne peux pas lui proposer un plat d'ablettes. Ça ne ferait pas sérieux...

Elle lui servit la liqueur de genièvre de sa fabrication. Le Pépé redressa la tête.

— Moi ! gémit-il. Faut pas m'oublier.

De la voix qu'elle prenait pour ramener les vaches, car il était à moitié sourd, ma mère s'écria :

— Ça vous est interdit, vous le savez. Ça vous empêcherait de dormir.

Elle ajouta en remplissant le verre de mon père :

— On vous a pas vu depuis une éternité.

— Vous exagérez, Marie, mais c'est vrai qu'il vaut mieux avoir une occasion.

Cette occasion, je le devinais, ne concernait ni le regain ni la pêche. Il y avait anguille sous roche, et cette anguille, c'était moi. Le cœur serré, j'entendis le maître déclarer en se frottant le crâne d'un geste énergique :

— J'aimerais vous parler du petit.

Tous les regards se braquèrent sur moi.

— Émile, dit mon père d'une voix sèche, file dehors ou dans ta chambre.

Je choisis ma chambre et collai mon oreille à l'endroit de la cloison de planches où un nœud avait sauté, pour ne rien perdre de l'entretien. J'entendis M. Soudeille dire à voix basse :

— Eh oui, mes amis, il est temps de prendre une décision au sujet de votre fils. Il a de bonnes notes, il est appliqué. Il serait dommage de...

Mon père l'interrompit d'une voix sèche :

— La décision, monsieur Soudeille, vous la connaissez : elle est prise depuis belle lurette.

— Dans ce cas..., soupira le maître, il ne me reste plus...

— Attendez ! s'écria ma mère. Ne partez pas encore. J'ai le droit de dire mon mot, il me semble.

— Dans cette maison, Marie, et jusqu'à nouvel ordre, les décisions, c'est moi qui les prends !

Il faisait sa petite crise d'autorité. Je me dis que ça allait ronfler. Je retins ma respiration. M. Soudeille dit d'une voix un peu contractée :

— Je ne puis vous le contester, Peyrissac. Cependant, si vous permettez...

Il appelait mon père par son nom de famille plutôt que par son prénom, Clément. Il faisait de même pour les autres.

— Il n'y a pas de « cependant » ! répliqua mon père. C'est comme ça et pas autrement.

— Grand impoli ! glapit ma mère. Laisse M. l'instituteur dire ce qu'il pense !

J'enregistrai un gros silence, puis la voix du maître, au mieux de sa sérénité naturelle :

— Merci, Marie. Ce que je vous en dis, Peyrissac, c'est pour le bien du petit. Sachez pourtant qu'il n'y a plus d'avenir dans cette vallée perdue. Dans quelques années, il faudra foutre le camp ou survivre en bouffant des patates. De toute manière, Émile devra changer de métier, si vous le gardez avec vous. Alors, qu'est-ce qu'il fera ? Mécanicien, garagiste, cantonnier, valet de ferme sur le plateau ? C'est alors que vous vous mordrez les doigts. Moi, je vous l'affirme : ce gosse est doué. Vous pouvez le pousser sans qu'il vous en coûte beaucoup de sacrifices.

— C'est bien ce que je pense, dit ma mère.

En apparence, mon père ne pensait rien. Je l'entendais gratter la pierre du foyer pour ranimer le feu sous la marmite à soupe, puis je perçus le claquement de ses sabots autour de la table, et enfin sa voix qui me mit du baume au cœur :

— Et moi, je dis que je le garde ! Il y aura toujours des chantiers dans la forêt et des poissons dans la rivière, malgré ce barrage qu'on veut construire en amont. On dit qu'il va noyer nos villages, mais ça je n'y crois pas.

— Il serait peut-être bon..., commença M. Soudeille.

— Quoi encore ?

— ... de demander à Émile ce qu'il en pense.

Après tout, c'est de son avenir qu'il s'agit. S'il le loupe, il n'en aura pas de rechange.

— Ouais..., dit mon père, on va lui en parler, mais je connais la réponse.

Ma mère vint me chercher dans ma chambre et, en deux mots, me révéla ce que je savais déjà. Pris entre ces regards braqués sur moi, je rougis et bredouillai :

— Je ferai ce que vous voudrez.

— Ce n'est pas la réponse que j'attendais de toi, dit le maître. Tu veux être instituteur ou forestier ? À question simple, réponse facile. Je t'écoute. Qu'est-ce que tu choisis ?

— De rester, dis-je.

Depuis le temps où, accroupi sur la grave du *peyrat*, je barbotais dans l'eau et chassais les alevins avec une baguette de noisetier, ce pays et sa rivière me collent à la peau. Être contraint de les quitter eût été me dépouiller, m'obliger à revêtir une nouvelle défroque, à me composer un visage et des attitudes artificielles, une fausse identité plaquée sur la vraie. Je ne pouvais consentir à ce sacrifice qui engageait mon existence même, renoncer aux sentiments, aussi puissants qu'une drogue, qui m'attachaient à ma famille et à ces lieux.

J'éprouve parfois l'impression que je n'aurais pu naître nulle part ailleurs, que je ne suis pas le fruit d'une graine poussée par le vent, mais que j'étais prédestiné à cette vallée comme elle était faite pour moi, et conditionné pour y vivre. La quitter eût été trahir, et on ne trahit pas ceux que l'on aime.

Gaby Croze n'avait pas éprouvé ces scrupules. Cependant, à son propos, je ne saurais parler de trahison, puisque son ambition, en choisissant la voie de l'enseignement, était de l'exercer, sinon à

Spontour, du moins dans un poste de la vallée. Au pis-aller, sur le plateau ou dans les proches montagnes du Cantal.

Nos demeures étaient voisines, séparées par deux masures et un espace de jardinets et de *coudercs* *. Nous étions très liés depuis notre naissance, à quelques mois d'intervalle. Amis ? C'est beaucoup dire. Cette notion relationnelle n'aurait pu s'appliquer que plus tard à nos rapports. La fratrie qui nous unissait ne faisait qu'effleurer les sentiments profonds de l'amitié ou de l'amour. Nous étions unis par une gémellité implicite, sans la moindre faille. La vie allait se charger de nous en susciter.

Nos camarades de classe nous tenaient un peu à l'écart, non par hostilité, mais parce que nous donnions l'impression, soudés que nous étions comme les Dioscures, de pouvoir vivre en autarcie. Nous étions, comme disait le bon M. Soudeille, un peu « sauvages », mais il ne s'en plaignait pas : il surveillait notre évolution comme l'alchimiste un athanor où s'élaboreraient des nectars de sentiment.

En dépit de son attachement à notre vallée, Gaby allait payer le prix de son choix. Sa place était retenue au collège de Tulle pour ses études secondaires. Je me consolais de cet abandon en me disant que l'autobus me la ramènerait de temps à autre, et qu'elle serait tout à moi pendant les vacances.

Une grande peur avait marqué notre enfance et nos rapports d'un sceau inviolable. C'était deux ans avant la croisière en gabare, à la fin de l'année scolaire.

Avec l'aide du Pépé qui, à cette époque, avait toute sa tête, je m'étais bricolé, avec quelques planches de sapin, un batelet de trois mètres de long, vaguement cousin des *gabarots* ou de ces petites barques qu'on appelle des *châtelets*. Il n'avait pas plus d'allure qu'une caisse à savon mais était presque aussi sûr qu'un *courajou*, et plus maniable en raison de ses modestes dimensions. Nous avions pris soin, puisqu'il était appelé à naviguer, de colmater ses joints. Nous avions lancé à plusieurs reprises ce rafiot à la rivière ; il s'y était comporté convenablement. Nous étions même un jour remontés jusqu'à Lamirande et en étions revenus satisfaits.

Un jour, je dis à Gaby :

— Je vais faire un tour jusqu'à la Bourgne. Tu me suis ?

— Faut que j'en parle à ma mère.

— Si tu lui en parles elle dira « non ».

— Alors, je te suis. C'est pas dangereux, au moins ?

— Tu parles ! Demande au Pépé...

Nous avons embarqué, tranquilles comme Baptiste, et moi fier de promener ma « fiancée ». Quand nous nous sommes trouvés au milieu du fleuve, je compris que ma petite Lorelei n'en menait pas large. Il faisait, je m'en souviens, un beau temps de septembre, un peu lourd, juste avant les regains, dont les repousses, après la pluie, étaient grasses. En amont, des étendards de brume pavoisaient les pentes du fjord.

Mes mains en porte-voix, je lançai, avec l'autorité du capitaine Hatteras :

— Terre en vue à tribord ! La Bourgne !

Nous avions mis une demi-heure pour remonter le courant sans trop forcer sur les pales. La Bourgne n'est pas l'île de Robinson, mais un îlot, dont on fait le tour en trois minutes, un amas de galets empanachés d'une maigre saulaie torturée par les crues, et qui ne dépassait la rivière que de quelques pieds. Ce qui la retenait de disparaître, c'était une sorte de menhir, reliquat d'un éboulis géant, fiché en son milieu et flanqué, en amont, d'un glacis d'arbres morts enchevêtrés au milieu duquel se dressaient les timons d'un char à bancs et des ossements de cheval, échoués au cours d'une grande crue.

Nous étions là depuis une heure et nous y serions restés plus longtemps, à nous promener, à lire et à manger les provisions dont je m'étais pourvu, quand Gaby manifesta le désir de repartir.

— Ma mère, si elle me voit pas revenir, elle va porter peine. Faut rentrer.

En nous glissant sous la saulaie, nous avons retrouvé la lande de sable et de gravier où nous avions laissé la barque. Stupeur ! Elle n'était plus là... Les soubresauts du courant, assez vif sur ce flanc de l'îlot, avaient dénoué la cordelle et libéré notre esquif. Gaby se pressa contre moi en gémissant :

— Comment on va faire pour repartir, Émile ? Comment on va faire ?

— Nager jusqu'à la rive droite, la plus proche, ou appeler à l'aide.

Nager ? L'eau était trop froide en cette saison avancée, et le courant trop rude. Appeler ? C'était aléatoire : nous étions en plein désert. Il existait bien un chemin de rive, sous le village haut perché de Durfort, mais plus personne ne s'y hasardait, sauf parfois, le dimanche, les pêcheurs de Lapleau. Aucune habitation en vue, pas plus sur la rive corrézienne que sur celle du Cantal ! Entre la Bourgne et Spontour, aucune trace de vie humaine, donc aucun secours à attendre. Dans l'espoir d'un miracle, nous avons appelé à tue-tête, durant près d'une heure, tantôt d'un bord, tantôt de l'autre. Et les heures passaient...

Lorsqu'une frange de lumière couleur d'abricot

colora les crêtes, du côté de Durfort, je me dis que nous ne nous tirerions de cette situation que par nous-mêmes.

J'imaginai d'extraire le tablier du char à bancs du fatras de branchages morts qui le recouvrait à moitié, pour nous en faire un radeau, comme je l'avais lu dans un livre, de Mark Twain ou de Léonce Bourliaguet. Les planches vermoulues des ridelles pourraient nous servir de pales.

Gaby m'aida, avec l'opiniâtreté du désespoir, à rompre les attaches qui liaient le tablier du timon aux essieux. Bien que pourrie et déglinguée, cette plate-forme pourrait, avec un peu de chance, supporter notre poids. Nous éprouvâmes sa résistance sur une petite *couasne** tranquille. En nous plaçant à plat ventre, nous allions nous tremper jusqu'aux os, mais c'était notre seule chance d'échapper à ce piège. Je constatai avec satisfaction que la force du courant, suite à une retenue du barrage de Marèges, s'était atténuée.

Et vogue la galère !

Nous avons, à force de pales et en gagnant le large, évité un remous sur la rive auvergnate et un rapide sur l'autre. Il nous fallut moins d'une demi-heure pour atteindre, à la nuit tombante, le premier *peyrat* de Spontour. Il y avait foule sur la berge : des gens avec des lanternes, déjà montés sur des barques, prêts au départ.

L'accueil qui nous fut réservé ne rappelait en rien celui qui allait nous attendre, deux ans plus tard, à Argentat, lors de la descente touristique. En fait de fanfare, c'est un concert de lamentations et de colère que subirent les naufragés.

Je sens encore la main rude de mon père sur ma nuque. Il me jeta simplement :

— Suis-moi. J'ai deux mots à te dire.

Ces deux mots, il les garda dans sa gorge, mais son silence était pesant : il précédait, j'en avais conscience, le châtiment, et mon vieux, à l'occasion, s'il parlait peu, pouvait avoir la main lourde. Je m'attendais au pire et ne bronchai pas lorsque, dans la remise, en dépit des protestations larmoyantes de ma mère, il m'ordonna de baisser mon pantalon. J'ai longtemps gardé sur mes fesses les traces de ses coups de ceinture et, en mémoire, une tenace humiliation, sans la moindre trace de rancune, car ce châtiment était bien mérité. Les dents serrées, je ne lui fis cadeau ni d'un gémissement ni d'une larme.

Informé de cette aventure, M. Soudeille me dit :

— Tu sais que tu passes pour un héros ? Tu es le premier à avoir descendu la Dordogne sur un char à bancs...

La décision que j'avais prise de rester dans ma famille ne m'avait coûté qu'un regret : celui de renoncer à la présence de Gaby, mais, quoi que je pense ou que je fasse, cette séparation était inéluctable.

Lorsqu'elle prit congé de nous, avec sa petite valise et les *Contes de Noël* de Dickens, le livre de prix que je lui offrais, je l'accompagnai jusqu'à l'autobus stationné à l'entrée du village, près du pont, sur la route de Lapleau. Si j'avais subi avec stoïcisme le châtiment paternel à la suite de notre odyssée, je sentais, en la regardant prendre place dans le véhicule, des larmes couler sur mes joues. C'était notre première séparation ; elle allait durer des années avec, de temps à autre, des retrouvailles de quelques jours. Lorsqu'elle eut disparu, je me trouvai soudain comme plongé dans un film, vivant au milieu de fantômes et incapable de communiquer avec eux.

Je m'efforçai de tromper ma peine, au cours de mon temps libre, en construisant un nouveau rafiot, avec davantage de soins que pour celui de la Bourgne. J'avais à peine passé douze ans, mais j'étais précoce, pour l'esprit comme pour le travail manuel, et j'avais tant fréquenté les chantiers de Spontour et des environs que j'aurais été capable, sans l'aide et les conseils du Pépé, de construire une gabare de douze mètres avec tous ses agrès. Le bois et l'eau étaient mes amis : une sorte de double élément naturel auquel j'étais confronté au quotidien. En cela au moins je ressemblais à mon père. Le forestage et la pêche : nos deux raisons de vivre et nos deux passions.

Clément Peyrissac possédait, sur les deux rives de la Dordogne, des hectares de forêt aux essences variées : bouleau, hêtre, charme, chêne, châtaignier et, sur les hauteurs, quelques arpents de conifères. Son domaine était le mien ; j'y étais comme un prince en ses jardins.

À cette époque, il n'y avait que de rares scieries mécaniques. La demande en bois destiné au chauffage ou au mobilier était intense. C'est dire que les scieurs de long avaient encore de beaux jours à vivre.

C'était une rude race d'hommes et leur travail était pénible. Parfois, ils m'interpellaient :

— À toi, petit ! Retrousse tes manches et crache dans tes mains !

J'avais du mal à soulever le mancheron de la scie alors que, pour eux, ce n'était qu'un jeu. Lorsque la fatigue interrompait leur tâche, ils entonnaient une chanson faite d'assonances. Sombre, barbare, elle semblait remonter du temps où les tribus arvernes et lémovices s'envoyaient des insultes et des flèches de part et d'autre de la rivière. Une chanson tissée de râles profonds, de gémissements, de rage sourde, dont le sens m'a toujours échappé :

Tien grou
Tien gra
Per moun arme
Lonla...

Lorsqu'ils désignaient leur chef d'équipe pour une campagne d'hiver et que j'accompagnais mon père, ils me lançaient leurs plaisanteries en me tendant une lourde hache d'équarrissage :

— Tiens ! Voilà du renfort, les gars. Émile, il nous fallait un chef d'équipe. On t'a choisi.

Ils m'aimaient bien, comme ils aimaient et respectaient mon père, bon patron qu'il était. Nous étions des leurs. Nous n'arrivions jamais sur un chantier forestier sans apporter le casse-croûte et quelques bouteilles de vin, car ils éclusaient sec. Déroger à cette coutume eût été considéré comme une marque de mépris. Nous buvions avec eux le vin âpre et généreux de Saint-Chamant ou de Nonard, villages de vignerons proches d'Argentat et de Beaulieu. Pour moi un demi-verre, guère plus, ou alors avec de l'eau. Une manière de communion profane.

Je restais des heures à les voir travailler.

L'arbre abattu, les équarrisseurs menaient la danse avec leur hache à large lame de bourreau, qui jetait des éclairs dans le soleil. Un jour, un vieux de la vieille me dit en son patois, en s'asseyant près de moi sur une grume, dans l'odeur du bois frais mêlée à celle de sa sueur :

— Tu sais, petiot, ça me fait peine chaque fois qu'il faut abattre un de ces beaux arbres, mais faut bien. Tu comprends, toi qui vas à l'école ? Celui-ci, tiens, ce vieux châtaignier qu'on vient d'abattre. Quel âge, à ton avis ? Cent ans, peut-être plus ? Tu as entendu comme il a crié en tombant ? On aurait dit qu'il était à l'agonie. Et tu as vu ces geais, ces pies, ces mésanges qui protestaient parce qu'on leur enlevait leur nid ? Il y en a, quelquefois, qui nous attaquent. Tiens, regarde cette petite cicatrice, là, sur mon cou. C'est une agasse, une pie, qui m'a fait le coup. Ces bestioles se défendent. Normal. Si on te chassait de chez toi et qu'on détruise ta maison, qu'est-ce que tu ferais ?

Ma maison est encore debout, Dieu merci, mais combien d'autres ont sombré dans les eaux du barrage ?

Un poème de Ronsard, appris à l'école, me revient à la mémoire : « Écoute, bûcheron, arrête un peu le bras... »

— Celui-là d'arbre, poursuivit le vétéran, nous a donné du fil à retordre. On aurait dit qu'il refusait de tomber. D'abord, quand on a voulu l'attaquer, on s'est aperçus que le passe-partout dépassait de quelques centimètres. Il a fallu tringler la bille. Pas facile, avec ces gros nœuds comme ma tête.

On l'appelait Pierrachou. C'était un homme du Cantal, originaire de Couzit-Haut. Il était, je m'en souviens, coiffé d'un large béret de chasseur alpin ramené de la guerre de 14, qu'il faisait virer sur sa tête en parlant. Il portait un ample pantalon de velours qui lui tombait en gros plis sur les talons, et un gilet de laine brute où s'accrochaient les copeaux et la sciure.

Mon père aidait à l'équarrissage, par plaisir plus que par nécessité, mais ne mettait pas la main au chevalet, un travail trop pénible, qu'il laissait aux jeunes costauds. Cette carcasse de bois rappelait un animal accroupi sur ses pattes arrière. On hissait sur son dos les grumes équarries pour les débiter en planches. Il fallait deux hommes à la manœuvre : un sur le chevalet, pour tirer le passe-partout, l'autre en bas, pour le pousser vers le haut. La longue scie pénétrait en gémissant dans le bois frais. Le gars d'en haut devait garder l'œil sur la tringle posée sur la grume, afin d'éviter que la lame ne dévie. Ils s'arrêtaient fréquemment, les traits tirés, s'asseyaient, buvaient leur chopine au goulot et, après quelques minutes de repos, reprenaient le rythme infernal en changeant de position.

Un jour d'hiver ruisselant de soleil, un homme de La Forestie, dans le Cantal, qu'on appelait Marcelin, me montra un gros chêne promis au sacrifice et me dit dans son patois qui n'est pas tout à fait le même que le nôtre :

— Qu'est-ce que tu penserais d'une petite promenade dans les airs, comme sur un aéroplane ? On doit avoir un beau coup d'œil de là-haut. Tu m'accompagnes ?

Je demandai la permission à mon père ; il hésita mais finit par accepter. De branche en branche, Marcelin derrière, qui me chantait la *Bergère aux champs* pour m'encourager, nous avons escaladé cet escalier de géant. J'étais aux anges. L'arbre aurait eu cent mètres de haut, je n'aurais pas renoncé.

La récompense de cette ascension se trouvait dans les dernières branches qui gardaient encore quelques feuilles rousses : une vue vertigineuse sur la vallée, juste avant la rencontre de la Dordogne avec son affluent auvergnat, le Labiou. De l'ermitage de Saint-Projet-le-Désert jusqu'aux pentes violettes de Gratte-Bruyère, les pentes s'emmêlaient comme les doigts de deux mains tendues, dans une immense solitude et un silence de fin du monde. Des rapaces, buses, éperviers ou jean-le-blanc, tournaient dans un ciel de cristal. Minuscule comme une feuille morte, la barque d'un pêcheur descendait le courant. Une abbaye se tassait dans un pli de terrain, pareille à un sarcophage oublié. Au loin, dressées comme des trônes de rois barbares, couvertes des dernières neiges du printemps, les montagnes d'Auvergne semblaient détachées du monde et voguer en plein ciel.

C'est, ce soir-là, l'esprit encore embué de lyrisme, que j'ai écrit mon premier poème. Il n'y en eut pas beaucoup d'autres depuis...

À quelques jours de là, j'assistai à la mort du grand chêne.

Il fallut s'y préparer durant des heures, comme pour un rite sacrificiel : prendre des mesures, étudier le point de chute, la dimension des cordes, le temps qu'il faudrait pour le réduire à l'état de grume... Il fallait faire en sorte que l'abattage eût lieu avant midi, de manière à ne pas laisser l'arbre scié à moitié, ce qui eût été dangereux, un coup de vent intempestif risquant de le faire basculer hors du champ prévu pour la chute.

C'était un chêne vieux de trois cents ans. Il se défendit bien.

Des cris venus de la forêt, sur le coup de midi, annoncèrent l'arrivée des femmes. Le chêne, dans un craquement sinistre, venait de se coucher, laissant un vide dans le paysage.

C'étaient toutes des jeunes femmes ou des gamines. Elles nous apportaient des paniers de provisions couverts de serviettes et des bouteilles de vin. Elles amenaient avec elles, dans l'hiver sombre et glacé du chantier, un air de printemps. Elles passaient de l'un à l'autre, taillaient des tranches dans la tourte qu'elles tenaient sur leur poitrine, servaient le vin comme des cantinières, plaisantaient comme avec des militaires et regimbaient mollement lorsqu'une main se glissait sous leur jupe ou qu'un badinage un peu graveleux leur chatouillait l'oreille.

Il fallait fermer les chantiers à la mi-juin avant la Saint-Jean. Les forestiers rompaient leur équipe et se dispersaient. La plupart se louaient dans les gros élevages d'Auvergne, pour les foins, et ne retournaient chez eux qu'à l'automne.

J'assistai à l'un des repas traditionnels qui mettaient fin, dans un moulin proche du chantier, à la campagne d'hiver. Cette cérémonie sonnait comme un adieu aux armes. Le meunier avait cravaté quelques garennes, caressé le ventre de quelques truites, tandis que sa femme préparait la soupe de poule et de légumes. Le vin venait de Pomerol, où les meuniers avaient de la famille. Avant de mettre les pieds sous la table, mon père demanda, comme il le faisait chaque fois, que l'on eût une pensée pour les compagnons morts ou blessés dans leur travail. Cette année-là, je m'en souviens, le Toine, de Chalvignac, s'était brisé les reins en roulant dans un éboulis.

J'avais bu un verre de vin et ma tête commençait à battre la campagne, lorsque les compagnons entonnèrent leur chant de travail et quelques autres rengaines de leur province. La chaleur de juin, la chère grasse et le pomerol leur chauffaient les oreilles. Ils suivaient du regard Marthe, la fille du meunier, une drôlette de quinze ans qui en faisait bien trois de plus et n'avait pas froid aux yeux.

Alors que, l'heure de ma sieste venue, l'esprit brouillé, je piquais du nez sur mes croûtes de cantal, la voix d'un ange me glissa à l'oreille :

— Ce chérubin... Il va s'endormir. Si tu veux faire ta sieste, tu me suis.

Comme j'avais de la peine à me lever, Marthe m'y aida et me soutint jusqu'à sa chambre qui jouxtait la salle commune. Elle me fit m'allonger sur son lit en murmurant :

— Je te réveillerai quand ton père voudra s'en aller. Pour le moment, il est pompette et il dort à moitié. Bouge pas, que je te *dèfe*...

Elle entendait par là me défaire de mes vêtements. Le lit était frais comme une source mais la chaleur, dans le cagibi qui servait de chambre, était intense. Je me dis que j'aurais été plus à l'aise sous le cerisier du *couderc*, au milieu des poules, dans l'odeur des fruits mûrs et le bourdonnement des abeilles. Marthe acheva de me dévêtir en chantonnant :

— Mignon... mignounet... petit prince de mon cœur...

Je sentais sous mes fesses la fraîcheur du drap et, sur ma poitrine, où elle promenait ses lèvres, la tiédeur de son souffle. Ses mains se posaient, légères comme des oiseaux, sur mon visage, mes cheveux, mon ventre et mes cuisses. Dans le demi-sommeil où je flottais, ces caresses m'ouvraient les portes du paradis. Je sentis une main se saisir de mon bout de sexe qui se raidit, droit comme la règle de M. Soudeille, et, au terme d'une manipulation à la fois douce et énergique, rendit les honneurs. Ce fut pour moi un plaisir d'une nature incomparable, auquel tout mon corps semblait participer. Des frissons me parcouraient des pieds à la tête. Je poussai une sorte de vagissement qui fit rire mon initiatrice et lui secoua les seins au-dessus de ma tête, comme une vague de chair.

— Eh ! dit-elle, voyez ce petit coq ! Il sort déjà ses ergots. Elle te plaît, ma poitrine, hein ? Eh bien, regarde-la...

Elle écarta le haut de sa chemise, en fit jaillir deux mamelles de chair, blanches comme du lait caillé, qu'elle me promena sous le nez. C'est ce paysage prodigieux que je contemplai avant de m'endormir dans sa lourde odeur de fille.

3

Le temps des amours

C'est avant l'âge de dix ans que j'ai appris à manœuvrer une barque et à pêcher, de jour et de nuit, comme d'ailleurs la plupart des gars et des filles de notre vallée, où l'on commence tôt l'apprentissage de la nature.

Plus que mon père, qui avait d'autres occupations, c'est le Pépé François qui fut mon initiateur.

C'était encore un personnage, à l'époque. Il parlait avec une autorité naturelle, et jamais pour ne rien dire, tout comme son fils. Il savait faire respecter, aussi bien que les gendarmes ou les gardes, les lois de la rivière et de la forêt. On lui proposa un jour de se faire porter maire ; il avait hésité puis avait récusé cet honneur, faute de savoir lire et écrire, de connaître les lois, de savoir prononcer des discours et d'avoir de l'ambition. Il n'avait appris du monde extérieur que ce que lui en avait révélé la guerre et n'avait pas envie d'en connaître plus. Il s'était rendu une année à la préfecture, à Tulle, pour des papiers, et s'était promis de n'y jamais retourner. C'était un sage à sa manière, une sorte de Diogène rustique.

Ce qui avait poussé François Peyrissac jusqu'à Argentat, au lendemain de la guerre, c'était plus que de la nécessité : le sentiment. Il avait rencontré ma grand-mère, Adèle Combradet, au cours d'une petite fête sur la rivière, près de chez lui, à Nauzenac, un village aujourd'hui englouti par le grand barrage. Elle était la fille d'un marchand ou d'un réparateur de parapluies, je ne sais plus, qui habitait une ruelle proche de l'hospice. L'affaire marchait bien, à ce qu'on m'a dit car, dans la vallée et alentour, la pluie aime bien se promener, avec parfois des colères. J'ai conservé l'un de ces parapluies. Il n'a rien d'une ombrelle de bourgeoise. Le Pépé disait : « C'est le parapluie de l'escouade », pour dire qu'on pouvait s'y abriter à plusieurs sans se mouiller un cheveu.

J'ignore ce qu'Adèle Combradet faisait au bal de Nauzenac, cet été-là, mais le fait est qu'ils se plurent et se marièrent. François se serait bien passé de sa belle-famille, des gens maniérés qui se prenaient pour des barons d'Empire et ne parlaient que parapluies et gros sous. Le mariage eut lieu à l'auberge Fouillade. François ne fit pas trop de grimaces et l'épreuve se passa le mieux du monde.

La suite, en revanche, faillit tourner mal. Lorsque le père Combradet, qui sentait approcher la retraite, se mit dans la tête d'initier son gendre à la vente ou la réparation des parapluies, il y eut, comme dirait mon père, de la bisbille. Adèle était d'accord ; lui, non. Autant lui proposer de partir pour la Guyane ! Il y eut du divorce dans l'air, puis on ouvrit le parapluie sous lequel on se rabibocha. Mme et M. Combradet se rendirent à plusieurs reprises à Spontour, pour des visites d'amitié ; François ne leur rendit jamais la politesse. On ne transige pas avec des marchands qui n'ont que le parapluie comme horizon.

François Peyrissac a été un des derniers forestiers de la vallée à se livrer au flottage par pièces.

Dans la pratique, on ouvrait des chantiers de coupe sur le flanc des collines dominant la rivière. Les troncs équarris sur place, on balançait les grumes sur la pente jusqu'à la grave et, tant bien que mal, on les poussait dans le courant. François eut des procès interminables avec les propriétaires de moulins et de *peissières*, où les troncs flottants venaient donner à l'aveugle, comme des béliers. Un jour, excédé par tous ces tracas, il ferma boutique et licencia ses compagnons.

Il se rabattit sur le travail moins aléatoire et dangereux, et plus rentable, que mon père allait exercer à sa suite : le forestage pour la menuiserie et surtout pour les éléments de futaille destinés aux vignerons du Bordelais et du Libournais, avec un choix d'essences incomparable. Nul, entre Bort et Argentat, ne connaissait le bois mieux que lui. Il l'éprouvait sous sa main sensible comme une chair de femme, aussi riche de secrets que de plaisir. Il observait les règles ancestrales et faisait abattre les arbres à la lune vieille. Il payait bien ses hommes et régulièrement, avec des primes pour les encourager. Ils appréciaient qu'il mît la main à la pâte. Il était des leurs.

La quarantaine venue, suite à la chute d'un hêtre qui lui avait fracturé l'os iliaque, François Peyrissac avait dû renoncer à ses chantiers et les confier à son fils Clément qui, encore jeune, avait déjà conscience de ses responsabilités et de son autorité. La mutation se fit en souplesse, comme au fil de l'eau, sans le moindre *rajol* sur son parcours.

La venue de l'électricité dans nos campagnes et

le temps des scieries mécanisées reléguèrent le chevalet des scieurs de long au musée. Il en reste en moi un brouillon d'images fortes et cette chanson barbare qui, de temps à autre, se réveille dans ma tête, à des moments où la rage me prend.

Je l'ai dit : l'autre passion de mon grand-père François était la pêche. Il y avait initié son fils, Clément, à l'âge des culottes courtes, alors que ses deux aînés, Germain et Joseph, avaient déjà quitté le cocon familial pour aller chercher amour et fortune ailleurs, pas trop loin, de manière à ne pas perdre de vue le clocher et le pont de Spontour. Ça ne leur a pas trop mal réussi. Germain a épousé la fille d'un gros fermier des plaines de Madic, près de Bort, et Joseph a trouvé de l'embauche dans une mine de charbon proche de Chalvignac, dans le Cantal, avant de se faire orpailleur ; cet esprit porté aux chimères trouvait plus de paillettes dans sa tête que dans les ruisseaux.

Parfois, lorsqu'une gabare de charbon de bois ou de terre descendait vers Argentat et Beaulieu, Germain s'arrangeait pour être du voyage et venir embrasser sa famille.

La vue du Pépé François commençait à baisser lorsqu'il s'est mis en tête de m'initier aux petits mystères de la pêche. Il payait cher une concession de cinq cents mètres, mais cette précaution lui évitait d'être inquiété par les gardes. Il avait conservé ses autres facultés intactes. C'était un beau vieillard, sec et droit comme un piquet de vigne, avec une tête solide.

À son palmarès, dont on parle encore dans la vallée, figure la capture d'un des derniers saumons, piqué à la foëne peu après la guerre de 14, et d'une truite de près de dix livres : une bête de légende qui a eu les honneurs du journal.

La pêche nocturne avait nos préférences. Nous embarquions à la brume, après la soupe. Le Pépé savait où il allait : vers ces remous, un peu en aval de Spontour, sous une épaule de roches nues qui avançait comme un défi jusqu'au mitan de la rivière. Il savait trouver là de la truite, du brochet et des *assées* blanches, son régal.

Taciturne de nature, comme mon père, il ne disait que ce qu'il fallait :

— Tire un peu à droite... Bouge pas trop à cause du ballant... Évite de faire le *cap-tourn**, sinon on va *baquer**... Allume la torche...

Parvenus au pied du piton, nous posions nos cordes ou nos filets dans un remous, au milieu des branches de saule aquatique, dans la lumière du brandon en paille de seigle. Après, il fallait attendre. Nous dirigions la barque vers une petite *couasne* sombre comme une caverne, où nous trouvions un coin d'herbe sèche pour y poser le cul. Nous avions parfois la visite de rapaces nocturnes qui nous fixaient de leurs yeux d'opale, de renards et de sangliers, dont les prunelles brillaient comme des *eschantis** dans l'ombre épaisse.

Je m'endormais sur le coup, comme une pierre. Le Pépé veillait en fumant sa pipe à tête de Turc avec, de temps à autre, des flatulences et des soupirs d'aise. On voyait parfois passer des barques fantômes de braconniers, lourdes et silencieuses.

Il me touchait l'épaule.

— C'est l'heure, petiot, il faut y aller.

C'était le moment faste de notre équipée ; la gorge nouée d'émotion, l'impatience à fleur de peau, une fièvre heureuse par tout le corps. Après avoir allumé un nouveau brandon, il me disait, avec ce rire un peu grinçant que je n'ai pas oublié :

— Doucement, petiot, regarde, regarde ! Il y en a de belles, nom de Dieu !

Nous remontions nos engins, jetions nos prises dans un sac et nous en retournions à la rame, dans le grand silence de la nuit.

Ce qui se passait le lendemain était affaire de femme.

Levée avant l'aube, ma mère écaillait le poisson dans la cour, à la lumière d'une lampe à carbure. Je l'entendais s'en prendre aux chats qui sautaient sur la table de pierre pour voler la tripaille ou le menu fretin. Elle enfilait nos prises par les ouïes à une tige de *vime** et les rangeait dans une bassine qu'elle recouvrait de fougère pour garder la fraîcheur, puis elle allait traire nos deux vaches.

Cette dernière tâche achevée, elle revêtait sa cape et, dans la fraîcheur du matin, allait faire la tournée des auberges et des maisons de notables. S'il lui restait de la marchandise, elle faisait à pied les quelques kilomètres qui, par des pentes raides, la menaient à Auriac, un village du plateau, en coupant par les *escousières** à travers bois. Sur le retour, elle mangeait son pain et son fromage et buvait l'eau des sources.

Le reste de la journée, il ne fallait pas lui demander autre chose que de préparer les repas. C'était une belle nature de femme, bâtie comme un roc et de caractère complaisant. À ma connaissance, tout autant que ma grand-mère qui ne regretta jamais l'atelier ou le magasin de parapluies de son père et la rue de l'Hospice, elle a fait sienne, très vite et sans histoire, notre existence. Elle aimait son mari et ses enfants au-delà des mots. Je n'eus jamais avec elle la moindre querelle ; elle savait composer avec les événements et les hommes.

Ma décision de rester au village n'avait pas rompu mes rapports avec M. Soudeille. Les contraintes de la scolarité écartées, ils étaient même devenus plus étroits et, j'ose le dire, amicaux.

Il me proposa un poste dans son équipe de football, ce que j'acceptai, ne sachant que faire de mon temps libre depuis le départ de Gaby. Il me confia de menus travaux pour les fêtes qu'il organisait afin de mettre de l'animation dans nos villages : concours de pêche, parties de loto qu'on appelait la « poule au gibier », courses de bateaux, soirées dansantes et féeries nocturnes sur la rivière...

Il était infatigable. Sorti de son école, il se demandait que faire pour distraire une communauté dont il s'occupait mieux que le maire et le curé. Il avait toujours dans sa manche un catalogue d'activités inédites conjuguant sport, loisirs et culture. Il recrutait des aides à l'auberge, à l'épicerie, sur les chantiers, dans les familles, ratissait tout ce qui pouvait l'aider dans sa mission de *deus ex machina*, quémandait des secours qu'on ne lui refusait jamais. Il manifestait sa reconnaissance par des laïus improvisés sur des estrades de fortune. Le rectorat lui avait proposé à diverses reprises des postes mieux en rapport avec ses qualités ; il avait chaque fois refusé. Il avait pour toujours jeté l'ancre.

La première lettre que je reçus de Gaby me laissa sur ma faim. Elle semblait écrite avec des mots puisés dans un répertoire de catéchisme, à croire qu'elle avait échoué dans une institution religieuse.

La vérité, je l'appris par la suite, est qu'elle traversait une crise de mysticisme dont elle m'avait caché les premiers élans, car nos familles n'étaient pas du même bord, question idéologie. Dans sa lettre, je relevai trois fois le nom de Dieu : « S'il plaît à Dieu... Dieu veuille que... Dieu m'est témoin... » J'en étais abasourdi, au point que j'hésitai à lui répondre, comme elle m'en priait, ce que je ne fis que passé une semaine, sur un ton ironique, ce qui eut pour conséquence un silence d'un mois de sa part.

J'ai hérité de mon père à la fois vigilance et dédain vis-à-vis des religions, plus que de l'hostilité, laquelle ne se manifeste qu'à l'occasion de certaines outrances. J'ai échappé sans en souffrir au catéchisme et aux sacrements, malgré le prosélytisme d'un jeune curé à peine démoulé du séminaire, qui se prenait pour un docteur de la Loi. Gaby, en revanche, s'était soumise à une tradition stricte et persistante, depuis le martyre d'un prêtre de la famille, l'abbé Croze, durant la Commune.

Lorsque nous nous sommes revus, pour la Toussaint, deux mois après son départ, je la trouvai changée : elle avait un peu grandi, s'était étoffée, faisait « très demoiselle de la ville » avec son manteau à mi-mollet, son petit sac en faux cuir, son chapeau de feutre gris et ses airs pincés.

J'étais occupé à jouer aux quilles, avec mon père, contre des gens de Nauzenac, lorsque je l'ai aperçue devant l'église avec sa mère. Irais-je à ses devants ? Attendrais-je qu'elle vînt vers moi ? L'indécision me mettait de la fièvre et de la nervosité jusqu'au bout des doigts, si bien que je ratai trois parties coup sur coup, ce qui mit mon père en fureur et me fit renvoyer du jeu.

Je tournicotais autour de l'auberge Croze, bourdonnante de clients dans une musique d'accordéon, quand j'aperçus de nouveau Gaby, en train de servir sur la terrasse, dans le chaud soleil de l'arrière-saison. Elle me sourit, me fit signe d'approcher et me dit :

— Émile, j'aimerais te voir et te parler. Pas maintenant, il y a trop de monde. Cet après-midi, tu veux bien ?

Je répondis sur un ton cérémonieux :

— Pourquoi pas ? Je vais tâcher de me rendre libre.

Elle esquissa une grimace, haussa les épaules.

— Si vraiment ça t'ennuie...

Cela ne m'ennuyait pas. Elle me proposa un rendez-vous pour trois heures, derrière l'église, à l'endroit où la forêt arrête sa dégringolade. Ça me gênait un peu, à cause du curé, toujours à l'affût derrière les fenêtres de son presbytère. Je préférai le chantier de Lescure, plus neutre. Elle opina.

À la réflexion, je discerne mal les motifs qui engendrèrent la brutale désagrégation de nos sentiments. Je devais sans doute lui garder rancune de s'être aussi sereinement détachée de moi. J'avais espéré, contre toute logique, qu'elle resterait dans sa famille pour aider aux travaux de l'auberge, que nos rapports poursuivraient leur cours comme par le passé et que cette chaîne de jours nous mènerait tout naturellement vers cette perspective lointaine mais d'une lumineuse évidence : le mariage. J'ignorais qu'une telle pérennité de sentiments n'existe que dans les romans roses. Ma déception, en regardant le car franchir le pont, quelques mois auparavant, n'en avait été que plus brutale. Ce n'était pas, me disais-je, une simple absence mais une rupture. J'avais attendu ses nouvelles sans impatience, et même avec scepticisme, persuadé qu'elles ne feraient qu'entériner une situation inéluctable. Ses lettres ne parvinrent pas à m'en dissuader. Au contraire. Ma peine s'estompait peu à peu sous un masque d'indifférence que je savourais comme une revanche.

J'étais au rendez-vous un bon quart d'heure avant sa venue.

Le chantier de Lescure, sur l'un des *peyrats* de Spontour, était à l'abandon. Il en montait, au milieu des amas de gravats, de planches pourries et d'amoncellements de *merrains* restés en rade, une odeur pénible de défaite, comme d'un champ de bataille encombré de carcasses de chevaux morts. Au bas du chantier, imperturbable, le courant lisse et glacé poursuivait sa course. Assis sur un fond de barrique vermoulu, je regardai passer les gabares du dimanche, montées par des groupes de femmes à ombrelle et de gosses bruyants, avec, à la proue, un gars de Durfort qui jouait des airs du pays sur son diatonique.

Gaby arriva avec près d'une demi-heure de retard, en s'excusant : des clients s'étaient attardés. Je répondis par un mensonge :

— T'inquiète pas. Moi aussi j'étais en retard. Ma sieste a été un peu longue.

Elle s'assit près de moi. Sa robe grise et ses souliers noirs lui donnaient l'allure d'une dame patronnesse de Mauriac. Elle sentait encore la cuisine.

— Ne restons pas là, me dit-elle brusquement. Il passe trop de monde. Allons sur le chemin de rive. À cette heure, il n'y a personne.

— Tu as peur de te compromettre ?

— Que tu es bête ! dit-elle en secouant mon bras.

Le chemin de rive m'allait parfaitement : c'était

ma promenade favorite. J'y lisais en marchant les poèmes de Lamartine et de Hugo que me prêtait M. Soudeille. C'est, au printemps surtout, lorsque les acacias sont en fleur et que les oiseaux retrouvent leur voix, le chemin du paradis. On y découvre des vipères endormies au soleil, au pied d'une souche, des couleuvres en transit vers la berge, des familles de hérissons en promenade, des renards en vadrouille...

Gaby me prit la main et soupira :

— Émile, tu as tort de prendre mes confidences à la légère. Ta réponse m'a fait plus de peine que tu l'imagines. Tu sembles te moquer de moi.

Je lui avouai ma déception. J'attendais de ses lettres des détails sur sa nouvelle condition, quelque élan de regret, sinon de remords, de notre séparation. Rien. Pas un mot, même en lisant entre les lignes.

— Il semble, dis-je, que tu aies choisi ta voie. Tu envisages peut-être d'entrer au couvent à Saint-Projet ?

Elle parut indifférente à l'ironie de mon propos. J'avais pourtant touché le point sensible. Elle prit ma main, mêla ses doigts aux miens.

— J'avoue... oui, Émile, j'avoue que j'y songe, et je suis heureuse que tu l'aies deviné. J'y suis poussée par un jeune prêtre de Saint-Martin, l'abbé Rigal. Nous avons de longues conversations en tête à tête, et pas seulement en confession. Il a deviné en moi une « vocation profonde ». Ce sont les mots qu'il a employés. Je savais que, malgré les termes un peu cruels de ta lettre, tu finirais par me comprendre.

— Eh bien ! Qu'est-ce que tu attends pour quitter le collège et entrer dans une institution religieuse ?

— Ce que j'attends... Ce que j'attends... Je doute encore, figure-toi ! Ça me réveille même la nuit...

Elle me parla de ces établissements monastiques qui, depuis le Moyen Âge, avaient fleuri dans la haute vallée : Port-Dieu... Saint-Projet-le-Désert... Val-Benette... Valette... La Thébaïde... Combenoire... Bien des vocations religieuses avaient trouvé dans ces austères solitudes un terrain favorable. Elle évoqua la vie ardente des Petites Sœurs gardes-malades que le père Serres, au siècle passé, entretenait dans l'esprit de sacrifice. On les voyait parfois traverser nos villages en colonne par deux, un sourire et une chanson aux lèvres. Cette image semblait l'obséder. Elle ajoutait beaucoup de romantisme à sa prétendue vocation.

— Tes doutes ? Allons donc ! Tu finiras bien par les vaincre. Ton curé t'y aidera...

Elle lâcha ma main pour s'éponger les yeux. J'eus soudain pitié d'elle. Écartant la mèche de cheveux qui lui tombait sur le nez, j'embrassai sa joue. C'était la première fois que je la voyais pleurer. Lors de notre odyssée à la Bourgne, elle n'avait pas eu une larme. J'en fus ébranlé.

— Tu te moques bien de ce que je te raconte ! dit-elle avec violence.

— Ne crois pas ça ! Rien de ce que tu dis ou que tu fais ne m'est indifférent. Tu sais que je n'ai pas d'autre ami que toi. Alors, si tu entres au couvent, c'est fini pour nous deux...

Pour un peu, ému que j'étais aux larmes, je serais tombé à ses genoux pour lui demander de renoncer à cette vocation entortillée de doute, et de me revenir. Elle reprit ma main, se tut en reniflant ses dernières larmes. Dans le mouvement de l'air, des feuilles mortes papillonnaient autour de nous. Elle en ramassa une, tombée d'un hêtre, et la fit tourner sur son pédoncule.

— Émile, cette feuille ne te rappelle rien ?

Non vraiment, cela ne me disait rien. Gaby égrena un rire léger.

— Moi, ça me rappelle la première leçon de M. Soudeille. C'était la même feuille, avec une faine à côté. Tu as eu huit sur dix et moi cinq. Je n'ai jamais été brillante en dessin.

Elle porta la feuille à ses lèvres, me la présenta pour que je fasse de même.

— Je la garde, dit-elle. Ça me fera un souvenir...

Il va sans dire que ce dialogue n'a pas eu lieu exactement en ces termes, que je l'ai arrangé. Nous n'étions pas, Gaby et moi, à un âge où l'on était capable de ce genre de spéculations sentimentales et idéologiques. Je n'ai fait que transcrire en l'étoffant un entretien sommaire, mais où tout fut dit de ce que nous avions à nous dire. Cela méritait, à mon sens, un développement, pour ainsi dire, romanesque.

LIVRE II

1

Le grand chantier

On aurait dit que notre vallée devenait folle.

Le chambardement a débuté en 1928 pour ne prendre fin que bien des années plus tard.

C'est avec la construction du barrage de Marèges, en amont de Spontour, que tout a commencé. Avant cette date, on aurait prononcé le nom de Marèges devant un habitant de Tulle ou de Brive, en lui demandant où se situait cet endroit, il serait resté le bec dans l'eau, et pour cause ! Il y avait bien un château planté en ce lieu où la Dordogne commence à donner des émotions : passé Bort-les-Orgues, elle fonce droit vers l'ouest à la rencontre de ses affluents du plateau de Millevaches, remonte sous le château, amorce un repentir en boucle avant de dévaler plein sud à coup d'épaule sous les Ajustants, par des fjords à couper le souffle. Encore torrent et déjà rivière.

Germain, mon oncle de Madic, nous disait :

— Vous connaissez Vernéjoux, ce village de Corrèze, à deux trois kilomètres en aval de Marèges ? Ma femme, Alice, y est née. Le chemin de rive qui part de Madic s'arrête là. Après, autant chercher à escalader l'Arc de Triomphe par des *rapetoux** ! Eh bien, je peux vous dire que ces endroits-là, avant le barrage, c'était le paradis sur terre.

Mon oncle avait des boules d'émotion dans la gorge et la larme à l'œil en nous parlant de ses équipées de braconnier sur la rivière et dans la forêt, des « monceaux de truites » qu'il ramenait pour aller les vendre dans les auberges de Bort, des récoltes de fougères mâles dont il tirait profit. Les soirs d'été, on dansait au bord de l'eau, sous des lampions, on se livrait à des promenades d'amoureux sur le chemin de rive ; on faisait la sieste en plein air dans les premières chaleurs de juin, lorsque les châtaigniers fleurissent blanc et encensent...

On le savait bien, déjà ; il se préparait un événement qui allait changer la vie des riverains.

Une partie de la vallée disparaîtrait sous la retenue du barrage que la Compagnie des chemins de fer du Paris-Orléans allait construire pour électrifier ses lignes. Certains n'y avaient pas cru, d'autres s'en étaient peu inquiétés, d'autant qu'on parlait d'indemnisations généreuses. On n'allait pas faire une révolution pour quelques masures et quelques hectares de forêt sacrifiés au dieu des temps nouveaux : le progrès.

Au début, il n'était pas venu beaucoup de monde sur le futur chantier de Marèges : une vingtaine d'ouvriers chargés de lancer une passerelle d'acrobate sur la rivière, de sonder et d'affouiller le lit pour retrouver le roc des origines sous la vase et les cailloux. Comme il n'existait aucune voie d'accès à ce lieu sauvage, il avait fallu construire à travers bois, sur des pentes abruptes, un escalier de trois cent soixante marches. Les gars travaillaient comme les Égyptiens du temps des pyramides, à l'aide de pioches, de pelles, de seaux et de cette petite merveille : une pompe à moteur...

Germain allait souvent, les mains dans les poches, voir travailler ces forçats. On désespérait de voir les travaux se terminer avant la saint-glinglin. Chaque fois que la rivière amorçait une crue dangereuse, les batardeaux étaient inondés, dévastés, et on devait repartir de zéro. Il fallut trouver un emplacement moins exposé. Un ingénieur, André Coyne, qui allait devenir le « Gustave Eiffel des barrages », le découvrit à un kilomètre de là, au lieudit la Mole.

Et ces pauvres bougres de galériens ont repris leur tâche comme si de rien n'était...

Pour ce nouveau projet, le matériel arrivait par la gare d'Ussel, à une cinquantaine de kilomètres du chantier. Sur les chemins de terre, des norias continues de camions à bandage plein soulevaient des bouquets de poussière jaune et ocre en défonçant les bas-côtés. Le paysage changea de couleur ; on se serait cru sur une autre planète ; les oiseaux et toute la faune sauvage l'avaient déserté.

Le chantier le plus laborieux avait été le creusement du canal de dérivation.

Il allait permettre, en déviant le cours de la rivière, de construire des batardeaux géants, et d'y travailler en toute tranquillité, à la dynamite, au pic, à la masse, avec des arrosoirs à main ! Parfois résonnait la corne prévenant de la mise à feu de la mine. Ça faisait de loin un gros « plouf », comme une flatulence de la colline. On voyait, quelques secondes plus tard, un panache grisâtre s'épanouir hors du tunnel. Le déblaiement se faisait par des wagonnets tractés par des bourricots ou des mulets loués aux paysans.

Ce n'est que quatre ans plus tard, nous dit l'oncle Germain, que le barrage commença à prendre forme.

— Et là, je vous dis pas ! Ils y ont mis le paquet.

Des pelles à vapeur, des pompes automatiques, des grues, des bulldozers... Ça n'a pas traîné ! En 36, le barrage était achevé, après huit ans de travail. Un monstre... Quatre-vingt-dix mètres, presque deux fois la hauteur de l'Arc de Triomphe. Les autres dimensions, je saurais pas te les dire. Du côté de Bort, un lac ! Tu pouvais remonter jusqu'à Vernéjoux et Madic sans que ta barque touche le fond.

C'était en 36 : l'année de la croisière touristique...

— Tout de même, soupira mon père, les riverains... Ils se sont laissé faire ?

— Les riverains ? Que veux-tu qu'ils disent ou qu'ils fassent ? On peut rien contre les expropriations. Et d'ailleurs tu connais le pays : guère de maisons et de terre cultivable, pas de route, pas de pont. Un désert tout juste bon pour les ermites. Le flottage ? On y avait renoncé depuis belle lurette. On y fabriquait un peu de charbon de bois pour faire un appoint, mais allez vivre avec ça ! C'est les gens du plateau qui étaient contents : ils avaient touché des indemnités pour des terres qui ne leur rapportaient rien. Et ces milliers d'ouvriers, beaucoup de gars du pays, c'était pour eux une bénédiction ! Ils faisaient marcher le commerce. Les auberges ? Toujours pleines chaque soir ! Ça mettait de l'animation, tu peux me croire...

— Tu dis : des milliers d'ouvriers. Où est-ce qu'on les logeait ?

— C'était un problème, du moins pour ceux qui n'étaient pas du pays. On les entassait dans des baraquements, chez des paysans, dans des ruines rafistolées. Il y en avait à Moulergues, à Saverniole, à Saint-Pierre, partout où il y avait un toit et une cheminée. Une cinquantaine se sont installés à Madic. J'en ai logé jusqu'à douze dans ma vieille grange. Lorsqu'ils rentraient le soir, c'était pas pour faire la fête ! Ils bouffaient, allaient se coucher dans la paille, et bonsoir !

Pour les subsistances, c'était une autre affaire. La Compagnie avait ouvert des cantines et des restaurants, et personne ne mourait de faim. Il fallait aussi distraire ces milliers de gars venus de toute l'Europe, des Polonais, des Italiens, et des Arabes surtout. On pouvait dépenser une partie de sa paie, en fin de semaine, au bal ou au bordel. Pour certains, venus en famille, il avait fallu construire des écoles. Comme les bagarres étaient fréquentes, on avait créé un poste de gendarmerie.

Beaucoup de célibataires trouvèrent chaussure à leur pied et restèrent dans le pays. Les registres d'état civil de l'époque sont pleins de noms à consonance étrangère. Il devait en être de même, me disais-je, au temps des pyramides.

— Ceux qui venaient d'ailleurs, poursuivit Germain, et qui ne souhaitaient pas rester, se sont envolés. Te dire où, Clément, ça j'ignore. Plus d'école, de gendarmerie, de cantine, de restaurants ! Le grand vide d'avant le barrage. Quant aux baraquements, un incendie les a détruits, tous. Ça flambait comme de l'amadou...

— Et toute cette électricité, dis-je, qu'est-ce qu'on va en faire ?

— Tu n'en verras pas la couleur, mon neveu ! Elle servira pour la Compagnie du PO, pour le transport. M'en demande pas plus. Ce que je peux dire et qui va t'amuser, c'est une histoire d'anguilles. Figure-toi que, lorsque l'eau s'est mise à monter dans la retenue, elles ont suivi le mouvement. Il y en avait des tonnes. Les gars les pêchaient plus : ils les chassaient dans les bois, en bordure. Ils en ont vite été dégoûtés, comme des saumons au temps où ils remontaient.

Il reprit son sérieux pour ajouter :

— Finalement, aucun regret : ça s'est mieux passé qu'on l'avait pensé, et tout le monde est content, à part quelques grincheux. Mais je crains... hum... je crains qu'avec le barrage de l'Aigle, ça coince. Il y a du monde sur les rives. Et si seulement on en restait là ! J'ai parlé avec un ingénieur, il y a trois jours. Il me disait que d'autres barrages sont prévus, plus haut et plus bas : à Bort et au Chastang. Et là, pauvre, ça va pas rigoler !

— J'en ai entendu parler, soupira mon père. Je crains qu'il y ait de la bisbille...

En nous quittant pour aller chercher amour et fortune dans le nord de la vallée, nous avons craint que Germain ait amorcé une rupture avec la famille. Il n'en était rien.

Ses beaux-parents tenaient, dans la plaine de Madic, en aval de Bort, à une demi-journée de marche de Spontour, une ferme à douze vaches. Germain avait adopté sans peine un mode de vie et de travail qui ne lui était pas coutumier, et s'en trouvait fort bien. C'était un rude gaillard. Parti maigre comme une douelle, il était, en quelques années, devenu gras à lard, comme on dit, sans se départir de sa faconde, de sa jovialité et de sa générosité naturelles. Il avait pris des manières auvergnates : la démarche mesurée, un peu indolente, un accent et une tonalité de voix, comme s'il parlait du fond d'une citerne.

Il avait perdu son fils unique au cours de la guerre que nos troupes menaient contre les Berbères du Haut-Atlas, au temps de Lyautey, au milieu des années vingt. Alice avait porté le deuil à sa manière : en se refusant à cet époux indigne, qui avait incité leur fils à s'engager. Germain se rattrapait avec ce qui passait à sa portée et semblait s'en satisfaire.

Il ne fallait pas trop compter sur lui pour les travaux de la ferme. D'ailleurs, Alice s'en tirait au mieux, avec l'aide de ses parents et d'un valet. Lui, ce qui l'intéressait, c'était la chasse, la pêche et surtout la cueillette des fougères mâles, qui lui rapportait le petit revenu qu'il investissait dans ses frasques. Lui qui rêvait toujours de saumon ne ramenait guère dans ses mailles que du poisson blanc. La chasse, il l'aimait moins : le fusil est lourd à porter, il faut marcher durant des heures, et ça lui était devenu insupportable, en raison de son poids et de son âge.

Il me disait :

— Le saumon, je l'ai pêché dans ma jeunesse, avec mon père, mes frères, Clément et Joseph. En veux-tu, en voilà ! Et des gros, tu peux me croire... Aujourd'hui, entre Bort et Marèges, qu'est-ce que tu trouves dans tes filets et à tes cordes ? De la blanchaille : des carpes, des perches, des *assées*, des barbeaux. Tu me diras : c'est mieux que rien, mais le saumon... Tu sais ce que j'aimais dans le temps ? Une friture d'ablettes. Je les pêchais au carrelet et j'en ramenais à pleins seaux. Aujourd'hui, pas la queue d'une ! À croire que les brochets les ont toutes bouffées...

Il s'était trouvé une occupation rentable avec la cueillette des fougères mâles : *Dryopteris felix mas*, qui poussent un peu partout dans le gras et l'humide, sur les pentes tournées vers l'Auvergne, et que l'on récolte en hiver. La tige de cette plante est dotée de filaments semblables à de longues mousses, et les feuilles portent de minuscules capsules brunâtres, les sporanges contenant la semence.

Il expédiait ses récoltes à des laboratoires qui les utilisaient contre le ténia et diverses autres affections qui m'échappent.

Je l'accompagnais parfois, lors de mes vacances d'hiver, pour ses cueillettes. Nous en faisions des paquets liés par des tiges de genêt, que nous allions porter au train. Il glissait une pièce dans ma poche et me frottait la tête de sa lourde main. Je passais en sa présence des heures inoubliables, dans l'air vif de la montagne auvergnate. Au contraire de ses frères, Germain était une nature épicurienne ; il ne se refusait aucun plaisir mais ne s'en vantait pas.

Son petit trafic, bon an, mal an, lui rapportait de quoi satisfaire ses caprices : son tabac, ses apéros et, de temps en temps, une servante d'auberge pas trop farouche. Il put même s'acheter une petite « Citron » avec laquelle il faisait le fier dans les rues de Bort, où il avait ses habitudes et ses connaissances.

Je n'avais pas le même genre de rapports avec son frère, mon oncle Joseph, que nous voyions moins souvent à Spontour, car il était plus sédentaire. C'était, par excellence et sans y attacher une connotation péjorative, un homme des bois, un demi-sauvage. Vous l'auriez rencontré à la chasse, dans une forêt, vous auriez mis, par prudence, une cartouche dans le fusil. Avec ses deux mètres de haut, sa gueule basanée, ses moustaches qui lui faisaient le tour de la bouche, sa toison de bushman et sa défroque de trimardeur, il pouvait donner des frissons.

C'était pourtant le personnage le plus doux de la terre, sensible au point de ne pouvoir saigner un poulet ou un lapin sans éprouver du remords ou d'avoir envie, comme les anciens peuples d'Amérique, de demander pardon à l'animal de lui prendre sa vie. Porté aux spéculations silencieuses, il pouvait passer des heures assis, le cul dans l'herbe, à fumer sa pipe en regardant couler la rivière.

Il avait fait de bons débuts dans l'existence, une fois lâché hors du nid. Il avait trouvé à s'employer aux mines, dans les parages de Chalvignac. En peu de temps, il était passé contremaître grâce à sa compétence, mais sans la moindre autorité sur ses subalternes. Il n'était pas fait pour la vie en société, moins encore pour commander, alors que lui-même n'arrivait pas à concilier les diverses tendances d'un ego, qui le portait volontiers aux chimères.

Il avait tenté de s'employer à d'autres activités : le camionnage, la fabrication du charbon de bois dont la demande, avec la guerre, avait quintuplé, le marché noir, pour finir avec l'orpaillage, une activité qui ne présentait pour lui qu'un avantage, la solitude.

Mon père savait à quoi s'en tenir avec le barrage qu'on allait construire à proximité, mais il en parlait peu, comme pour conjurer le sort, avec l'espoir que ce projet serait remis aux calendes.

Depuis des années, pourtant, nul n'ignorait les épreuves qui nous attendaient.

Les études préliminaires remontaient à 1929, date où commencèrent les sondages destinés à asseoir le barrage sur du solide. Deux ans plus tard, aucun doute n'était permis : le barrage allait être construit sous la pyramide de l'Aigle plantée en sentinelle sur la rivière, en amont de Spontour, ce qui nous mettait à l'abri du risque majeur : voir nos maisons et nos terres englouties. Il n'en allait pas de même des villages d'aval, comme Nauzenac. Là, les gens avaient des soucis à se faire.

Nauzenac... J'avais peine à imaginer cette localité gisant au fond d'un gouffre, sous des dizaines de mètres d'eau comme la ville légendaire d'Ys. C'était un beau village d'une trentaine de feux, avec trois grosses fermes, deux auberges, deux moulins, une école, une église et un pont suspendu. Chaque année, les crues d'automne et de printemps qui charriaient les eaux de neige du Sancy effleuraient les premières maisons et déposaient leurs alluvions dans les jardins. Un signe d'amitié plus qu'une véritable menace. Il faut bien que l'eau passe quelque part.

Le premier chantier a débuté en 1931 pour fermer quelques mois plus tard, les moyens annoncés par le gouvernement ayant fait défaut. C'était la crise, disait-on. C'est toujours la crise. On n'en sort pas. Ce regain d'espoir à peine dissipé, on annonçait la reprise des travaux pour 1932.

Cette année-là, par défi, M. Deprun, spécialiste incontesté de la batellerie dans la haute vallée, décida de lancer la construction d'une *naus*, gabare géante, longue de vingt mètres et large comme la route de Mauriac. Cet esprit de revanche contre la fatalité du progrès mit de l'animation dans nos villages, mais M. Deprun mourut avant d'avoir vu se concrétiser son rêve. Mon père, le vieux Clary, vétéran des voyages, et quelques autres gabariers prirent sa suite. Il n'était pas question d'effectuer une descente, jusqu'à Libourne ou Bordeaux, comme au temps du grand trafic. La naus flambant neuve fut dirigée vers le port de Carennac, en Quercy, où elle finit ses jours chez un passeur.

Ce chant du cygne annonçait la fermeture de tous

les chantiers de la vallée. Les hommes de la rivière s'en retournèrent à leurs champs ou à leur forêt.

L'expropriation des biens ne se fit pas sans grincements de dents et sans larmes.

Cette spoliation ne touchait pas moins les habitants dans leurs intérêts que dans leurs sentiments. On enregistra plus d'expropriations sauvages que de cessions à l'amiable. Je me souviens des lamentations dignes de l'antique de cette veuve de Nauzenac qui, sur la place de Spontour où elle était venue faire ses provisions, vouait aux gémonies les « barragistes » et toute leur clique, qui la dépossédaient de son moulin, propriété, depuis des siècles, de sa famille.

Elle lâchait ses imprécations avec les accents d'une Médée :

— S'ils me chassent de mon moulin, je me tuerai, mais, avant, je jetterai un sort à ces messieurs les ingénieurs ou je les abattrai à coups de fusil ! Après, je mettrai le feu à mon moulin !

Chaque matin, elle allait porter un cierge à l'église de Nauzenac et restait une heure en oraison, à genoux sur les dalles. Elle n'a tué personne et ne s'est pas suicidée. Pis : devenue folle, on a dû l'enfermer à l'hospice de Mauriac, où elle est morte de chagrin.

L'année 1935, lorsque la Société corrézienne de construction a lancé sur la rivière une passerelle géante capable de supporter une charge de deux tonnes, nous avons compris que les jeux étaient faits.

L'été suivant, des équipes s'attaquaient au batardeau d'amont qui leur permettrait de travailler à pied sec, ou à peu près, la rivière devant être dérivée vers l'aval par une conduite souterraine ouverte à la dynamite. De grosses pluies retardèrent les travaux ; ils durèrent deux ans, plus qu'on ne l'avait prévu.

Durant mon temps libre, j'allais voir ces hommes de la boue patauger sous la pluie dans l'ancien lit de la rivière. Leur lenteur me surprenait. Je m'attendais à une agitation de fourmilière, mais c'est à une sorte de ballet calme et précis, où le moindre geste semblait avoir son importance, que j'assistais. La plupart de ces ouvriers étaient de jeunes hommes de la vallée. Ils montraient dans cette tâche de terrassiers la même application que pour faucher l'herbe ou le seigle.

Gaby avait mis un peu de vinaigre dans son eau bénite. Son jeune curé l'y avait aidée, à son corps défendant.

Elle me dit, lors d'un voyage de fin de semaine :

— J'avais confiance en l'abbé Rigal. Il m'avait presque convaincue de renoncer à mes études et de prendre le voile, quand je me suis aperçue qu'il avait une autre idée en tête. Un jour qu'il me lisait un passage des Évangiles, il a posé sa main sur mon genou et m'a caressée. Ce n'était pas un simple mouvement d'affection. Si j'avais cédé...

Je tentai, hypocritement, de dédramatiser ce qu'elle prenait pour une tentative de séduction.

— Gaby, faut le comprendre. Un homme de son âge, au milieu de toutes ces filles, c'est normal qu'il cède à la tentation. Après tout, il est fait comme nous. Il a fait ses vœux de la main droite, mais sa gauche est libre. Alors, il n'y a pas de quoi pousser de hauts cris.

Elle poussa de hauts cris :

— Ce salaud ! J'ai failli le gifler. Je n'allais tout de même pas me laisser séduire par ce faux jeton !

C'est la réaction que j'attendais. Je l'en félicitai.

Nous nous reposions ce jour-là d'une promenade autour de la forêt de Miers qui domine la vallée, au-dessus de Spontour, sur le versant auvergnat. Avec l'argent de poche que me donnait mon père, je m'étais acheté une bicyclette à Mauriac ; Gaby avait la sienne depuis quelques années déjà, mais elle s'en servait peu.

À l'instar de son frère, Joseph, mon père s'était lancé dans la production du charbon de bois.

Il fit de moi un charbonnier, avec des responsabilités sur trois sites forestiers. Je m'étais initié rapidement et sans mal à ce métier qui me convenait. J'avais appris à monter des fours et à commander aux ouvriers. Après l'argent de poche, c'est un salaire que je touchai chaque fin de semaine. Je pus ainsi commencer à faire des économies et à me prendre pour un homme.

C'était pendant le bel été de 1939. Avant son entrée à l'école normale de Tulle, Gaby passa une grande partie de ses vacances en ma compagnie. Mon travail me laissait suffisamment de temps libre pour me permettre de profiter de sa présence. Mon père devait nourrir quelque prémonition de nos rapports intimes et de leur suite logique, car il ne me fit jamais la moindre réflexion sur la façon dont j'utilisais le temps de liberté que je m'octroyais. Il voyait d'un bon œil, j'en suis convaincu, la perspective d'un mariage. Nous allions avoir seize ans, l'un comme l'autre : un âge où l'on peut envisager pour ses enfants un avenir matrimonial. Les Croze n'étaient pas de son bord, mais ils avaient du bien. Cela faisait passer sur certains détails.

Nous avons parcouru le pays en tous sens, comme

pour en épuiser les agréments, poussés par une sorte de fringale. Chaque promenade nous réservait des découvertes : espaces de forêt couronnant les hauteurs, hameaux perdus, chemins ouvrant sur des panoramas nouveaux pour nous. Nous abordions des gens du plateau dont nous ignorions jusqu'à l'existence et qui menaient une autre vie que la nôtre. À coups de petits bonheurs et d'émotions nous nous façonnions une identité commune.

J'avais appris avec joie l'entrée de Gaby à l'école normale et enregistré sa promesse de revenir chaque fin de semaine et le temps des vacances.

Je ne me lassais pas de sa présence. Elle avait cessé de grandir mais sans perdre l'éclat de l'enfance : la matité et la plénitude de sa chair, à quoi s'ajoutait l'air un peu sévère de la Vierge noire de Beaulieu.

Je n'avais jamais tenté de lui faire comprendre que je la désirais. Je craignais trop, par un geste maladroit, de risquer qu'elle ne m'échappe, comme l'abbé Rigal l'avait perdue. Ma première expérience érotique, je la devais à Marthe, la fille du meunier. Grâce à cette dévergondée, j'avais pris conscience de mon corps. Elle m'avait délivré des premières pulsions du désir. Mais cette initiation n'avait pas été suivie d'effets ; un feu avait brûlé en moi. Mis en veilleuse, il n'attendait qu'un souffle pour reprendre. Je l'attendais de Gaby plus que de ma propre initiative.

Un après-midi, après une collation à l'auberge, alors que nous nous reposions sur une orée de fougère dominant le gigantesque promontoire de Lamirande, Gaby resta un long moment immobile et silencieuse, ses genoux remontés sous le menton, en déchiquetant une herbe. Soudain, elle se tourna vers moi, me fit basculer et posa ses lèvres sur les miennes en murmurant une sorte de litanie fiévreuse qui mêlait mon nom à ses gémissements. Je cédai sans la moindre réserve et, la prenant à pleins bras, la fis rouler parmi les fougères, jusqu'à une souche qui arrêta notre élan. Pour exorciser le désir qui s'emparait de moi, je tentai de lui donner l'apparence d'un jeu.

Elle me mit au pied du mur et me força pour ainsi dire à lui faire l'amour par quelques mots très directs, ceux que savent employer les femmes au moment de prendre une décision importante. Celle-ci l'était. Mal préparé à affronter l'épreuve qui m'était brutalement imposée, je l'assumai sans conviction ni désir. Si je la menai à bien, c'est que j'étais à un âge où la moindre sollicitation érotique trouve son écho. Les yeux clos sur un brouillard d'étoiles, je poussai en la pénétrant un cri auquel elle répondit, puis un long gémissement qui ne fut pas accompagné du sien, lorsque je m'épanchai sur son pubis. J'avais joui, elle non.

Elle s'épongea avec son petit mouchoir brodé et me dit d'un ton solennel, en se réajustant :

— À présent, Émile, je suis une femme et tu es un homme. Nous sommes liés pour la vie. Je t'aime. Et toi, mon chéri ? Dis-le... dis-le...

— Je t'aime, Gaby. Pour la vie.

— Nous ne nous quitterons plus. Tu me feras de beaux enfants. J'en veux... j'en veux... plein !

J'ai tenu à conserver sa banalité à cet entretien digne de Guy des Cars plus que de Racine. Je doute qu'en pareille circonstance les plus grands poètes fassent mieux, sinon par la suite, la plume à la main. C'est parfois cette banalité qui nourrit et sauve les sentiments. L'esprit se nourrit de pain, autant sinon plus que de brioche. Sans verser dans la poésie, je me sentais porté par un nuage de félicité qui, la brève tempête passée, dégageait une délicate odeur de pluie, mêlée aux fragrances subtiles et complexes montant, à travers sa robe légère, du corps de Gaby.

Durant ce même été, nous avons renouvelé les actes d'amour, mais avec plus de conviction de ma part et une ardeur accrue de la sienne.

Nous étions convenus de rendez-vous moins aléatoires et plus confortables. Cela nous était facile : il me suffisait, la nuit venue, d'enjamber la fenêtre de ma chambre pour sortir, et la sienne pour la rejoindre dans son lit. Nous passions des heures à faire l'amour et à bavarder dans la fraîcheur de la forêt et de la rivière. Je m'en retournais à l'aube, titubant de bonheur et de fatigue.

Mes escapades ne passaient pas inaperçues, du moins quant à leurs conséquences immédiates. Ma mère jugeait mon appétit insolite et mon père relevait dans mon travail un manque de rigueur qu'il attribuait à tort à un défaut de motivation. Entre les nuits passées à poser cordes et mailles et celles que je consacrais à Gaby, je n'avais guère de repos, mise à part la sieste où je me plongeais comme un caillou tombant dans un gour. Mon travail et ma santé souffraient de cet excès.

Un matin, alors que je regagnais mes pénates dans l'aube froide de septembre, je me heurtai à mon père. Il m'attendait sur le pas de la porte, sa première cigarette aux lèvres. Sans la moindre trace de colère dans la voix, et même un ton d'aménité, il me lança :

— Je te trouve bien matinal, *pitchou* * ! Tu fais sans doute une petite promenade avant de partir pour le chantier. Ou peut-être que tu es allé relever les cordes ? C'est encore un peu tôt, tu trouves pas ?

Allons, entre ! J'ai fait le café. Tu dois en avoir besoin.

Je ne bronchai pas et m'assis sur le banc, penaud. Il remplit mon bol, y ajouta du lait et poussa vers moi la tourte et la motte de beurre, en me disant d'une voix calme :

— Tu déjeunes et tu vas te coucher. Quartier libre pour ce matin. Tu pourras faire la grasse matinée. Nous parlerons plus tard.

Peu avant midi, alors que je venais tout juste de me lever, il me fit signe de m'asseoir près de lui, sur le bordage d'une barque hors d'usage rangée dans l'appentis, et prit le temps de rouler une cigarette. Les mains croisées sur les genoux, j'attendis la semonce, pas fier, comme sur un banc de tribunal.

— Rassure-toi, me dit-il. Je ne vais pas en faire une bisbille, d'autant que moi, à ton âge... Bref ! Jeune et bâti comme tu l'es, tu pouvais pas rester longtemps puceau. J'ai rien contre Gaby : c'est une brave petite et elle a du bien. Alors, c'est sérieux ?

J'en restais abasourdi. C'était la première fois que j'entendais de sa part un si long discours. Sérieux... sérieux... Il nous voyait déjà sans doute, dans son esprit simpliste, devant le maire et le curé ! Je haussai les épaules sans répondre. Il dut prendre ma réserve pour de l'appréhension, car il ajouta en allumant sa cigarette :

— T'as rien à craindre. Tu vois, je suis tranquille comme Baptiste. Si j'étais en colère, tu l'aurais compris tout de suite. Alors, on peut parler. C'est pas souvent qu'on en a l'occasion. Tu as fait passer Pâques avant les Rameaux ? Pas grave. Cette fille, la Gaby Croze, tu y tiens ? Qu'est-ce que vous comptez faire ? vous marier ?

— Sans doute... enfin, peut-être. Je sais pas. On n'en a pas encore parlé.

— Va peut-être falloir s'en préoccuper. Elle a dû déjà y penser, elle. Les femmes, c'est comme ça : toujours une idée derrière la tête. Moi, j'ai rien contre. Ça pourrait faire un beau mariage, dans quelques années, parce que vous êtes encore bien jeunes.

J'étais à la fois abasourdi et ravi. Cet entretien n'avait pas duré trois minutes, mais il avait dissipé des années de mutisme, sinon d'indifférence. Nous n'en étions pas encore au chapitre des confidences, mais une barrière était franchie. Nous n'avions jamais été aussi proches l'un de l'autre.

Gaby m'attendait le lendemain sur le chemin de La Ferrière, alors que je me rendais, comme chaque matin, à pied, ma musette à provisions en bandoulière, dans la clairière où nous avions installé nos fours à charbon de bois. Comme je m'étais abstenu de ma visite nocturne, je m'attendais à des questions. Elle me les posa d'emblée :

— Je t'ai attendu toute la nuit, Émile. Qu'est-ce qui s'est passé ? Pourquoi ne m'as-tu pas prévenue ? Tu étais malade ?

— Mon père..., bredouillai-je.

— Eh bien, quoi, ton père ?

— Il est au courant. Il m'attendait alors que je sortais de ta chambre.

— Et alors ? Il t'a battu.

Vexé, je faillis regimber. Mon père, me battre, à mon âge... S'il avait osé lever la main sur moi, j'aurais riposté. On est fier, chez les Peyrissac. Je relatai mon entretien sur la bordure de la vieille barque. Les mains crispées sur les poignées de son guidon, le regard perdu dans les frondaisons où les mésanges faisaient leur petite musique du matin, Gaby m'écouta en hochant la tête, lèvres pincées.

— C'est bien, dit-elle. N'empêche : tu aurais pu venir me rejoindre. Tu n'as pas pensé que je pouvais m'inquiéter ?

J'évoquai la pudeur qui m'avait retenu, mon intention de vivre notre relation amoureuse d'une autre façon, moins clandestine, moins « honteuse ».

— Qu'est-ce que nous allons faire, Gaby ? Comment nous organiser ? Veux-tu que nous mettions tes parents dans la confidence ? Mon père souhaite que nous nous mariions, quand nous en aurons l'âge.

— Nous marier ? J'y ai pensé, figure-toi, et plus souvent que toi sans doute. Mes parents... j'en fais mon affaire. Ils ont confiance en moi et en passent toujours par ma volonté. D'ici qu'on prenne une décision, je veux que nous reprenions nos habitudes, que tu viennes passer la nuit avec moi.

Elle ajouta d'un ton comminatoire :

— Si tu refuses, je saurai à quoi m'en tenir. Viendras-tu la nuit prochaine ?

— Je viendrai.

2

L'orage de la guerre

En dépit des menaces de guerre qui planaient sur l'Europe, les travaux du barrage allaient leur train d'enfer. Des milliers d'ouvriers, étrangers pour la plupart, s'étaient abattus sur la vallée comme des compagnies d'étourneaux. Ils arrivaient de toutes parts, souvent en famille. Dépourvus de tout, ces malheureux trouvaient dans cette province perdue, sur ce chantier gigantesque, la fin de leur errance et de leur misère : une sorte de terre promise.

Les Espagnols étaient les plus nombreux. M. André Coyne, ingénieur de réputation mondiale, directeur des travaux, qui avait déjà pris en main la réalisation du barrage de Marèges, avait obtenu leur libération du camp d'Argelès, où ces soldats perdus vivaient une existence misérable, sous le signe de la défaite et de l'exil. Vinrent ensuite des Polonais, la plupart d'origine juive, chassés de leur pays par les menaces de la guerre et le racisme. La crise économique qui sévissait en Italie déversa sur le chantier des hommes dans la force de l'âge, prêts à n'importe quel travail pour survivre. Des Serbes les suivirent de peu, puis d'autres migrations, de Nord-Africains et d'Indochinois, allaient gonfler les effectifs. Ce barrage, véritable monstre en gestation, était avide de main-d'œuvre.

Ceux qui pensaient que ce brassage de nationalités et de religions risquait de provoquer des conflits durent déchanter. Ces malheureux s'attelèrent à leur tâche avec ardeur et ne songeaient à rien d'autre. Dans les prémices de la tempête qui menaçait l'Europe, ils avaient trouvé, avec leur pain quotidien, un havre de paix.

À Spontour et dans les villages des environs, certains protestaient contre cet afflux d'étrangers. Combien de fois ai-je entendu leur chanson ? « Ils vont manger notre pain... Ces gens-là qui viennent on ne sait d'où... Il va falloir surveiller nos filles et nos poulaillers... Encore des Juifs... »

La guerre, qui éclata en septembre, creusa dans la main-d'œuvre quelques vides que la défaite et la débâcle n'allaient pas tarder à combler.

— C'est une chance, me disait mon père, que tu n'aies pas été mobilisable à cause de ton âge ! Cette guerre était perdue d'avance.

J'avais, quant à moi, au début du conflit, partagé l'espoir du plus grand nombre : les divisions allemandes ne franchiraient jamais la ligne Maginot, la route du fer était coupée pour l'ennemi, et nos soldats partaient avec un moral à toute épreuve. C'était le même enthousiasme populaire qu'en août 1914, et la même flambée d'illusion, mais, cette fois-ci, l'espoir avait déserté.

Quelques ouvriers charbonniers nous ayant quittés pour le front, il avait fallu faire appel à une main-d'œuvre de fortune, plus jeune et moins motivée, pour honorer nos commandes. La raréfaction de l'essence et le développement de la traction au gazogène allaient nous imposer un rythme de production intense.

Le chantier du barrage échappait-il aux lois de la guerre ? Le programme de construction semblait se dérouler sans incidents ni contretemps notables, du moins avant l'armistice.

Je m'y rendais une fois par semaine, à bicyclette, dès que j'avais un peu de temps libre. Il me fascinait par ses proportions pharaoniques, l'organisation rigoureuse du travail par équipes, et le calme qui y régnait.

C'est à cette époque, après le départ de Gaby pour l'école normale, que je rencontrai M. Laurent. Cet ingénieur, homme de petite taille, râblé, remuant, volubile, et toujours, ce qui me surprenait, rasé de frais et tiré à quatre épingles, avait pris pension à l'auberge Croze. Ma curiosité avait éveillé la sienne. Il voulait tout savoir de la vie que nous menions avant ; je désirais m'informer du mystère en cours d'élaboration sous le rocher de l'Aigle.

Nous étions faits, sinon pour devenir des amis, car il était plus âgé que moi de dix ans et venait d'un autre milieu social, du moins pour nous entendre et nous comprendre.

L'année précédente, en juillet, on avait achevé, avec l'aide de plongeurs et grâce à l'installation d'épis de gabion, les travaux du batardeau d'amont. Avec sa hauteur de dix mètres, c'était déjà un édifice impressionnant, un fortin planté dans le lit de la rivière. On avait fini de creuser dans le roc, en amont, le canal souterrain de dérivation. Les grosses eaux automnales qui dévalaient à gros bouillons de la montagne s'y engouffraient avec des grondements féroces, comme ces fauves que l'on dirige par des galeries grillagées, vers l'arène ou le cirque, pour en resurgir en gerbes puissantes, deux cents mètres plus bas.

On n'avait pas attendu longtemps avant d'attaquer la construction du batardeau d'aval. C'était le même processus, la même fourmilière humaine, en apparence indolente. Il en montait des appels, des cliquetis métalliques, et cette rumeur constante et obsédante du geyser.

M. Laurent me disait en essuyant ses grosses lunettes, un geste qui lui était familier :

— Si nous n'avons pas d'ennuis d'approvisionnement et si nous n'avons pas de grosses crues, ce deuxième batardeau sera terminé au printemps. Contre la crise, on ne peut pas grand-chose. Avec les intempéries, c'est la loterie : on ne gagne pas à tous les coups. Ce que tu vois là, c'est, si j'ose dire, de la bricole. Attends un peu qu'on attaque le corps du barrage, et là, tu auras du spectacle ! Je te rappelle que ce sera le plus grand jamais réalisé au monde.

Pour acheminer le matériel, il fallait un réseau de routes carrossables. Celui qui existait était insuffisant et entretenu à la diable. Il fallut pourvoir aux conditions du trafic, et très vite.

Le murmure de la Dordogne avait fait place, sur les deux rives, au grondement des lourds camions apportant les matériaux nécessaires à rendre les chaussées capables de supporter une noria de poids lourds. Il fallut construire un pont au Moulinot. Ce n'était pas une mince affaire : cet ouvrage d'art au tablier de béton reposerait sur des piles puissantes ; il était prévu pour supporter le passage de camions lourdement chargés, et d'un petit train à vapeur.

En quelques mois, les gens de la vallée s'étaient trouvés, sans bouger de place, transportés sur une autre planète. Certains ne cachaient pas leur satisfaction, l'immense chantier leur offrant un regain de prospérité, avec l'écoulement facile de leurs produits ; d'autres, en revanche, qui attendaient dans l'angoisse l'acte d'expropriation qui les chasserait de chez eux, maudissaient le progrès.

Quoi qu'il en soit, notre ancien mode de vie était condamné. J'étais, je l'avoue, partagé entre fascination et inquiétude. Trop de souvenirs et trop d'affection toujours présente me liaient à cette vallée pour que j'accepte sans rechigner un sacrifice pourtant inéluctable. Je sais que le progrès ne peut se construire que sur le sacrifice de certains au bonheur de tous, mais, aujourd'hui encore, je garde en moi un noyau de nostalgie qui m'accompagnera jusqu'à la fin de mes jours.

Un souvenir de la vie d'avant le barrage me revient encore à la mémoire : celui des promenades des Petites Sœurs gardes-malades de l'abbaye de Saint-Projet, située sur un méandre de la rivière, en aval de la Roche-du-Rat et en amont de l'île Basse. Leur itinéraire les faisait parfois passer par chez nous.

J'arborais l'adolescence lorsque, pour la première fois, j'ai assisté à leur passage. Au sortir de Valette, elles empruntaient le chemin de la rive gauche, traversaient Spontour en chantant et s'en revenaient à l'abbaye par le pont.

C'étaient pour la plupart des jeunes filles ou des adolescentes, vêtues, hiver comme été, de longues robes brunes d'où dépassaient seulement leurs godillots. Elles paraissaient heureuses de vivre.

Ce jour du mois de Marie, en mai, où j'assistais pour la première fois à leur cortège, l'une d'elles, qui fermait la marche, flânait, s'arrêtait pour caresser un chien, m'adressa un sourire et un petit signe de la main. J'en fus si bouleversé que je suivis la marche, comme derrière la fanfare du 14 Juillet. Elle était jolie, quoique pâlotte, avec de grands yeux verts qui semblaient accrocher la lumière.

Elle s'arrêta pour me parler.

— Tu t'appelles comment, petit ?

— Émile... Émile Peyrissac. Et vous, mademoiselle ?

— On ne dit pas « mademoiselle », mais « ma sœur ». On m'appelle Véronique de la sainte Croix. C'est le nom qu'on m'a donné. Mon vrai nom, je l'ai oublié. Il doit figurer sur le grand registre.

Elle s'approcha d'un lilas à peine fleuri, coupa une branchette et me la tendit.

— Pour que tu te souviennes de sœur Véronique... me dit-elle. N'oublie pas mon nom : Vé-ro-ni-que. Répète.

Je m'exécutai. Elle avait pris du retard sur le cortège et se fit rappeler à l'ordre.

— Je vais me faire gronder, Émile. Adieu ! Pense au Seigneur, de temps en temps, et adresse-Lui une prière. Tu me le promets ?

Je le lui promis. Elle m'aurait demandé d'aller lui rendre visite à l'abbaye, je l'aurais fait.

J'ai piqué la branchette dans une carafe que j'ai placée sur ma table de nuit. La grappe s'est épanouie dès le lendemain et elle est restée fleurie durant plus d'une semaine. Je la respirais de temps en temps. Quand elle a commencé à jaunir, je l'ai rangée dans un de mes livres de classe et, plus tard, dans un exemplaire des *Contemplations*, de Victor

Hugo, collection Nelson. Elle y est encore, pas plus épaisse qu'une page. Lorsque, au mois de Marie, je me promène et qu'une odeur de lilas vient vers moi au fil du vent, c'est à sœur Véronique de la sainte Croix que je pense.

Mes parents et ceux de Gaby avaient jugé convenable, peut-être en raison des événements, d'attendre pour faire célébrer nos fiançailles. Je ne les jugeais pas urgentes. Elles furent repoussées aux calendes, et je n'eus pas à le regretter. Notre liaison, nos coucheries, jugées par les Croze répréhensibles, mais tolérées, ne furent pas interrompues par ce contretemps, mais devinrent plus rares du fait de notre séparation.

À la suite d'indiscrétions venues je ne sais d'où, nos voisins jugeaient mal ce laxisme. M. Soudeille lui-même fut informé de l'accord tacite intervenu entre nos parents ; il s'en inquiétait mais pour des raisons qui échappaient à la morale.

Un dimanche où il prenait un blanc-cassis à la terrasse des Croze, il m'interpella alors que je revenais du jeu de quilles, me fit asseoir près de lui et commanda un autre apéritif pour moi.

Il était ravi des rapports que j'entretenais avec Gaby et des suites logiques que cela entraînait. Cependant... Il prit le temps de rouler une cigarette, fit virer son béret sur son crâne.

— Cependant, mon garçon, ça risque de poser des problèmes. Les Croze, la mère Germaine surtout, sont des cathos du genre intransigeant, et ton père un radical à tout crin. Alors, il faudra bien trouver une solution : le maire et le curé, ou le maire tout seul. Ça risque de coincer.

Je tombais des nues. Était-ce si important ?

— Si ça l'est ? Tu parles ! Ça peut tout remettre

en question. La petite, je la connais : elle va régulièrement à la messe, mais, avec elle, on pourrait transiger. Avec le père aussi : il s'en fout. Mais la mère... Aïe, aïe, aïe !

— Mais alors, que faire ?

— Attendre les événements. Il arrive que le temps arrange bien les choses. À moins que... à moins que vous décidiez, Gaby et toi, de vous passer du maire et du curé, et de vivre en concubinage. Vous ne seriez pas les seuls. Tu devrais en parler à ta promise, mais à personne d'autre, tu entends ? Si elle accepte, vous avez ma bénédiction. Elle vaut bien celle du curé...

Je promis à M. Soudeille d'intervenir auprès d'elle dès que j'en aurais l'occasion. Elle n'allait pas se présenter de sitôt.

La mort du Pépé n'a rien changé à notre vie et à nos habitudes, sinon qu'elle a soulagé ma mère d'une corvée dont elle se passa fort bien, car il était devenu incontinent.

Sur les derniers mois de son existence, il s'abandonnait à une étrange manie. Dès qu'il se levait de table, il bourrait sa pipe, fichait le camp, et on ne le voyait revenir qu'à la nuit tombante, à l'heure de la soupe. Parfois, c'était la nuit. On le retrouva un matin, couché dans une sablière, son pantalon souillé jusqu'à la ceinture. Nous le laissions libre de faire ce qui lui plaisait. Il n'aurait d'ailleurs pas accepté qu'on lui interdise quoi que ce soit. Lorsque ma mère, un jour de grand froid, s'avisa de lui interdire sa sortie, il l'avait menacée de sa canne. Elle ne se privait pourtant pas de le réprimander lorsqu'il revenait en titubant dans son pantalon pisseux et prétendait se mettre à table sans se changer. Il s'en foutait comme de l'an quarante. Elle lui cornait aux oreilles, car il était presque sourd :

— Pépé, allez vous changer ! Vous puez plus que le diable et ça me coupe l'appétit. Vous avez oublié comment on ouvre sa braguette pour pisser ? Où avez-vous été traîner encore ? Pourquoi ces traces de bouse ?

Un jour d'hiver, je le surpris dans le haut du village, derrière l'église, planté dans la gadoue, appuyé des deux mains à sa canne, l'œil chassieux.

— Qu'est-ce que vous faites là, Pépé ? Vous regardez voler les mouches ? Il n'y en a pas en cette saison.

Il bredouilla :

— Les papillons, petiot... les papillons... Il y en avait tant sur le pré, là-bas, au fond, des blancs et des roses, qu'on aurait dit du brouillard. Ta grand-mère et moi, on venait les voir, par curiosité. Ils sortaient surtout par temps de pluie, entre deux averses. On aurait dit que le soleil les rendait fous. Tu aurais presque pu les entendre chanter. Toi qui as de l'instruction, tu sais si ça chante, les papillons ?

Je me dis, ce dont je me doutais déjà, qu'il n'avait plus tous ses esprits. Il avait encore uriné dans son pantalon et puait le renard. Je tentai de percer le voile de mystère dont il entourait ses sorties.

— Pépé, on s'entend bien, tous les deux. Vous m'avez appris tout ce que je sais de la pêche. Alors, vous voulez pas me dire pourquoi vous fichez le camp de la maison, tous les jours, au risque d'attraper la crève ? On vous fait pas de misères. Ma mère est aux petits soins pour vous, et, même si elle vous engueule quand vous revenez tout crotté, elle vous aime bien. Alors, vous voulez pas me le dire ?

Il écarta ses bras, une main tenant la pipe, l'autre

la canne, comme pour prendre le monde à témoin de ce qu'il avait dans la tête et dans le cœur. Il dit d'une voix brisée, en embrassant le paysage :

— Tout ça, petiot, tout ça c'est foutu. On pourra plus vivre comme avant. Toi, peut-être. Moi, je vais crever et je devrais m'en foutre, mais je peux pas. Ça me trotte dans la tête, jour et nuit. Leur électricité, tu crois que ça va changer quelque chose ? Tu crois que les gens vont être plus heureux qu'avant ? Ils finiront par trouver ça naturel, et après ils voudront encore autre chose ! Quand j'avais ton âge, on s'éclairait à la chandelle. Après, ça a été la lampe à pétrole. Et tu crois que ça a changé quelque chose ? Fichtre, non ! Alors, leur électricité, ils peuvent se la mettre où je pense ! Tout ça me fait peine, petiot. Alors, si je me promène sans demander la permission à ta mère, c'est parce qu'il me reste des choses à découvrir. Tiens, ce grand chêne qui a encore ses feuilles, de l'autre côté de la rivière, eh bien, je l'avais jamais vu comme aujourd'hui. Tu vois, je perds pas mon temps...

En se détournant un peu, il ajouta une expression patoise que j'entendais parfois dans le pays : « *Lou moundo soun trop fi* » (le monde est trop fin), pour dire que l'intelligence et le progrès ne mènent à rien, sinon à la catastrophe. Il y avait du Caton dans ses propos.

Il trépigna dans la gadoue, encore en proie à sa colère prophétique, et frappa le sol avec sa canne.

— On me croit sourd, petiot, mais j'entends tout ce qui se dit à la maison et ailleurs, et j'ai encore toute ma tête, faut pas croire ! J'ai plus ma place dans ma propre famille. Ta mère ? Elle doit faire des prières pour que je débarrasse le plancher le plus tôt possible, mais je me cramponne, rien que pour l'emmerder !

Un soir, quelques jours avant sa mort, on a pensé qu'il avait disparu pour de bon. Mon père et moi, munis d'une lanterne et accompagnés de quelques voisins, nous avons parcouru le village et les *peyrats*, interrogeant au passage les habitants. Personne ne l'avait vu.

C'est le meunier qui nous l'a ramené sur son *charretou*, deux jours plus tard, gonflé comme une outre, méconnaissable. Il l'avait repêché dans son écluse, entortillé dans ses cordes comme s'il était allé à la pêche de nuit.

Nous lui avons fait un enterrement civil en toute simplicité, comme sans doute il l'avait souhaité. Tous les hommes du village étaient présents, ses vieux compagnons surtout, ceux du temps des gabares. On l'a couché dans la terre, près de son Adèle, la fille du marchand de parapluies d'Argentat. L'oraison funèbre que l'on nous murmura à l'oreille, au moment des condoléances, je ne l'ai pas oubliée : le père François était un fameux gabarier, le meilleur des pêcheurs de toute la vallée, et un brave homme, bien « de service »...

Il avait gardé sa pipe dans sa poche en se jetant à l'eau. Je l'ai conservée. De temps à autre, je la bourre, en tire quelques bouffées, mais elle est lourde aux maxillaires et le tabac m'étourdit.

Mes rapports avec M. Laurent allaient changer ma vie.

Un jour que nous buvions une bière Allary à la terrasse des Croze, il me parla de sa situation familiale, qui était compliquée et sans intérêt. J'avais l'impression qu'il cherchait, à travers moi, à se créer l'amorce d'une famille de substitution. Dans son nouvel état, il n'avait d'autres relations, à part moi, qu'une fille de paysans de Durfort, Luce, qui venait faire des extra les jours de presse à l'auberge. Elle avait bien connu Gaby à l'école de M. Soudeille.

C'est d'elle qu'il avait appris, avant de me les livrer en confidence, des détails sur la conduite de Gaby à l'école normale de Tulle. J'en fus atterré.

Gaby m'écrivait de temps à autre, mais pour me dire qu'il pleuvait, que le dortoir était mal chauffé, que la nourriture laissait à désirer ou qu'elle avait eu une bonne note en français.

Ce qu'elle se gardait bien de me raconter, et pour cause ! c'est qu'elle était passée en conseil de discipline et que les messieurs du rectorat l'avaient dans le collimateur. À la suite d'une indiscrétion, la directrice avait appris qu'elle passait ses jours de congé, lorsqu'elle ne rentrait pas chez elle, non dans sa famille d'accueil, chez un oncle, mais dans la chambre d'un jeune contremaître de la Manufacture d'armes. Il se trouvait que mon rival était, comme Luce, originaire de Durfort, et qu'ils avaient eu de bons rapports de voisinage.

M. Laurent ajouta :

— J'ai longtemps hésité à te faire cette révélation. Après tout, cette histoire ne me concerne pas. Mais tu m'es trop sympathique pour que je te laisse dans l'ignorance. Prends ça comme tu voudras ! Moi, j'ai libéré ma conscience. Ce n'est pas de la délation que de prévenir un ami d'une tuile...

Pour dissimuler mon émotion, je fis le faraud.

— Merci de m'avoir prévenu, monsieur Laurent. À vrai dire, je me doutais de quelque chose. Je vais m'informer et agir en conséquence.

En fait, je ne me doutais de rien. Les lettres de Gaby étaient, certes, dépourvues de romantisme, mais celles qu'elle m'adressait du collège, les années précédentes, l'étaient tout autant. J'attribuais cette réserve à sa pudeur. Ses retours au pays me démontraient amplement qu'elle tenait à moi, mais son comportement aurait dû me mettre en alerte : elle épanchait son désir plus que ses sentiments. Elle ne me livrait qu'une partie de son être, et pas la plus noble. Les mots qu'elle me glissait à l'oreille durant nos coucheries partaient du ventre plus que du cœur, mais j'étais trop naïf ou trop confiant pour tirer de cette conduite des leçons qui m'eussent éclairé. Ce qui m'intrigua, c'est qu'elle eût accepté aussi facilement l'idée d'un mariage. Cela est à verser, sans autre examen, au catalogue des singularités féminines.

Dire que cette révélation me bouleversa serait un euphémisme. J'en perdis l'appétit et le sommeil durant une bonne semaine. Ni mon père ni ma mère ne me parlaient plus, fort heureusement, du mariage remis *sine die*. Ils devaient attribuer mon abattement à la fatigue. Il est vrai que je ne boudais pas mon travail, d'autant que j'y trouvais un dérivatif salutaire.

Gaby ne m'aimait pas comme je l'avais aimée, avec toute l'ardeur et la ferveur de ma jeunesse. Je lui avais même consacré des poèmes, si mauvais que je les avais détruits au moment de les envoyer. Je me croyais dans un poème d'amour de Victor Hugo : j'étais dans un roman de Zola.

La situation de ma famille périclitait.

Mon père avait dû renoncer, depuis quelques années, à ses activités forestières qui demandaient beaucoup de peine pour peu de profit. Il avait licencié ses équipes de scieurs de long qui, pour la plupart, avaient trouvé de l'embauche pour les opérations de boisage des batardeaux, avec une réserve acceptée par M. Coyne : être libérés pour les travaux agricoles de l'été. Il se débarrassa de même, au désespoir de ma mère, de nos deux vaches. Il avait acquis des parts dans la petite carrière de marbre qui produisait de la castine par concassage. Il les céda peu de temps après, de même que sa concession de pêche, pour développer son activité de charbonnier, plus rentable, grâce à des fours métalliques modernes.

Pour tout dire, nous tirions le diable par la queue. Mon père oubliait parfois, en fin de semaine, de me verser mon salaire. Peut-être n'en avait-il pas les moyens. Je ne lui en tenais pas rigueur et ne lui réclamais pas mon dû.

Après le coup de tonnerre que M. Laurent avait déclenché, j'attendais sans impatience le prochain retour de Gaby. Dire que je l'attendais est exagéré : je savais qu'elle n'allait pas tarder à revenir et à me donner signe de vie. Un point, c'est tout. Je n'allais pas lui faire une scène et moins encore lui tomber dans les bras en pleurant notre amour perdu.

Elle descendit de l'autobus à la fin de la matinée. Deux heures plus tard, malgré la neige et le vent âpre que nous envoyait l'Auvergne, elle prenait sa bicyclette et montait vers la forêt de Miers, où je charbonnais. C'était, je m'en souviens, un samedi de novembre (un mois qui porte la guigne). Il dut lui falloir un certain courage pour affronter la route verglacée, contre le vent. Du courage, elle n'en manquait pas. De perfidie non plus.

Je venais, avec deux Juifs polonais – Lazare Wassermann et Josef Szipiro – prélevés sur les effectifs du barrage avec l'accord de M. Coyne, d'installer et d'expérimenter un nouveau four. Un travail délicat qui ne me mettait pas dans les meilleures dispositions pour recevoir de la visite. Gaby appuya son vélo contre un chêne et s'avança en soupirant pour m'embrasser. Je lui tendis une joue glacée. Elle dit :

— C'est un nouveau four ?

— Comme tu vois.

— Et tu sauras le faire fonctionner ?

— Faudra bien.

Elle fit mine de s'intéresser à la mise à feu puis me dit à voix basse :

— Je t'attendrai ce soir, comme d'habitude. Ne viens pas trop tard.

— Je tâcherai.

— Tu tâcheras ? Ça veut dire quoi ?

— Tu verras bien. Il se peut que je vienne. Il se peut que je vienne pas.

Elle resta un moment muette, une buée aux lèvres, plantée dans la neige comme une pierre levée. Très belle. Elle me dit :

— J'ai l'impression de te gêner.

— Oui, mais tu peux rester si ça t'intéresse, en gardant tes distances. Ça peut péter...

Josef, qui parlait un peu de français, m'annonça qu'il venait de régler la température et que ça semblait fonctionner normalement. J'entendis dans mon dos la voix de Gaby :

— Émile, écoute-moi ! Je te dois une explication. C'est vrai que je ne t'ai pas beaucoup écrit ces temps derniers, mais nous avons eu beaucoup de travail et j'étais patraque. Il ne faut pas m'en vouloir si mes lettres étaient un peu sèches.

— Je ne les ai pas mouillées de mes larmes, rassure-toi.

C'était raide. C'était net et sans bavure. Ainsi rembarrée, elle ne pouvait rien faire d'autre que de reprendre sa bicyclette et de repartir. Ce qu'elle fit, sans un regard en arrière.

Comme souvent à la fin de la semaine, on dansottait à Spontour, malgré la guerre et l'hiver, tantôt à l'auberge des Croze, tantôt à celle des Germane. L'orchestre était invariablement composé de deux jeunes virtuoses de l'accordéon, les frères Betti, et d'un batteur. Les ouvriers du chantier y venaient nombreux, parfois en famille. Je m'y rendais moi-même fréquemment, car les distractions étaient rares et il fallait monter à Mauriac ou à Lapleau pour le cinéma. J'y retrouvais des filles de Nauzenac, de Laval et même, quand le temps était favorable, d'Auriac. Elles arrivaient dans l'après-midi et soupaient gratis, car elles apportaient à ces soirées du charme et de l'animation.

À l'époque, j'étais un danseur infatigable. Les filles ne se disputaient pas pour m'avoir comme cavalier, mais je déclenchais souvent des jalousies. Ce soir-là, pour faire, par pur esprit de provocation, la meilleure figure possible en présence de Gaby, je m'étais mis sur mon trente-et-un : costume du dimanche, cravate lavallière et cheveux gominés, avec la ferme intention de m'amuser, quitte à faire la grasse matinée le lendemain. La journée avait été pénible, dans le vent et la neige, sur les hauts de Miers.

L'affluence était déjà intense lorsque je pris mon ticket, avec une petite idée derrière la tête : montrer à Gaby, qui ne manquerait pas d'être présente, mon indifférence et mon mépris.

Assis sur un banc, devant une longue table recouverte de nappes en papier, je commandai une bière et parcourus du regard l'assistance, comme pour choisir une cavalière. Il n'en manquait pas. Alignées sur les bancs qui servaient aux repas de noces, pomponnées, coiffées à la mode, avec des accroche-cœurs sur les tempes, elles papotaient, les mains croisées entre leurs cuisses. Ça sentait l'odeur ordinaire des fêtes : eau de Cologne et brillantine. Plus discrète, celle du foin et du purin rappelait que cette annexe de l'auberge Croze avait été au siècle passé l'écurie d'un relais de poste.

M. Laurent, cravaté de rouge, se tenait debout devant la table sur tréteaux qui servait de bar, en compagnie de Luce qui assurait le service en tablier à fleurs. Ils venaient de danser un paso doble, quand Alberto Betti annonça une valse de sa composition, *Fleur de mai*. Je bus une gorgée de bière et traversai la piste.

— Monsieur Laurent, permettez que je fasse danser votre cavalière ?

D'un simple geste, il me donna son accord. Luce accepta quelques tours seulement, à cause du service. Elle tournait la valse comme on écarte le foin. Je lui glissai à l'oreille :

— Gaby... Tu crois qu'elle viendra, ce soir ?

— M'étonnerait qu'elle vienne pas.

— Seule ou accompagnée ?

— J'en sais rien. Moi, Gaby, tu sais...

Je lui parlai des révélations de M. Laurent et lui demandai ce qu'il y avait de vrai dans cette histoire de contremaître de la Manufacture d'armes. Tout était vrai, croix de bois, croix de fer ! Je la libérai au bout de quelques pas et de quelques phrases. Elle ne m'en avait pas dit plus que son amant, mais cela suffisait pour raviver ma rancune. En regagnant ma place, j'étais plus fatigué que si j'avais dansé toute la nuit.

Il était neuf heures passées. Le bal battait son plein et je n'avais sauté que deux ou trois danses. Je venais d'entamer un tango : *Nuit de Rio*, avec Solange, une fille de Lalo, un village proche d'Auriac. Elle était si souple que j'avais l'impression de danser avec mon ombre. Soudain, sur les dernières mesures, je vis surgir Gaby : elle semblait sortir d'une image de Noël, avec des paillettes de neige sur son manteau et ses cheveux, le temps de traverser la cour. Elle précédait un garçon vêtu comme un fils de bourgeois, qui paraissait un peu plus âgé qu'elle. Luce me glissa à l'oreille en me servant une autre bière : « C'est son cousin de Tulle, pas l'autre... » J'en fus un peu déçu.

Le regard de Gaby affronta le mien, avec une lueur de défi. J'affectai la plus parfaite indifférence, mais ma main tremblait en tenant mon verre. Elle choisit une table proche de la mienne de quelques mètres. On s'écarta pour lui faire de la place. Elle posa sur la nappe son petit sac à main d'où elle sortit un paquet de Camel et son briquet en or. Je l'entendis commander deux menthes à l'eau qu'elle régla d'un gros billet.

Elle se leva pour danser un *lambeth-walk*. Je choisis d'entraîner Solange dans la danse suivante. Nous nous retrouvâmes tous quatre sur la piste alors que les frères Betti annonçaient une de leurs compositions, une valse : *La Corrézienne*. Nos regards se heurtaient au passage comme des pierres de silex ; on aurait pu en voir jaillir des étincelles. Le cousin de Tulle se livrait, pour amuser la galerie, à des fantaisies chorégraphiques qui ne me faisaient pas sourire : Gaby le tenait enlacé jusqu'à la nuque et me regardait fixement par-dessus son épaule quand les courants de la danse nous rapprochaient l'un de l'autre. Ce jeu absurde me mettait les nefs à vif. Il aurait pu durer toute la soirée, si Gaby ne s'était levée à l'annonce d'un slow pour se diriger vers moi. Je feignis de l'ignorer en tournant la tête et en avalant ce qui restait de ma sixième bière.

Elle lança sèchement à Solange :

— Tu permets que je t'emprunte ton cavalier ? Je te le rendrai, ne crains rien... Émile ?

Elle me tendit la main, la laissa retomber.

— Je suis fatigué, dis-je, et je vais rentrer. Trouve-toi quelqu'un d'autre. Ça te sera facile.

Elle s'écria avec une grimace de dépit :

— Tu es un salaud, Émile, et je te déteste !

— J'en ai autant à ton service. Nous sommes quittes. Salut !

Je n'ai pas vu venir la gifle : elle me heurta à toute volée, imparable. Ébranlé, je pris Gaby aux épaules et la secouai violemment en hurlant que c'était fini entre nous et qu'elle me foute la paix. Le cousin se leva, écrasa sa Camel dans une soucoupe et s'avança en boutonnant sa veste, comme dans les films de gangsters, quand ça sent la bagarre.

Il m'écarta en criant, les mâchoires crispées :

— Tu bats les femmes, paysan ? Tu oses ? Eh bien, prends ça !

Son poing s'écrasa sur ma figure et m'envoya heurter la table. Elle bascula dans les cris des filles, tandis que l'orchestre forçait la dose pour faire diversion. Je tombai sur les genoux, des girations d'étoiles plein la tête. Il faut dire que je ne m'étais jamais battu, sinon pour rire, chez M. Soudeille, à la récré. Là, c'était du sérieux. Je n'avais pas tout à fait perdu connaissance et m'apprêtais à me relever pour riposter, comme dans les films. Ce petit monsieur ne faisait pas le poids ; j'allais en faire de la pâtée.

En m'accrochant à une chaise, je tentai de me

relever lorsque Gaby se pencha sur moi, les traits tirés. Elle sortit un petit mouchoir de sa ceinture et en épongea le sang qui me coulait du nez en me demandant de ne pas bouger.

— Il t'a fait mal, dis ? Il t'a fait mal ? Cette brute...

— Il ne perd rien pour attendre. Nous allons nous expliquer dehors. Je vais...

— Non ! Reste tranquille. Tu n'es pas en état de te battre et je ne le veux pas. Nous avons fait assez de scandale.

Les dernières notes du slow s'effilochèrent. Une fille se détacha du groupe de badauds qui s'était formé autour de nous, pour proposer d'appeler le médecin. Le médecin, il n'aurait plus manqué que lui ! Luce me fit boire quelques gorgées d'eau-de-vie et M. Laurent me demanda si ça allait. Ça allait. Le petit verre m'avait requinqué. J'étais prêt à en découdre. Gaby posa ses mains sur mes épaules en me disant d'une voix tendre :

— C'est fini, mon chéri, c'est fini. Nous allons partir. Je vais te raccompagner. Nous nous reverrons demain, si tu veux.

Je sentis fondre en même temps mon cœur et mes réflexes de violence, tandis que, pour rasséréner l'ambiance, Altero Betti chantait le succès de Rina Ketty : *J'attendrai.*

Je bredouillai :

— Oh, Gaby, si tu savais... Tu m'as rendu malheureux, tu...

— Je sais... je sais... et je te demande pardon. Il faudra que je t'explique. C'est moins sérieux que tu crois. C'est toi que j'aime, tu le sais bien, et personne d'autre. On doit finir de se faire du mal, tu entends ? C'est fini. Dis-moi que c'est fini, que tu me pardonnes. Dis-le !

— C'est trop tôt. Je sais plus où j'en suis.

— J'ignore ce qu'on a pu te raconter, et qui, mais dans ce qu'on t'a dit, il y a du vrai et du faux. Alors, que tu aies eu une mauvaise colère contre moi, c'est normal. Allons, viens !

Elle m'aida à me relever. On redressait la table, on replaçait la nappe. Le cousin vidait une cannette de bière au goulot d'un air faraud. Personne ne s'approchait pour lui parler. On préférait l'ignorer.

— Solange..., dis-je. Je la vois pas.

— Elle vient de partir, dit Gaby.

Je ne l'ai plus jamais revue.

La scène que je viens d'évoquer se déroulait en novembre 1939, durant ce qu'on a appelé la « drôle de guerre ». Les lettres que les familles du village recevaient du front ne laissaient pas de surprendre. Dans un sens, elles étaient rassurantes. On ne se battait qu'à coups de communiqués plus ou moins trafiqués, de provocations, d'insultes : la BBC de Londres contre la radio de Stuttgart et le traître Ferdonnet.

Pour les bidasses, chaque jour était un dimanche, sauf qu'ils le passaient dans le froid et loin de leur famille, en parties de belote, en sorties au cinéma ou au bordel, en libations. Le Théâtre aux armées leur envoyait des vedettes sur le retour et quelques véritables stars. Nos voisins, les Madrange, montrèrent à tout le village une photo de leur fils trinquant avec Joséphine Baker. Dans les foyers, des veuves potentielles tricotaient des chaussettes, des gants, et des cache-nez.

La guerre, la vraie, c'est sur d'autres fronts qu'elle se faisait les griffes.

Les journaux et les magazines que nous trouvions

à l'épicerie parlaient de l'ogre russe dévorant la petite Finlande : David contre Goliath, une mâchoire d'âne contre les canons de Staline, le loup contre le Chaperon rouge... Un sous-marin allemand s'était sabordé en rade de Montevideo plutôt que d'être arraisonné. Assaillie sur toutes ses frontières, la Pologne envoyait ses derniers escadrons de cavalerie contre les tanks de Hitler...

Une nouvelle entre autres fut sensible à mon père : la condamnation à mort par contumace du leader communiste Maurice Thorez, réfugié en URSS pour échapper aux prisons françaises, après avoir demandé au gouvernement de négocier avec Hitler. Mon père n'était inscrit à aucun parti politique. Il se disait « de gauche », et, selon ses humeurs, évoluait entre le radicalisme à la Queuille, le socialisme à la Blum et le communisme à la Cachin.

Dans les premières semaines de 1940, M. Laurent revenait d'une réunion de chantier au barrage et prenait l'apéro chez Croze, lorsque, me voyant passer, il me fit signe de derrière la vitre. J'entrai. Il commanda un autre blanc-cassis. Germaine Croze me faisait grise mine depuis l'altercation du bal, mais je n'en avais cure. Luce, en me servant, me fit un clin d'œil complice.

M. Laurent paraissait morose. Il souffla de la buée sur ses grosses lunettes et les essuya avec sa cravate.

— Ça va mal, soupira-t-il. Ça va même très mal. Paul Reynaud a beau proclamer devant le Parlement que la route du fer est coupée pour les Allemands, alors qu'ils viennent de prendre pied à la source, en Norvège, c'est nous qui allons en manquer ! Et si ça n'était que ça... Il devient de plus en plus difficile de trouver du carburant, des pièces de rechange et des pneus pour nos camions, du ciment, des outils... Résultat : le chantier tourne au ralenti. Alors, voilà : qu'est-ce qu'on va faire de nos ouvriers ? Continuer à leur verser un salaire pour se tourner les pouces ?

Au cours de la réunion, on avait évoqué l'éventualité d'une défaite et de l'invasion de la France. Dans ces conditions, qu'adviendrait-il du barrage ?

— M. Coyne est formel : il ne fournira jamais de l'énergie aux Allemands. Ce serait une trahison ! Pourtant, avec les moyens du bord, il faut poursuivre les travaux, et nous les poursuivons, en faisant une drôle de gymnastique pour nous procurer le nécessaire. Ce serait dommage de tout arrêter. Les travaux du batardeau aval sont bien avancés. Viens te rendre compte quand tu auras un moment. Ça vaut le coup d'œil...

Je répondis dès le lendemain à son invitation.

J'en fus ébahi. Jamais je n'avais assisté à des travaux d'une telle ampleur. Ils avaient chamboulé la vallée. Entre les batardeaux amont et aval, à l'endroit où nous allions poser nos filets et tendre nos cordes, s'étendait un espace dénudé, ravagé, fait de caillasse, de rochers encore couverts d'une mousse grisâtre, de matériaux épars, d'un enchevêtrement de poutres et de madriers. De part et d'autre de ce chaos, s'élevaient des remparts de plus de dix mètres de haut, autour desquels grondaient les eaux souterraines.

— Notre barrage, me dit M. Laurent, sera construit sur du gneiss. Tu sais ce que c'est, le gneiss ?

Je récitai, comme devant le bureau de M. Soudeille :

— Une roche métamorphique où alternent des lits à quartz, feldspath, euh... mica...

— Tu oublies les amphiboles, mais c'est normal. Le gneiss est d'une telle complexité qu'il m'arrive d'y perdre mon latin. Toujours est-il que c'est cette roche qui est apparue avec nos sondages. Il faudra faire avec, sans se plaindre : elle fera une belle assise, après le colmatage de quelques failles avec du béton. Les populations en aval pourront dormir sur leurs deux oreilles !

Sous un ciel de cendre froide d'où tombaient de rares flocons de neige égarés, des ouvriers passaient près de nous, d'une allure tranquille, en sifflotant ou en chantonnant. Ils portaient un doigt à leur couvre-chef, avec un « salut, patron ! » du bout des lèvres. Le ballet incessant paraissait, comme me le dit le contremaître, réglé au quart de poil.

M. Laurent pointa l'index vers la pyramide de l'Aigle.

— En termes de métier, on appelle les rochers de cette dimension des apophyses. Celle-ci servira de point d'ancrage pour notre barrage. Nous avons trouvé le même genre d'appui sur l'autre rive. Comme tu vois, rien n'est laissé au hasard.

Il ajouta :

— Les habitants de Spontour ont tout lieu de se réjouir. Si nous avions retenu le premier projet : celui d'un barrage sur le site du Chambon, en aval, tu aurais pu dire adieu à ta maison et à ton village. On n'aurait même pas pu sauver l'église.

— Le Chambon... Pourquoi y a t-on renoncé ?

— Il aurait fallu des travaux d'une autre importance : un barrage-voûte de cent cinquante mètres de haut. D'autre part, le tapis d'alluvions était trop profond : une dizaine de mètres !

Spontour... Mon village englouti sous des dizaines

de mètres d'eau, le chemin de rive effacé, des poissons dans ce qui avait été ma maison, des anguilles dans le creux des murs, de la vase dans la chambre où Gaby et moi... Ce tableau avait l'apparence d'un cauchemar. C'était pourtant ce qui attendait les gens de Nauzenac et de quelques habitations isolées. Autant leur arracher la peau. Comment ne pas se montrer solidaires de leurs épreuves ?

— Eh là, mon garçon, qu'est-ce que tu marmonnes ?

— Rien, monsieur Laurent. Un nuage qui passait...

Le Pépé François au cimetière, mon père incapable, en raison d'une arthrite récurrente, de se livrer à la pêche, dont il avait d'ailleurs perdu le goût, c'est ma mère et moi qui assumions cette fonction, deux ou trois fois par semaine, sans beaucoup de conviction. Elle n'avait plus besoin de courir les auberges et les maisons de notables du plateau pour vendre nos produits : les cantines des ouvriers du barrage les absorbaient. C'était d'un bon rapport, et nous en avions besoin.

— Lazare et Josef, m'avait dit mon père, se débrouillent très bien tout seuls au charbon. Il va falloir revenir à la rivière, que ça te plaise ou non. Mais ça te plaît davantage que le forestage. Je me trompe ?

Cette perspective ne m'enchantait guère. Ce qui avait été une passion avait gardé son romantisme mais perdu de son attrait lorsque, de nouveau, il me fallut reprendre le fil de l'eau. En fait, c'était pour moi, et pour ma mère plus encore, accablée par l'âge et la fatigue, une corvée. Nous avions bazardé notre concession, notre *canton*, comme on disait, mais il y avait encore des espaces libres entre Spontour et Nauzenac. Les fermiers des lots nous laissaient libres et, avec la guerre, les gardes qui subsistaient se montraient indulgents.

En matière de pêche, ma mère avait de qui tenir. Son père pratiquait le braconnage comme un art. Il y était, c'est le cas de le dire, comme un poisson dans l'eau. On raconte encore sur ses démêlés avec les gardes et les gendarmes des histoires faramineuses. Il disait à ses copains de belote :

— Cette nuit, j'ai rendez-vous avec un brochet, à un endroit que je vous dirai pas. Et vous avisez pas de me suivre ! Depuis que ce monstre me nargue, j'en dors plus. Il me le faut, et pas plus tard que passé minuit. Je l'ai promis au notaire d'Auriac pour un repas de famille, dimanche prochain.

Il partait à la brune sur son *gabarou**, descendait le rapide de l'Échapadou, évitait les tourbillons de la Debouchado et se perdait, à partir de là, dans le secret de la nuit. Il voulait une bonne prise ? Il l'aurait.

Ma mère et moi immergions nos lignes de fond avec une cinquantaine d'appâts, du vif de préférence et, à tour de rôle, lancions l'épervier. C'est un genre de pêche qui me donnait du plaisir : on savait dans l'instant ce qu'on ramenait. C'était un bonheur fait de surprises, sans fin renouvelé.

Un soir d'hiver, alors que la neige couvrait la vallée et que l'eau commençait à prendre dans les *couasnes* et sur les berges, ma mère tint à me suivre. Elle avait une commande importante d'un tenancier de cantine du chantier et avait à cœur de l'honorer.

Il lui fallait des perches, des barbeaux et, si possible, quelques belles truites. L'épervier s'obstinait à ne ramener que de la blanchaille, ou rien du tout.

Elle me disait :

— Il y a de la perche, je le sens. Et ce barbeau qui vient de moucher, là-bas. Il me le faut ! Il fait bien ses cinq livres...

En fait, elle ne sentait rien du tout. C'était un mauvais jour pour la corde comme pour la maille. Elle s'opiniâtrait, jurait des « nom de Dieu » et des « putain de sort », avec une fièvre qui n'était pas que dans sa tête. Lorsque la neige se mit à tomber dru et que la nuit vint, je l'obligeai à baisser les armes et à nous en retourner, avec quelques livres de perches et un joli brochet. C'était mieux que rien, mais elle en pleurait.

Elle m'avoua qu'elle ne se sentait pas bien : une vraie fièvre lui tirait des frissons. Même plantée devant la cheminée, jupe relevée, elle n'arrivait pas à se réchauffer. C'était une rude femme ; elle portait sa santé glorieuse comme un étendard de procession, mais avec, dans les plis, les petites misères de l'âge. Elle en faisait toujours plus qu'il ne fallait, comme par défi envers elle-même. Tant va la cruche à l'eau...

Je lui préparai une aspirine, avec une tisane de tilleul sucrée au miel de notre ruche, et la forçai à se coucher. Le souper, je m'en chargeais. Mon père était à l'auberge, et Dieu sait quand il rentrerait.

Le lendemain, comme je me proposais de faire venir le médecin, mon père s'y opposa.

— Va plutôt chercher Lazare. Il saura faire ce qu'il faut. Ta mère a chopé la grippe. Ça doit pas être bien grave.

Lazare Wassermann avait fait quelques années de médecine à Cracovie, avant de s'exiler. Il parlait un peu le français, comme Josef. Avant de débarquer à Spontour, il avait travaillé dans les tourbières de Barsanges, dans le haut pays corrézien. On faisait parfois appel à lui pour soigner des blessures ou des maladies. On l'appelait le Toubib.

Lazare examina ma mère, hocha la tête et diagnostiqua une pleurésie. Grave ? Possible : elle avait une forte fièvre.

Le médecin de Spontour, le Dr Lefèvre, n'habitait pas très loin de chez nous. J'allai le prévenir. Il arriva dans les minutes qui suivirent et conclut à une pleurésie sèche, qui avait fait monter la température à plus de trente-neuf. La respiration de la malade était saccadée, le pouls s'accélérait et des accès de toux la secouaient.

— C'est grave, nous dit-il, mais ça peut se guérir. Voici mon ordonnance. Vous trouverez ce qu'il vous faut chez le pharmacien de Soursac. En attendant, repos complet, des tisanes autant qu'elle pourra en prendre car elle perd beaucoup d'eau. Ouvrez vos contrevents : il lui faut de la lumière...

Ma mère resta alitée une semaine, avec une amélioration sensible de jour en jour. Lazare venait la voir chaque matin, avant d'aller charbonner. Lorsqu'elle lui annonça que, sans elle, tout allait de travers dans la maison et qu'elle voulait se lever pour faire le ménage, il se prit la tête à deux mains et lui dit qu'elle était folle et qu'elle ne tiendrait pas.

— C'est pas tes oignons ! dit-elle. Fous-moi la paix !

Elle reprit ses tâches quotidiennes avec entrain. Les remèdes jetés dans le fond du buffet, elle revint à la bouteille : il lui fallait son litre de vin tous les jours. Un matin où elle déblayait la neige devant la porte, elle fut prise d'un vertige. Mon père la traîna, inconsciente, jusqu'au lit et alla chercher le médecin.

— Émile, me dit le Dr Lefèvre, après l'avoir auscultée, ta mère a été d'une folle imprudence. Elle soigne sa façade, mais, à l'intérieur, c'est pas beau à voir.

— Ça veut dire ?

— Je ne veux pas jouer les mauvais prophètes mais, à moins d'un miracle, ses jours sont comptés. S'il te reste encore des remèdes, donne-les-lui. C'est tout ce qu'on peut faire.

Ma mère est morte au début du printemps, par une nuit calme et froide. Nous l'avons trouvée au petit matin, raide, les yeux ouverts, une jambe hors du lit, comme pour se lever. De la paillasse où il couchait, mon père ne s'était aperçu de rien. Il devait s'attendre à ce dénouement, car il n'eut pas une larme. Il me dit simplement :

— Voilà, pitchoun, c'est fini. Va falloir prévenir Lefèvre pour le constat et tout le tintouin. Tu t'en charges. Moi, je m'en sens pas la force.

Je me suis chargé de tout. Lui, il restait dans le *cantou**, assis sur le *banchou** du Pépé à fumer cigarette sur cigarette et à boire en regardant le feu.

Ma mère avait souhaité, dans un moment de lucidité, être enterrée près de ses vieux, au petit cimetière de Puymèges, près de Lapleau. Elle disait, manière de plaisanter, que là-haut, l'air était plus sain et la vue plus agréable. Mon père n'a pas voulu faire ce qu'il appelait des *chichis*. Nous l'avons mise en terre à Spontour, à côté du Pépé François et de la grand-mère Adèle. Les derniers gabariers étaient présents à la cérémonie civile, secs et droits comme une arrière-garde de grognards, les sabots dans la gadoue neigeuse de mars, leur chapeau sur le ventre. Le cercueil fut porté du corbillard à la tombe par les ouvriers du charbon.

C'est à quelque temps de là que mon père se mit à boire.

3

Le vin noir

J'étais occupé à faire sécher mes engins de pêche lorsque j'ai aperçu Gaby. Elle se dirigeait vers ma demeure par la venelle qui descend au *peyrat*, entre des jardinets. C'était un jour de mauvais temps, avec de grosse foucades de vent qui s'époumonaient dans les peupliers de la rive.

Mon premier réflexe fut de disparaître. Elle frapperait à la porte, mon père lui ouvrirait et lui répondrait qu'il ne savait pas où j'étais. Malgré l'élan de tendresse qui nous avait vaguement rabibochés le soir du bal, je ne tenais pas à la revoir. Trop de rancune accrochée comme une concrétion au tréfonds de mon être.

Je continuai à étendre mes engins sur la palissade, comme si de rien n'était. Elle lança du portillon, d'une voix légère :

— Salut, Émile ! La pêche a été bonne ?

— Pas fameuse...

Elle m'embrassa sur les deux joues et dévida des banalités au sujet de la mort de ma mère : elle regrettait de n'avoir pas été présente, mais cela lui aurait été difficile. Et *patia*, *patia*...

Elle me demanda à voix basse des nouvelles de mon père.

— Il a bien supporté le choc. Il parle peu mais il boit. Beaucoup trop.

— C'est ce que ma mère m'a dit. Il vient tous les jours à l'auberge, s'installe à la même place, sous la pancarte Amer Picon, et demande une bouteille. Il y a quelques jours, il a fallu le ramener. Tu ne t'en es pas rendu compte ?

— Tu sais, moi, je suis souvent absent. Mon père fait ce qu'il veut. Même s'il m'inquiète, je peux pas l'enfermer dans sa chambre.

— En plus de boire, qu'est-ce qu'il fait ?

— Rien. Il prépare même pas ses repas. Quelquefois il sort son jeu de cartes, les étale sur la table comme pour les compter. Faudrait qu'il se remette à la belote, mais il en a perdu le goût. Il lui reste que la nostalgie.

— Il est là ?

— Oui, devant la cheminée.

— Je peux le voir ?

— À quoi bon ? Ça l'emmerderait. Il voit plus personne, sauf au bistrot.

J'avais adopté volontairement un langage vulgaire, comme pour bien marquer nos distances : elle, la normalienne, moi le tâcheron. Elle n'en paraissait pas choquée.

Nous ne nous étions pas revus depuis le soir du bal, il y avait quatre mois tout rond. Elle ne m'avait pas donné de ses nouvelles et Luce ne pouvait m'en fournir, lorsque je l'interrogeais d'un air détaché. J'avais l'impression, à la voir là, devant moi, dans son manteau à col de fourrure, que notre passion juvénile prenait l'aspect d'un vieux soulier racorni sorti d'une malle.

— Tu ne veux pas que nous parlions ? me dit-elle.

— Parler ? Pourquoi pas ? Mais plus tard. Faut que je remonte à Miers. Un four est tombé en panne. Je finis d'étendre les engins et je file. Tu m'excuseras...

Elle se mit à tournicoter autour du potager dont j'avais retourné la terre pour y faire les premiers semis, avec le sable fin de la rivière. Elle s'assit au soleil sur le banc, entre menthe et persil, son sac sur les genoux, comme dans une salle d'attente. Je lavais mes mains qui sentaient le poisson et la rivière, à la cuve placée sous la gouttière. Elle me dit :

— Tu as réussi à organiser ta vie, après la mort de ta mère. Ça n'a pas dû être facile.

— Ça l'est toujours pas, mais je m'en sors. On est pas dans la misère, tu sais. Le charbon marche bien et la pêche rapporte gros. Si mon père s'était pas mis à boire, ce serait cocagne.

Là, j'exagérais. L'argent entrait par la porte et sortait par la fenêtre. Tout y passait. Lorsqu'il était pris de vin, mon père faisait le riche, chez Croze, chez Germane, dans les bistrots et les bordels du chantier, quand il était en mesure de se déplacer. Il offrait des tournées, lutinait les servantes espagnoles ou italiennes qui comprenaient le langage des gestes mieux que le français. De temps en temps, on me le ramenait ivre mort. On me disait :

— Tu devrais mieux le surveiller. Il jette son argent comme des poignées de sable et fait du scandale. Un de ces jours, il se fera tabasser...

Je compris à son sourire narquois que Gaby était au courant de ces frasques et que je lui jetais de la poudre aux yeux. Elle me parla de M. Laurent :

— J'ai appris son projet de te faire embaucher

au chantier du barrage, pour travailler dans les bureaux. Tu devrais accepter.

Elle était bien informée. M. Laurent m'avait fait cette proposition, mais je ne l'avais pas prise au sérieux, tant elle me paraissait saugrenue. Moi, enfermé dans un bureau, toute la sainte journée...

— Il n'en est pas question ! ripostai-je sèchement. Je suis bien comme je suis. Si M. Laurent t'en reparle, tu lui diras... Non, tu lui diras rien. C'est mes oignons !

— Soit..., soupira-t-elle. Tu es seul juge.

Le malaise qu'avait suscité en moi sa présence se dissipait. Je sentais même une sorte de bien-être m'envahir, comme l'effet de l'alcool ou un souffle de nirvana. Assis près d'elle, à la toucher, je respirais avec délices le délicat parfum d'iris qui montait de son visage et de sa nuque. Je suivais du coin de l'œil le mouvement de ses lèvres quand elle parlait ou qu'elle se les mordillait, comme elle en avait l'habitude.

— J'avais beaucoup de choses à te dire, soupira-t-elle, mais, puisque tu dois partir...

— Dis toujours. Je ne suis pas aux pièces. Le four attendra.

Ce qu'elle avait à me dire était facile à imaginer, et j'avais déjà ses propos dans ma tête. Elle débuta d'une voix douce, comme un aéroplane qui prend son vol et commence, avec des hésitations et de légers soubresauts, à glisser sur un tapis d'air.

— Émile, parlons calmement. Tâche de me comprendre et de ne pas monter sur tes grands chevaux. Et surtout, épargne-moi ton ironie, ce que je déteste par-dessus tout.

— Rassure-toi. Je suis dans un bain de sérénité. Je peux tout entendre.

Elle prit ma main ; je tentai de la lui retirer. Elle

l'emprisonna et mêla ses doigts aux miens. J'en fus bouleversé. Elle poursuivit mezza-voce :

— J'ai eu des torts envers toi, je l'admets et je comprends que tu m'en veuilles. Je t'ai trompé, soit ! On s'est chargé de te le faire savoir, et je sais qui, mais peu importe. Bref : j'ai eu une aventure avec ce gars de la Manufacture, mais j'ai fait place nette depuis peu.

— Pour revenir à tes premières amours ! J'en suis flatté. C'est très romantique...

— Cesse de plaisanter ! Tu vois cette jolie bague que je porte à la main gauche ? C'est lui qui me l'a offerte. J'ai accepté, et j'ai eu tort, mais tu sais, les femmes, on les prend comme avec un miroir aux alouettes. Eh bien, vois ce que j'en fais !

Elle se l'ôta du doigt, la jeta sur le sol et l'écrasa avec son talon. Ce geste de cinéma, je n'en fus ni impressionné ni ému. Je me contentai de sourire. Elle poursuivit, de cette même voix grave, épaisse comme du miel :

— Que veux-tu, Émile, je suis ainsi faite qu'il me faut toujours un environnement affectif. Me dire qu'on m'aime me fait fondre de plaisir. Toi, tu étais loin, avec tes soucis, susceptible, exigeant, toujours sur la défensive. Eh bien, ce qui devait arriver arriva : quelques coucheries sans importance, et même décevantes. J'ai fini par rompre. De toute manière, ça ne menait à rien : il était marié, sa femme dans le Nord, lui à Tulle...

— Tout est donc pour le mieux.

— Ce serait le cas si tu me pardonnais.

Elle tourna vers moi un regard suppliant, comme si elle attendait mon pardon et mon repentir. Peut-être souhaitait-elle que je la prenne dans mes bras. Je répondis froidement :

— Te pardonner ? Et pourquoi ? Je n'ai aucun droit sur toi et nous ne nous sommes pas juré un amour éternel, sauf un jour, à Miers, mais nous étions des enfants.

— Ça veut dire que tu ne m'aimes plus ? Que tout est fini entre nous ?

— Ça veut dire que je ne t'aime pas. Pour le moment du moins. J'ai souffert en apprenant la nouvelle, mais mon travail, mes soucis ont tout effacé.

Je mentais effrontément, sur tous les points. Jamais je ne l'avais autant désirée. Jamais je ne l'avais moins détestée. Elle dut en avoir conscience, car elle me dit en contractant sa main dans la mienne :

— Je pense que tu mens.

— Tu penses ce que tu veux.

Elle se leva brusquement, secoua sa robe comme si elle avait pris de la poussière ou de la terre.

— Eh bien, je te laisse à tes occupations. Excuse-moi si je t'ai importuné. Nous pourrons reprendre cet entretien pour les vacances de Pâques. Avant si ça te chante.

Je répliquai d'un air indifférent :

— Pourquoi pas ? Fais-moi signe.

La proposition de M. Laurent, qu'il n'avait pas renouvelée mais que je n'avais pas oubliée, me donnait matière à réflexion. Notre situation financière atteignait un étiage alarmant. Nous ne manquions de débouchés ni pour le charbon de bois ni pour la pêche, avec quelques aléas, mais bon an, mal an, on arrivait, comme on dit, à faire bouillir la marmite.

Lorsque, par la faute de mon père, la situation

commença à se dégrader sérieusement, je réexaminai avec davantage d'intérêt la proposition de M. Laurent.

Lorsque mon père, à court d'argent, me reprocha de mal diriger nos affaires et se mit en tête de tout régenter, comme par le passé, je regimbai violemment.

— Vous en êtes incapable, père, et vous le savez bien ! C'est à peine si vous savez compter sur vos doigts quand vous êtes à jeun, et c'est pire quand vous êtes ivre !

— Et moi, je te rappelle que tu es mon employé, jusqu'à nouvel ordre. Et un employé, c'est fait pour obéir au patron !

Un patron, ce pauvre homme... Il l'avait été jusqu'à la cinquantaine, et s'en tirait à son avantage. Sérieux, attentif, économe, parfois généreux. Rien à lui reprocher. Aujourd'hui, ce n'était plus qu'un infirme, toujours entre deux vins. La mort de son père l'avait privé d'une béquille ; celle de sa femme lui avait arraché l'autre. Une épave, un zombie, comme on dit aujourd'hui. Si j'avais suivi son idée de reprendre les affaires en main, tout aurait sombré en moins d'un mois.

Un soir, notre dispute faillit tourner au pugilat. Ivre, comme d'habitude, il commença à m'entreprendre sur mon incompétence et à réclamer de l'argent. Je fis la sourde oreille. Il me menaça de sa canne et m'en aurait frappé si son geste m'avait échappé. Je la lui arrachai des mains et la jetai dans la cheminée. Pour la première fois je le vis pleurer. De colère, d'humiliation ? Je ne sais.

Un peu plus tard, tout penaud, il me réclama cinquante francs, qu'il devait à la mère Da Costa, une tenancière de cantine du Peyrou, un hameau entre

Chalvignac et la Dordogne. Je les lui refusai, prétextant que je n'avais pas cette somme ; il me menaça de nouveau et insista, si bien que je lui donnai vingt francs.

La mère Da Costa... Je connaissais bien cette femme d'origine portugaise, émigrée avec mari et enfants. Bâtie en force, riche de croupe et de poitrine, verbe haut et mine altière, elle tenait son commerce avec une rigueur admirable. Certains soirs, elle dévidait son répertoire de fados avec une voix de chanteur de rue. Pour satisfaire sa clientèle ouvrière, qu'elle appelait ses petits, elle saignait et débitait dans son jardin les animaux que les paysans lui livraient. Elle n'était pas farouche, malgré ses airs de Gargamelle et, comme son mari, un gringalet timide, n'était pas jaloux, elle s'offrait à qui lui plaisait. Mon père lui avait rendu hommage à plusieurs reprises et avait chez elle une ardoise qu'il me laissait le soin d'effacer.

La pêche commençait à m'importuner. Je n'y prenais plus le même plaisir et, même si elle constituait une part non négligeable de mes revenus, j'envisageais d'y renoncer.

Appelé sur le chantier pour assumer un poste d'infirmier auprès du Dr Dreyfus, Lazare Wassermann me quitta en mai 1940. Restaient ce brave Josef Szipiro et une petite équipe de jeunes recrutés dans le Cantal, non sans difficulté, car la main-d'œuvre disponible dans la région se trouvait sur le chantier. Josef faisait office de contremaître et s'en tirait à son avantage. On l'appelait « patron ».

Excédé des restrictions que je lui imposais, mon père parla de vendre ce qui nous restait de menus biens en terres, la forêt exceptée. Comme nous n'en avions pas l'usage depuis la vente de nos vaches, je les cédai à des voisins. En revanche, lorsqu'il voulut vendre la maison, je me hérissai. Il en avait le droit, mais c'était une folie, et je pouvais prouver qu'il était irresponsable : une centaine de personnes auraient pu en témoigner.

— Quand nous aurons tout vendu, lui dis-je, je me débrouillerai, mais vous, père, qu'est-ce que vous deviendrez ? Vous ne comptez tout de même pas finir à l'hospice de Lapleau !

Le regard dans le vague, il dit qu'il s'en foutait. Lorsque je lui parlai de la proposition de M. Laurent, il eut un sursaut navrant :

— En voilà une nouvelle, petiot ! Ça nous rapportera combien ?

— Pas gros, mais la paie tombe recta, toutes les semaines.

— Alors, faut pas hésiter. Tu travailleras au barrage et moi au charbon. Ça nous fera des sous.

Je revis Gaby, comme nous en étions convenus, à l'occasion des vacances de Pâques. Chacun y ayant mis du sien, nos relations retrouvèrent leur cours normal. Je ne passais plus par la fenêtre pour la rejoindre et, pour gagner sa chambre, empruntai la porte qu'elle laissait ouverte. Ce que nous perdions en romantisme, nous le gagnions en confort. Je finis, le temps que durèrent ces vacances, par passer le temps de mes nuits avec elle. Parler de nouveau d'un mariage eût été tirer des plans hasardeux sur la comète. Son séjour à l'école normale terminé, où irait-elle enseigner ? Cette incertitude condamnait tout projet à long terme.

Nous profitâmes à satiété de cette liberté pour laquelle nous n'avions pas eu à nous battre, et qui n'était que la suite d'un consensus. Elle s'efforçait, avec conviction et ardeur, de me faire oublier son inconduite ; je tentais, et y réussissais assez bien, de faire litière de mes rancœurs. L'homme de la Manu n'était plus, entre nous, qu'une ombre fugace, qu'une étreinte dissipait.

La sérénité de nos rapports fut altérée par les événements nationaux : les Allemands venaient de rompre la « drôle de guerre » et de déverser leurs divisions blindées sur le nord et l'est du pays. Réputée inexpugnable, la ligne Maginot tremblait sur ses bases et nos armées fondaient comme neige au soleil. Les panzers dévoraient le pays, les stukas balayaient le ciel, et les réfugiés déferlaient par familles entières vers le sud.

Depuis le début des hostilités, j'avais attendu, sans angoisse comme sans impatience, mon ordre de mobilisation. Il n'était pas venu ; il ne viendrait jamais. Étant donné la tournure que prenaient les événements, j'aurais eu mauvaise grâce à le regretter.

4

Une odeur de cigare

La guerre éclair déclenchée par les Allemands allait provoquer un ralentissement sur le chantier du barrage. On s'apprêtait pourtant à ouvrir à Aynes, à moins d'un kilomètre en aval, une nouvelle ballastière, celle de Valette étant insuffisante. À Saint-Projet-le-Désert, à une dizaine de kilomètres en amont, non loin du monastère franciscain qui abritait encore une communauté de moniales et était promis à l'immersion, on avait entrepris la construction d'un pont. À Neuvic, domaine de Henri Queuille, on allait entreprendre les premiers travaux d'un autre barrage sur une ravissante rivière : la Triouzoune. Autant de défis à la guerre.

La guerre, on ne pouvait pourtant la nier. La défaite et la débâcle générale qui l'accompagnait posaient des problèmes en apparence insolubles. Que faire de ces milliers d'ouvriers, venus pour beaucoup des fins fonds de l'Europe ? Les renvoyer dans leurs pays d'origine ? Impossible. Les intégrer à la population autochtone ? Difficile et dangereux. Ils étaient comme des bêtes traquées qui flairent la présence du chasseur.

C'est sans conviction que j'informai M. Laurent

de ma décision, en accord avec mon père, de satisfaire à sa suggestion. Sa réponse me mit du baume au cœur :

— Il y aura toujours de la place pour toi. Je vais te présenter à M. Coyne. Je lui ai fait part de tes mérites : ta connaissance de la région, ton sérieux, ta bonne instruction... Il faudra te raser, t'habiller convenablement, mettre une cravate si possible, car il est exigeant sur la tenue de ses collaborateurs.

Dire que j'étais attendu comme le Messie serait absurde. Il est vrai pourtant que, si la Compagnie avait en suffisance une main-d'œuvre de tâcherons et d'ouvriers qualifiés, elle manquait de gens pour la paperasse.

La cinquantaine passée de peu, M. André Coyne jouissait d'une réputation internationale. Le barrage en construction, avec les innovations audacieuses qu'il y apportait, lui permettait de donner la mesure de son génie. Il me reçut dans son bureau, installé dans une bâtisse rurale restaurée avec soin. C'était un homme de taille moyenne, au front dégarni, aux grosses lunettes d'écaille, à la démarche et aux gestes mesurés, d'une apparente indolence, à la voix grave, un peu précieuse.

Parisien de naissance, il avait gardé de ses origines un accent pointu, comme on dit chez nous, qui faisait impression sur ses subalternes et sur les gens du pays. Fervent catholique, il avait posé sur son bureau un crucifix discret et, sur une console, une statuette de la Vierge. Il assistait parfois le curé aux offices dominicaux. Une boîte à violon témoignait de son goût pour la musique.

M. Coyne me fit bonne impression. Je suis persuadé qu'elle fut réciproque. Il me mit au courant du travail qu'il allait me confier, et qui n'avait pas de quoi me rebuter : un emploi de secrétaire n'ayant guère de rapports avec les comptes de la famille, ce qui n'avait pas de quoi m'inquiéter. Je rédigeais correctement, d'une écriture appliquée et sans fautes d'orthographe (merci M. Soudeille !). M. Coyne fit état de mon salaire et de mes conditions de travail : cela me convenait parfaitement.

— Eh bien, mon garçon, me dit-il en me congédiant, je suis heureux de vous compter parmi nous. M. Laurent m'a parlé de vous dans les meilleurs termes. Je vous laisse une semaine de réflexion. Je suis informé de votre situation de famille, disons... délicate. J'espère que votre nouvelle situation, si vous acceptez nos conditions, vous permettra de retrouver votre stabilité.

Il ajouta :

— Est-ce que vous fumez ?

— Mon Dieu, monsieur, cela m'arrive.

Il me tendit une boîte de havanes et m'invita à me servir. Ce cigare bagué comme un doigt de princesse avait pour moi quelque chose de magique. Je l'ai gardé plusieurs jours, le faisant rouler entre mes doigts, humant ses fragrances exotiques, sans me décider à l'allumer. Il était comme le symbole de mon entrée dans une nouvelle existence, la clé de mon avenir. Je l'allumais le soir, aux tisons, en tirais quelques bouffées, le laissais s'éteindre, le rallumais le lendemain, si bien qu'il me fit la semaine. J'ai conservé la bague comme une relique.

Par ses dimensions, par l'animation permanente qui y régnait, la cité ouvrière s'était développée sous forme de baraquements dans les parages du chantier et avait essaimé dans les environs immédiats. Elle constituait une ville à part entière, avec des airs de Far West au temps de la conquête blanche, quand les agglomérations poussaient comme des champignons autour d'une gare.

Loger des milliers d'ingénieurs, d'employés et d'ouvriers dans cette vallée profonde qu'on appelait jadis le Désert, n'avait pas été une mince affaire. Il avait fallu le concours d'architectes urbanistes pour trouver des lieux d'implantation favorables en évitant les pentes, organiser les services, construire des voies d'accès, des rues, des allées et des jardins.

Dans un rayon de deux à trois kilomètres autour du barrage, on n'aurait pu trouver la moindre masure inhabitée. Hameaux et villages prenaient des allures de postes coloniaux, avec une répartition par nationalités. Chacune de ces communautés avait une ambiance particulière, des coutumes, des religions, des mode de vie différents. De cette disparité naquit une bonne entente, à peine troublée par les beuveries et les inévitables bagarres du samedi, jour de paie, dans les bistrots et les auberges.

Spontour allait héberger, souvent dans des conditions difficiles, une soixantaine de proscrits étrangers. Il n'y eut jamais, de leur part comme de celle des habitants, la moindre querelle susceptible d'engendrer des incidents. Les habitants leur fournissaient du bois de chauffage, du lait, du poisson et tout ce dont ils avaient besoin, contre une modeste rétribution. Ils les invitaient parfois à leur table et leur faisaient chanter des airs de leur folklore. Dans leur pays d'origine, la plupart de ces émigrés ne devaient pas être mieux lotis. Lorsque des contestations se produisaient, notamment quant au montant du foyer, M. Coyne intervenait et faisait la part des choses.

Chaque soir, à bicyclette, je revenais coucher à la maison. Le midi, plutôt que de déjeuner sur le pouce, je me rendais à la cantine la plus proche du baraquement où j'avais mon service. Elle était tenue par un Italien, Silli, qu'on appelait familièrement le Gros. Ce Napolitain à forte moustache régnait en souverain absolu aux cuisines et sur la salle. Sa spécialité n'était pas la *pasta*, ce qui semblait naturel, mais les pois chiches, les *salcise* et des brouets peu ragoûtants où il entrait des condiments suspects.

Avec l'aval de l'organisation, semble-t-il, Silli avait organisé sur place un abattage clandestin. Un jour que je boudais mon assiette, il me tapa sur l'épaule et me dit de sa voix claironnante qui mêlait le français et l'italien :

— *Mangiare*, mon garçon ! Avec de la moutarde et du poivre, c'est *delizioso* !

À la fin du repas, en s'esclaffant, il m'annonça que j'avais mangé de l'*asino* : la viande d'un bourricot qui s'était cassé une jambe, qu'on avait enterré et qu'il s'était chargé d'exhumer.

— *Tutta carne è buona, Emilio !* Tout est dans la *preparazione*...

Il a éclaté de rire lorsque je suis allé vomir dans les toilettes.

Les Espagnols, catalans pour la plupart, étaient les plus nombreux parmi la main-d'œuvre étrangère. On aurait surpris, quelques années avant, ces fonctionnaires, ces bourgeois, ces commerçants, en leur disant qu'ils auraient à travailler de leurs mains, les pieds dans la boue, et à dormir dans des baraques.

Par l'intermédiaire de M. Laurent, je m'étais fait une relation, puis un ami, d'un professeur de français de Barcelone, Juan Blanch. Il avait émigré avec sa femme et leurs deux enfants. Après avoir combattu les franquistes et passé la frontière, ils avaient effectué un séjour au camp d'Argelès ; au terme de leur dramatique odyssée, ils s'étaient retrouvés dans notre vallée.

Juan parlait un français d'une perfection classique, qui sonnait étrangement à mes oreilles. Avant la guerre, il pesait un quintal bon poids ; il était, depuis son exil, devenu maigre comme un coucou. Il avait gardé, dans un visage d'une matité sarrasine, des yeux violets de Wisigoth. Moins éprouvée par les événements, sa femme, Olivia, native de Peñiscola, avait gardé des allures et des rondeurs mauresques. Leurs enfants, un garçon et une fille, ne leur donnaient guère de soucis et parlaient déjà un français plus pur que les gens de chez nous.

Juan me disait :

— Cette guerre va durer des années, je le sens, et j'ai perdu tout espoir de rentrer au pays. C'est pourquoi nous nous préparons à faire notre deuil de l'Espagne.

Il avait travaillé quelques semaines aux batardeaux, comme terrassier, mais avait dû renoncer en raison de sa santé, fragilisée par son séjour derrière les barbelés d'Argelès. M. Bernard, qui donnait des leçons de français aux enfants étrangers et des cours du soir aux adultes, l'avait adopté comme adjoint. Olivia faisait de même avec les femmes, sous la direction d'une institutrice à la retraite, Mme Julliard.

Juan avait fini par découvrir, au Peyrou, une masure que le propriétaire lui louait pour un prix dérisoire. Un compatriote architecte, José Gonzalès, revenu du Venezuela où il avait trouvé à s'employer, pour se battre contre Franco, l'avait aidé à faire de cette ancienne bâtisse un lieu de vie acceptable. On avait de la façade une vue ample et profonde sur la vallée.

J'eus un hoquet de surprise en y pénétrant pour

la première fois : un lit à baldaquin, de modestes dimensions, aux colonnes chantournées, aux franges ornées de pompons et de broderies, trônait au milieu de la pièce principale, face à la cheminée. Olivia m'expliqua qu'elle avait découvert cette « vieillerie » dans le grenier d'un château du voisinage, et qu'on la lui avait cédée pour une bouchée de pain.

— Alors, tu vois, Émile, lorsque je me couche, j'ai l'impression d'emprunter le lit de la duchesse d'Albe dans son palais d'Ávila. *Maravilloso, no ?*

Ce qui était tout aussi *maravilloso*, c'était le jardin. Olivia avait composé autour de la masure une symphonie de couleurs et d'odeurs, avec un large choix de plantes aromatiques dont elle parfumait ses plats. Elle avait eu quelques difficultés pour faire pousser les petits pois que les lapins sauvages venaient déguster nuitamment, et avec ses clôtures que les sangliers, abondants dans la contrée, défonçaient pour se régaler de ses légumes et de ses herbes.

— Ce qui me manque, soupira-t-elle, ce sont les épices pour mes paellas : le *pimiento* et l'*azafrán*. On peut encore se procurer du riz et des poulets. Pour les moules, nous avons celles de la Dordogne. Elles sont larges comme la main et appétissantes.

Je sursautai.

— Des moules de rivière ? Mais elles sont nocives ! Jamais je n'en ai mangé.

— Eh bien, tu verras ! C'est fameux...

Elle m'en fit goûter. C'était aussi écœurant que l'âne de Silli, et cela provoqua la même réaction. Vérité en deçà des Pyrénées...

Le jour où les Blanch, leurs travaux de restauration et d'installation achevés, décidèrent de réunir quelques amis pour pendre la crémaillère, je fus invité, de même que M. Laurent. Il n'y eut pas, à mon soulagement, de paella aux moules de rivière, mais un lapin à la catalane arrosé d'un vieux pomerol déniché je ne sais où.

C'est à cette occasion que je fis la connaissance de Teresa.

Mon travail de secrétaire et de comptable n'avait pas de quoi me faire douter de ma compétence et de mes capacités intellectuelles. En me prenant à son service, M. Coyne avait d'ailleurs l'intention, je ne le compris que plus tard, de me confier les contacts avec la population autochtone pour certains problèmes relatifs aux expropriations, aux subsistances et aux gênes occasionnées par les charrois de matériaux. Les contentieux étaient nombreux, mais la connaissance que j'avais des mentalités locales me permettait d'aboutir à des compromis.

Au retour du pèlerinage de juillet à Sainte-Madeleine de Nauzenac, patronne des gabariers, M. Coyne me fit appeler dans son bureau pour me dire :

— À la sortie de l'église, j'ai été pris à partie par des villageois. Certains ont accepté leur expropriation et en sont satisfaits, mais il reste un noyau d'irréductibles. Les Soulier, notamment. Il faudra que vous les rassuriez et les convainquiez. Je compte sur vos qualités de diplomate...

Diplomate... J'en rougis de fierté, mais la nature de ma mission me donna des sueurs froides. Je pris d'une main tremblante un havane dans la boîte que M. Coyne me tendait et le plaçai, avec un timide « merci », dans la pochette de ma veste.

Les Soulier, je les connaissais bien. Ils avaient fait

parler d'eux, contre vents et marées, par leur résistance à toute forme d'expropriation. Ils possédaient une vaste demeure d'aspect assez banal qui, depuis l'Ancien Régime, était la propriété de cette petite dynastie rurale. Elle était ombragée de mûriers et d'un séquoia vieux comme le monde. Leur obstination, je la comprenais mais ne l'approuvais pas, persuadé que, quoi qu'ils disent, les jeux étaient faits.

Le frère et la sœur vivaient là, tous deux célibataires endurcis, un peu sauvages, mais guère plus que leurs voisins. Leur passion commune, c'était leur maison, leur petit domaine et un modeste troupeau de vaches. Ils vivaient de peu mais vivaient bien.

Nauzenac était le village le plus agréable, à des lieues à la ronde. Le pont suspendu, « en fil de fer », comme on disait, dominait la petite localité qui avait fait son nid douillet sur la rive droite, en face du lourd promontoire de Lamirande : une trentaine de maisons avec leurs jardins, un *peyrat* pour les gabares et des barques de pêche, un chantier de *merrain*, deux auberges, deux moulins, une école et une église... Tout ce qu'il faut pour qu'une communauté rurale vive, comme on dit, dans la paix du Seigneur.

À quelques toises des premières maisons riveraines, le gouffre de l'Aiguille était pour les pêcheurs un endroit légendaire : on y pêchait, plusieurs fois l'an, des brochets de vingt livres, mais personne ne vit jamais le monstre qui, racontaient les vieux, y avait son repaire. Au siècle passé, le père Serres, apôtre du Désert, avait installé à proximité un couvent doté d'une chapelle.

Les gens de Nauzenac vivaient heureux et sans histoires. Il soufflait sur ce village un air d'éternité, comme chez certaines peuplades d'Afrique épargnées par les colonisateurs.

Lorsque l'on annonça aux Nauzenacois que leur village allait être rayé de la carte, ce fut un débordement d'indignation et de colère. Les jeunes se montraient, pour la plupart, assez conciliants, le tarif des expropriations étant de nature à les faire rêver. Pour les anciens, c'était une autre affaire. Dubitatifs, ils firent les sourds puis, l'affaire se confirmant, entrèrent en rébellion ouverte contre la Compagnie. Il y eut, à l'école, des réunions qui confinaient aux meetings. Et ça chauffait...

C'est dire que ce n'est pas de gaieté de cœur que je m'engageai, à mon corps défendant, dans la mission que m'avait confiée M. Coyne. J'étais dans l'état d'esprit de Daniel au moment d'être livré aux fauves dans l'arène. Je fus sur le point de me récuser. Le courage me revint en fumant le havane du patron.

La réunion à laquelle je devais assister se déroulait dans la salle de classe. Pour la première fois, j'étais à la place du maître, ce qui eût fait sourire M. Soudeille. L'assistance était composée de représentants de toutes les familles. Cela faisait du monde. Constitué de façon informelle, le comité de défense semblait décidé à en découdre. Quant à moi, je n'en menais pas large.

Ce qui ne laissa pas de me surprendre, c'est le comportement incrédule de certains, et pas des plus finauds. Ils disaient, en dépit des constatations qu'ils avaient pu faire sur l'avancement des travaux :

— Ce barrage, on n'y croit pas. C'est de la poudre aux yeux. On ne fait ces travaux que pour employer une main-d'œuvre dont on ne sait que faire. D'ailleurs l'eau ne pourra pas monter aussi haut qu'on le dit : le sable et le gravier l'absorberont au fur et à mesure...

Et *tutti quanti* !

Je protestai avec modération, présentai comme exemple Marèges, mais c'était loin en amont, dans une région de montagne, aux gorges étroites, avec plus de pierre que d'alluvions. Certains avaient pu s'en rendre compte *de visu* ; d'autres ne voulaient pas en entendre parler.

Il y avait les nostalgiques. Ils disaient :

— On va empoisonner cette rivière dont nous buvons l'eau tous les jours tant elle est pure. Quand on est blessé, on y trempe la plaie et elle cicatrise tout de suite ! Et les poissons, est-ce qu'il va en rester ? S'ils disparaissent, on va manger quoi ? de la morue salée ?

Il restait à affronter le carré le plus redoutable : celui des réfractaires qui n'avaient toujours pas accepté chez eux, depuis des années, une installation électrique et qui vouaient aux gémonies toute forme de progrès.

— L'électricité ? Parlons-en ! Beaucoup de ceux qui l'ont s'en plaignent. Nous en connaissons qui se sont fait électrocuter : ils sont devenus tout noirs et sont morts, rien que d'avoir touché un fil ! L'électricité, c'est fait pour enrichir les hommes d'affaires de Paris. Ils se foutent bien qu'on en crève !

Cette négation primaire des bienfaits du progrès me hérissait le poil, d'autant qu'elle venait de gens de mon milieu et de ma condition. Je me maîtrisais pour ne pas leur reprocher leur attitude. Après tout, si je m'étais trouvé dans la même situation, qui sait si je n'aurais pas observé le même comportement ? Mais voilà : j'étais de l'autre côté de la barrière.

On ne me l'envoya pas dire. Une voix s'éleva du fond de la salle :

— Tu n'as pas de souci à te faire, toi, Peyrissac. Ta maison de Spontour n'est pas menacée, sinon, tu chanterais une autre chanson !

Que répondre à cela ? Rien. Je me tus.

Avec le père Soulier, la confrontation prit un ton plus vif. Dans nos villages, on ne l'aimait guère, du fait de son caractère de dogue, mais on respectait ce beau vieillard à l'allure de patriarche aux cheveux argentés. Il tenait parfaitement son exploitation, en compagnie de sa sœur, une petite boulotte qui se blottissait derrière lui et faisait écho à ses propos avec des jappements de renard.

Il déploya lentement sa grande carcasse qu'il avait eu du mal à loger sous le pupitre, s'avança dans l'allée, se planta devant moi, droit comme un if, et me lança :

— Tu parles bien, Peyrissac, mais tu défends une mauvaise cause, et tu m'as pas convaincu. Je me fais pas d'illusion. Je sais que ce barrage se fera, puisqu'on l'a commencé et que le citoyen Coyne a suffisamment de sous pour le terminer. Mais tu peux lui dire que, même s'il me proposait des cents et des mille, je partirais pas. Je suis né à Nauzenac et c'est là que je veux être enterré, auprès des miens. Quand les gendarmes viendront pour me déloger, je les attendrai avec le chassepot de mon père !

— Avec le chassepot, oui ! jappa sa sœur.

Un lourd silence succéda à ces menaces. Il regagna sa place, de la même allure lente et souple. On n'entendait que le vol d'un gros bourdon contre une fenêtre, et le murmure de la rivière, tout près, entre les peupliers.

— Nous verrons bien qui aura le dernier mot, dis-je, mais nous n'en sommes pas encore là.

Je tentai de mon mieux de les rassurer, de leur faire miroiter des positions de repli avantageuses sur le plateau. De temps à autre une voix âpre m'interrompait :

— On croyait que tu étais des nôtres, Peyrissac, que tu étais solidaire.

— Si ton grand-père te voyait et t'entendait, il se retournerait dans sa tombe.

— Tu es le complice de la Compagnie. Tu nous as trahis !

— Ça ne te portera pas chance.

Je me retirai, penaud, pas fier de moi, mais conscient que je leur avais dit tout ce que je devais leur dire et n'ayant rien à me reprocher. Je n'avais pas été lapidé, mais c'était tout comme.

M. Coyne ne parut ni surpris ni déçu du rapport que je lui fis de cette réunion. Il en avait vu d'autres. Il me dit simplement :

— Finalement, ça s'est mieux passé que je le craignais. Tout ça, c'est du cinéma. Nous viendrons à bout de ces derniers îlots de résistance, avec du temps et de la patience, mais ce sera comme marcher sur des œufs...

Je n'avais pas revu Gaby de quelque temps. Sa première année d'école normale achevée, elle s'était vouée à l'accueil des réfugiés et à leur installation à travers le département.

La gigantesque débâcle avait jeté sur les routes du Sud des hordes de malheureux qui fuyaient l'avance des panzers et s'abritaient des stukas. Paris avait été déclarée ville ouverte et les troupes allemandes l'avaient traversée en fanfare. La France avait de la honte plein le cœur et des larmes plein les yeux.

Par un billet griffonné au revers d'un document administratif, Gaby m'annonçait qu'il y avait peu de chance qu'elle revienne passer ses vacances d'été à Spontour : son bureau d'accueil la mobilisait en permanence. Elle ne m'oubliait pas ; elle m'embrassait.

Si quelqu'un restait étranger aux événements, c'était mon père. Il aurait dû se suffire de l'argent que nous retirions du charbon de bois et la somme dont j'amputais mon salaire pour lui permettre de satisfaire ses mauvais penchants. N'empêche : il en réclamait toujours plus.

J'avais pris l'habitude de ranger l'argent de ma paie dans la boîte à biscuits Lefèvre-Utile qui servait naguère de coffre-fort à ma mère. Je l'avais placée dans le fond de tiroir de la table, où nous rangions notre pain puis, pour plus de sécurité, sur l'armoire, où elle était moins visible. Lorsqu'il m'arrivait de compter mon argent, je constatais qu'il manquait quelques billets. J'en fis l'observation à mon père, sans avoir l'air de le soupçonner. Il se hérissa, s'écria d'un air digne :

— Tu oses m'accuser, moi, ton père ?

— Je ne vous accuse pas, je...

— Si tu tenais mieux les comptes ça n'arriverait pas ! Moi, ton argent, je sais même pas où tu le caches...

— Je les tiens très bien, mes comptes, et je constate qu'il manque plus de cent francs. C'est une somme ! Elle s'est pas envolée, tout de même !

Je rangeai la cassette dans ma chambre, de telle manière que mon père ne pût la trouver. Il dut perquisitionner avec frénésie, car les traces de ses fouilles étaient évidentes. Je trouvais chaque jour des objets déplacés ou du linge retourné. Je ne pus m'empêcher de lui dire :

— Vous avez beau chercher, père, vous trouverez pas. L'argent n'est pas dans cette pièce. Vous perdez votre temps.

Il répliqua d'une voix grinçante :

— Oh ! je sais bien : tu laisserais crever ton père sans faire un geste, petit salaud !

— Vous n'êtes pas à l'article de la mort, que je sache ?

Il répondit en se détournant, d'un air mystérieux :

— Ça arrivera plus tôt peut-être que tu le crois...

Un soir, je le trouvai en train de fumer une cigarette, assis sur le banc, semblant guetter mon retour, l'air serein. Il fit glisser son chapeau jusqu'à ses sourcils et me lança :

— Mon gars, faut que je te présente quelqu'un.

Ce quelqu'un était une quelqu'une. Elle s'appelait Louise. Je la connaissais de vue, pour l'avoir rencontrée au bal et à l'épicerie, cette belle garce sans âge, potelée à souhait, au visage mongoloïde et aux cheveux gras. Elle faisait des extra chez la mère Da Costa, où mon père l'honorait, en alternance avec la patronne.

Il m'annonça joyeusement la bonne nouvelle :

— Louise va s'installer chez nous. J'ai besoin d'une femme, tu comprends ? Je suis pas tellement vieux, après tout. La solitude, c'est pas bon pour un homme comme moi. Si ta mère pouvait être témoin elle aurait rien à redire.

Il semblait guetter ma propre approbation. Je me contentai de lui dire, sans manifester la moindre animosité :

— Ça vous regarde, père. Vous mettre en ménage est une bonne idée. Reste à savoir de quoi vous allez vivre, parce que, avec ce que rapporte le charbon...

— T'en fais pas pour ça ! Nous nous débrouillerons. Louise a des économies. J'achèterai un nouveau four, des *gagnous**, une vache... Je remettrai en état le poulailler et le clapier. Louise sait faire les *caillades*. Elle ira les vendre aux cantines. Ça peut rapporter gros.

La chanson, je la connaissais : veaux, vaches, cochons, couvées... À la réflexion, pourtant, ça tenait debout. Je le lui dis. Il sourit puis se rembrunit quand je lui annonçai qu'il ne me restait plus qu'à faire ma balle pour trouver à me loger ailleurs.

— Tu abandonnerais ton père, galapiat ?

— Je vous abandonne pas, père ! Je reviendrai vous voir. Maintenant que vous avez de la compagnie, je veux pas vous déranger.

Il fit la grimace. Avec moi, il voyait s'envoler sa part sur mon salaire et mon travail au charbon. Il en parut bouleversé. Moi, ça me ravissait. Le lendemain, une camionnette du barrage emportait mes frusques, mes livres et quelques impédiments pour les transporter dans le coin de baraquement que j'avais obtenu de la bienveillance du patron. Mon père assista au déménagement. Il ne me ménagea pas ses sarcasmes : j'étais un mauvais fils... le quitter, après tout ce qu'il avait fait pour moi...

Je partais sans vergogne. Ce qu'il avait fait pour moi, je le lui avais rendu au centuple. J'aurais risqué ma vie si la sienne avait été menacée. Quant à satisfaire à ses frasques et à ses fantaisies, je m'y refusais. Je le lui dis d'un ton calme. Il s'effondra. Louise l'aida à s'asseoir dans le *cantou* et lui roula une cigarette. Il bougonnait :

— Nous nous débrouillerons, ma Louise. On n'a

pas besoin de lui, pas vrai ? Il peut les garder, ses sous...

En redoutant que ce couple insolite ne sombrât dans la misère, j'avais montré un pessimisme exagéré. Ils firent ce que mon père m'avait annoncé. Chaque matin, je voyais Louise traverser la cité ouvrière, fiérote, son panier à fromages sur la tête. Je leur rendais visite de temps à autre, avec de menus présents. Tout était pour le mieux, et je ne pouvais que m'en réjouir, pour eux comme pour moi. Louise n'avait rien touché au cagibi qui m'avait servi de chambre, comme si elle attendait mon retour. La sérénité morose de mon père me surprenait. Louise m'avait annoncé comme une victoire qu'il avait cessé de se *sadouler** : elle cachait les bouteilles, ne lui consentait qu'un verre par repas et une giclée de gnole dans son café ; elle lui mesurait même le tabac, dont il avait tendance à abuser.

— Tu vois, Émile, me dit-elle, on y arrive. C'est pas le Pérou, faut dire, mais rien ne manque à table et au lit. Ton père est heureux. Qu'est-ce que je pourrais souhaiter de mieux ?

Mon père, heureux ? J'en doutais. Il était simplement rasséréné, mais quel fils respectueux, comme je l'étais, n'en eût pas été satisfait ?

Il fallut qu'un adjoint de M. Coyne, André Decelle, se déplaçât pour tenter de faire entendre la voix de la raison au père Soulier. Il dut déployer des trésors de diplomatie afin de lui faire comprendre que son combat d'arrière-garde était absurde et inutile, que même menacer les gendarmes, si l'on devait faire appel à eux, ne changerait rien. Il devait se préparer au départ.

Soulier avait fini par se plier à la fatalité, mais, s'il consentit à se retirer, il n'alla pas très loin. Il avait trouvé refuge dans une ferme abandonnée depuis peu, sur le promontoire de Lamirande. On lui avait accordé une faveur, condition *sine qua non* de sa part : laisser sur place son cheptel, dont il continuerait à s'occuper en attendant la mise en eau du barrage. Il y retournait chaque jour, lui ou sa sœur.

Lorsqu'il se présenta au bureau, j'eus du mal à reconnaître mon oncle Joseph. Il était vêtu de ses défroques d'orpailleur : large chapeau d'un vert pisseux, ceinture de flanelle effrangée, veste rapiécée, pantalon de velours ouvert aux genoux, sabots maculés de boue, de la barbe jusqu'aux yeux. Comment l'aurais-je reconnu, alors que nous avions passé des années sans nous voir ?

Il posa sa balle à ses pieds, s'assit et me dit avec un petit rire, en bourrant sa pipe :

— Ah, mon pitchoun ! On en a fait des parties ensemble, sur le Labiou. Tu te souviens de ces truites qu'on pêchait à la main et qu'on faisait griller entre deux pierres ? C'était le bon temps, hein, mon gars ? Aujourd'hui...

Il fit de la main un geste fataliste.

— Qu'est-ce qui ne va pas, mon oncle ? Vous avez pourtant l'air gaillard.

— Faut pas se fier aux apparences. Je me porte assez bien, malgré mon âge, bientôt soixante, mais pour le moral, pitchoun, c'est autre chose.

Il avait perdu, quelques mois avant, sa compagne, une femme d'Arches qui lui préparait sa soupe et mettait de l'ordre dans sa cabane. Il ne s'en consolait pas. Ç'avait été, me dit-il, « comme un coup de hache » dans sa vie. Il y avait eu l'avant et l'après. Et l'après n'était pas rose, au point qu'il avait failli se pendre. Plus envie de rien, surtout de tamiser. Il avait laissé à l'abandon sa concession sur la Soumène, une petite rivière qui a son confluent face à Gratte-Bruyère. Avant la mort de sa compagne, c'était pas le Pérou, mais il se débrouillait tant bien que mal ; depuis, c'était la misère. Un grand trou noir ; il y était tombé et ne pouvait en sortir.

Il était désabusé de tout, et surtout de son travail que, dans la famille, personne ne prenait au sérieux, à commencer par mon père.

— Au début, ça me plaisait. J'avais même une petite équipe : trois gars de Bort, des gosses qui ne rêvaient que pépites. Tu imagines la déception ! Tu m'as dit un jour, je m'en souviens, que je poursuivais une chimère, que, s'il y avait de l'or, ça se saurait. C'était bien une chimère. Je l'ai prise par la queue, mais elle s'est retournée pour me mordre. Un jour, il y a de ça un an à peu près, un rocher s'est détaché et m'a fracturé une guibolle. Sans ma copine, qui était forte comme un bœuf, je serais resté dessous. Tu imagines ? Elle a pris soin de tout. Maintenant, tu vois, je marche, mais pour danser la bourrée, c'est une autre paire de manches. Si je danse encore, c'est, comme on dit, devant le buffet !

— J'ai quelques économies. Je peux vous aider.

— Tu es gentil, pitchoun, mais je ne suis pas un mendiant. Ce que j'aimerais, c'est un petit travail peinard. Toi qui es dans les bureaux, tu pourras peut-être me dépanner ?

— Ça peut se faire. Il faut que j'en parle autour de moi.

— Tu es un bon petit gars. Je savais que tu me laisserais pas tomber. Je serais bien allé trouver ton oncle Germain, mais ce gros porc se prend pour le prince de Madic. Il m'a foutu dehors en me traitant de bohémien. Quant à ton père, j'ai même pas essayé. On s'est jamais bien entendus, tu le sais, et paraît qu'il vit avec une jeunesse. Alors j'ai pas ma place chez lui.

Je parlai de Joseph à mon Napolitain. Il caressa ses moustaches avant de me répondre.

— Tu dis que ton oncle est *viel* et *zoppo*. Ça, je m'en fous, s'il est bon pour la *cucina*.

— Il est habile pour beaucoup de choses, et c'est un bon cuisinier.

— Alors, tu me l'envoies.

C'est ainsi que Joseph Peyrissac, ancien chercheur d'or, est devenu, en quelques mois, chef cuistot chez l'Italien.

Une passion qui ne se nourrit que de souvenirs est promise à la disparition.

Des souvenirs, Gaby et moi en avions engrangé de quoi garnir un album, si nous avions pris des photos : nos promenades sur le chemin de rive, à travers les pistes charretières de la forêt de Miers, une visite à Mauriac, un jour de grand soleil, nos amours dans une grange, des nuits dans son lit... Des souvenirs, oui, par bouquets, par gerbes ! Et l'album s'est refermé, lentement, comme une porte sur un soleil trop ardent.

J'étais prêt à revenir vers elle. Je l'étais au point de renouer avec nos projets mûris dans le silence des nuits : nous reprenions l'auberge de ses parents, qui périclitait, nous installions une chambre pour les enfants, nous faisions de la réclame dans les journaux pour attirer la clientèle de Mauriac, nous restaurions la salle de bal, avec un bar à l'américaine...

Il y avait beaucoup à faire à l'auberge. M. Coyne s'y était rendu un dimanche, en famille, et s'était bien promis de n'y plus revenir. À côté, la gargote de Silli était un trois-étoiles ! Peu à peu l'indifférence des Croze consommait le naufrage.

Gaby quitta durant quelques jours son service humanitaire pour un week-end prolongé en famille. Je n'en fus informé que par la suite : elle n'avait pas eu le temps de me voir ! Pour la Toussaint, peut-être. Ou à la saint-glinglin... En d'autres circonstances, cette désinvolture m'aurait ulcéré. Par chance, j'avais d'autres préoccupations en tête.

Le travail sur les chantiers marchait au ralenti. Trouver du ciment pour bétonner, des outils, du matériel, du carburant relevait du parcours du combattant. Les courriers de M. Coyne à l'entreprise Ballot, chargée des travaux, ceux dont il inondait les ministères, restaient la plupart du temps lettres mortes. Repliés en Touraine, nos ministres avaient d'autres chats à fouetter.

Les difficultés étaient moins pressantes quant au ravitaillement, mais les paysans, prévoyant la pénurie, ne lâchaient leurs produits qu'avec parcimonie. Le fromage ne faisait pas défaut, mais les ouvriers ne pouvaient s'en contenter. Aux cantines, on s'arrachait les cheveux. On comptait un peu sur la chasse, mais on ne nous fournissait du gibier, du sanglier et du chevreuil notamment, qu'en quantité insuffisante, et d'ailleurs cette activité allait être interdite. On se rabattait sur les viandes de mauvaise qualité qui nous tombaient sous la main. La femme de Silli s'était fait une spécialité du renard, du blaireau et du ragondin, que je trouvais immangeables, mêmes alliés à des condiments robustes. Les conserves de renard de Mme Silli sont restées dans la légende ; elles faisaient pourtant partie de l'histoire.

L'oncle Joseph tirait bien son épingle du jeu. Il avait repris du poil de la bête et son moral était au beau fixe. De temps à autre, il poussait jusqu'à mon bureau, une bouteille camouflée dans sa veste.

— De la part du *signor* Silli ! me lançait-il. C'est du bon, pitchoun...

— Mais, mon oncle, c'est du vol !

— Comme tu y vas ! Pour ce qu'il me paye... Si tu voyais sa cave ! La caverne d'Ali Baba. Je suis pas le seul à taper dedans.

Ces bouteilles, nous les buvions ensemble, sans trop de scrupules de ma part, accompagnées d'un chapelet de souvenirs.

Teresa n'était pas de la première jeunesse. La trentaine passée, et déjà, des signes précoces qui lui donnaient quelques années de plus, mais un visage pathétique, d'une beauté à se mettre à genoux devant.

Notre première rencontre, je l'ai dit, remontait au soir où les Blanch pendaient la crémaillère. Au dessert, elle avait chanté en s'accompagnant à la guitare un air de marche des républicains espagnols : *Carascal,* je crois bien, avec une voix un peu rauque et des sortes de plaintes qui nous tiraient des larmes. J'en avais été ému et troublé.

Juan m'avait dit avant de passer à table où trônait une énorme paella :

— Si j'ai invité Teresa, c'est qu'elle est seule et désemparée. Elle ignore où se trouve son mari, Pablo. Ils se sont perdus dans leur retraite vers le Perthus, au cours des derniers combats.

Elle avait trouvé un emploi modeste à l'infirmerie, dans le service du Dr Dreyfus. À Gérone, où elle était née, son époux et elle tenaient une pharmacie. La guerre venue, elle avait fermé boutique pour prendre les armes et suivre son mari. Elle avait fait le coup de feu et soigné les blessés avant la retraite vers la frontière.

Nous nous voyions souvent, car nos baraquements étaient proches, mais sans échanger un mot, sinon pour des questions de service. Peu de temps après la soirée chez Juan et Olivia, je la vis passer devant chez Silli, alors que je buvais une bière à la terrasse, en compagnie de Rico, jeune journaliste catalan devenu coiffeur. Il lui fit signe de se joindre à nous.

Nous avons bavardé puis dîné à la cantine et fini la soirée ensemble. Rico nous a quittés pour un travail qu'il avait en train et dont il me parlait parfois : une relation des événements de la guerre en Catalogne, avec l'espoir d'en faire un livre et de le publier en Espagne. Il croyait, dur comme fer, à la chute de Franco.

Je proposai à Teresa de finir la soirée au cinéma installé à la salle des fêtes et qui fonctionnait deux ou trois fois par semaine. On jouait ce soir-là *La Reine Christine*, avec Greta Carbo. Nos mains se cherchèrent et ne se lâchèrent plus. De temps en temps, elle soupirait lourdement, comme pour dire : « À quoi bon ? » Nos regards se croisaient dans la pénombre, sous des strates de fumée de tabac. Il émanait d'elle un parfum un peu fort.

En sortant, nous avons flâné sans but précis à travers la cité, elle accrochée à mon bras. Devant la cantine de Silli, Joseph, dans sa tenue de cuisinier maculée de sauce, fumait sa pipe, une bouteille à ses pieds. À défaut d'un eldorado, il avait trouvé le pays de cocagne. Il me fit un clin d'œil complice au passage.

Après l'animation et le bruit de la soirée, la cité retrouvait son calme. De la maison de M. Coyne venait une musique de violon et de piano. Des gosses jouaient dans les jardins, sous les lampadaires. Avant de regagner leur paillasse, des ouvriers ivres somnolaient, allongés sur des bancs ou dans l'herbe. Ici et là, des radios déversaient des airs de Tino Rossi, de Rina Ketty et des Collégiens de Ray Ventura. Dans la pénombre d'une chambre, un couple de Polonais dansait. Un ivrogne sortit d'une baraque, une bouteille à la main, nous prit à partie et tourna les talons.

Teresa s'arrêta, ferma les yeux.

— Seringa...

— Que dis-tu ?

— Je dis que ça sent le seringa. Tiens, regarde, là, à droite, dans ce jardin. J'en avais un, à Gérone, derrière la pharmacie. Il embaumait, le soir, lorsque Pablo et moi nous reposions sur le banc en écoutant les nouvelles de la radio. C'est comme un signe que Pablo n'est pas mort et qu'il reviendra. Tu connais le poème d'Eluard : « Seringa, masque de l'aveugle / Écorce de la nuit d'été » ?

Elle reprit mon bras, m'entraîna vers le chemin qui monte vers le pont du Moulinot, sous une voûte de mûriers au travers desquels la rivière scintillait comme un bain d'étoiles. L'air de la soirée sentait la vase et le ciment frais.

— N'allons pas plus loin, dit-elle. Je déteste cet endroit.

Nous approchions du quartier chaud : celui des bordels. L'un d'eux était tenu par un couple d'Espagnols, les Sanchez, originaires des quartiers louches de Barcelone. Avant de faire mes débuts dans l'administration du barrage, je m'y rendais avec quelques copains de Spontour, d'Aynes et de Nauzenac, alors que Gaby me battait froid ce qui, implicitement, me rendait ma liberté. Je m'en suis vite lassé : les filles n'étaient pas de premier choix et l'amour sans amour n'est pour moi qu'un exutoire facile mais décevant.

Nous avons fait demi-tour et nous sommes assis sur un banc, au-dessus de la rive. De petites lumières clignotaient de l'autre côté de la rivière, vers Durfort et Le Breuil où l'on installait des postes de commande.

— Si M. Coyne m'avait écoutée, dit Teresa, on aurait refusé l'ouverture de ces maisons. Pas pour des raisons morales – je ne suis pas, comme on dit, bégueule – mais parce que c'est pas bon pour les ouvriers. Ils y laissent leur argent et leur santé. J'en parle en connaissance de cause. Ils viennent tout honteux se faire soigner. S'il n'y avait que les filles du bordel... On peut les contrôler, les soigner, lorsqu'elles attrapent une maladie vénérienne, mais ce qui nous cause le plus de souci, ce sont les prostituées. Celles-là sont incontrôlables.

— Les ouvriers, il faut les comprendre. Tous ces hommes dans la force de l'âge, sans femmes...

La présence des prostituées ne m'avait pas échappé. Je les voyais, chaque soir, errer sous les arbres en fumant une cigarette. Elles ne manquaient pas de clients, car on pouvait discuter des tarifs. Je me suis laissé tenter un soir par une petite Juive polonaise, Stefa, qui me demandait du feu. J'ai refusé de la suivre dans sa baraque ; nous sommes allés dans la mienne pour la nuit. Entre deux corps à corps, j'ai dû rêver à haute voix, car elle m'a dit, le matin, avant de me quitter :

— Tu as été bavard, cette nuit. Tu n'arrêtais pas de parler de Gaby. C'est ta fiancée ?

— Non, c'est ma sœur. Je suis inquiet : elle ne donne pas de ses nouvelles.

Je racontai ma nuit d'amour tarifée à Teresa. Elle se mit à rire.

— Ta Stefa, dit-elle, je la connais. C'est la fille d'un bétonneur, Kociak, et une de nos « clientes ». Nous la soignons pour une maladie vénérienne depuis quelques jours. Tu l'as échappé belle !

Elle ajouta en se levant :

— Je dois rentrer. J'habite cette baraque, au bout de l'allée qui monte vers l'église. C'est celle qui a des géraniums aux fenêtres. Je la partage avec une collègue, Isabelle, avec qui je fais bon ménage, mais elle s'inquiète pour un rien. Une vraie mère poule. Ça m'amuse...

J'aurais aimé lui proposer de finir la nuit avec moi, tant j'avais envie d'elle, mais il y avait entre nous un fantôme : Pablo.

Le batardeau aval qui avait atteint la hauteur requise, une dizaine de mètres, formait une digue en travers le lit de la rivière. Les crues étaient pour nous une préoccupation constante : elles arrivaient sans prévenir et déclenchaient une alerte générale. L'eau sautait par-dessus les gabions, s'engouffrait dans les chantiers, les ravageait. Le lendemain, il fallait patauger dans la boue pour retrouver les outils éparpillés et remettre de l'ordre.

Un travail de Pénélope.

Un jour, on s'aperçut, au cours des examens d'étanchéité, que de l'eau filtrait par des failles. Il fallut y couler des injections massives de ciment. Quelques mois plus tard, nouvelle alerte ! Tout le matériel était emporté par une crue plus puissante que la précédente. Il ne restait qu'une image de désolation, un chaos de boue et de débris végétaux arrachés en amont...

Les adversaires du barrage triomphaient :

— On te l'a assez dit, Peyrissac, on peut rien contre la Dordogne. Un jour ou l'autre, elle reprend son lit et elle se venge !

Il fallut travailler dur pour redresser le situation et que M. Coyne retrouvât le sourire.

Il avait prévu de mettre en œuvre des équipements ultramodernes, mais la situation du pays rendait les livraisons aléatoires.

Dans l'attente, il se lança dans un programme d'infrastructures routières et ferroviaires qui constituaient un pari sur l'avenir. Il lança un nouveau pont sur la rivière, fit construire une route entre Chalvignac et Aynes et une voie ferrée qu'empruntèrent des convois tractés par une jolie locomotive qu'on appelait la *Jeanne*. Il fit aménager des lieux de stockage, à Mauriac notamment, ouvrit des ballastières pour traiter sables, graviers et galets destinés à faire de l'agrégat. L'ouvrage le plus impressionnant était sans aucun doute un téléphérique long de cinq kilomètres.

Ces travaux gigantesques ne se faisaient pas sans accidents, souvent graves, parfois mortels. La main-d'œuvre occasionnelle n'était pas préparée à des travaux de cette nature et de cette importance. En dépit de sa bonne volonté, les bévues étaient inévitables. On ne comptait plus les entorses, les fractures, les pneumonies, les atteintes de la silicose... Un tir de mine malencontreux fit deux victimes : un Espagnol et un Russe.

Les usines à béton édifiées sur les deux rives étaient de dimensions médiévales. Elles se présentaient comme des donjons hexagonaux hauts de trente-cinq mètres, sur quatre étages, et capables de produire cent mètres cubes de béton à l'heure. C'étaient, selon M. Laurent, les pièces maîtresses du chantier.

Il me disait :

— Quand nous serons à plein rendement, le chantier de l'Aigle sera le plus vaste du monde. D'ici quelques mois, tu assisteras à un fameux numéro de cirque par les frères Blondin...

— Un numéro de cirque ? De quoi voulez-vous parler ?

Il sourit et refusa de m'en dire plus.

J'aurais dû m'attendre à la nouvelle qui venait de m'accabler : Gaby avait trouvé l'élu de son cœur.

On lui avait assigné comme premier poste, à la sortie de l'école normale, l'école de Bugeat, en haute Corrèze, sur le plateau de Millevaches. À peine installée, elle m'adressa une carte postale représentant l'hôtel des Postes et la rue principale, avec ces simples mots : « Bugeat est un bourg vivant et agréable. Je crois que je m'y plairai. Je t'embrasse. » On ne pouvait être plus concis et plus bref.

Quelques semaines après son affectation, elle tomba amoureuse du fils d'un négociant, Édouard, un garçon de son âge qui faisait son droit à Limoges. Je fus informé de leurs fiançailles par Luce, la petite servante des Croze. Une lettre de Gaby me le confirma : elle m'avait aimé sincèrement, mais avec tant d'aléas qu'elle ne croyait plus à une liaison à long terme. Son mariage était prévu pour septembre, peu avant Noël.

Le cœur en berne, je tirai le rideau sur cette idylle, Daphnis et Chloé ayant pris des itinéraires divergents. Je ne gardais d'elle, outre nos souvenirs, qu'une photo prise à l'occasion de sa première communion, un petit mouchoir de dentelle et la bague du contremaître de la Manu, qu'elle avait piétinée.

Ma stupeur passée, mon chagrin bu jusqu'à la lie, je me sentais étrangement soulagé. Je souhaitais de tout cœur ne plus la trouver sur mon chemin, cette... cette... Les mots me manquaient.

Mon service s'agrémentait parfois d'épisodes tragi-comiques. Je ne me souviens pas sans un sourire apitoyé de l'arrivée sur le chantier du père Sylvain.

J'étais occupé à mettre la dernière main à un dossier d'expropriation, lorsqu'on m'annonça un visiteur que M. Coyne n'avait pas le temps de recevoir.

Tout le monde, à des kilomètres à la ronde, connaissait le père Sylvain ou en avait entendu parler. Cet ermite des temps anciens du Désert vivait dans une cabane construite de ses propres mains, près du village de Firmigoux, sur la rive cantalienne, juste au-dessus de la rivière.

Jadis, avec quelques drôles de mon acabit, nous nous rendions à son ermitage, discrètement, en nous cachant de lui, car il n'aimait pas être dérangé. Blottis entre genêts et fougères, nous l'observions dans ses activités quotidiennes : écailler le poisson qu'il venait de pêcher, écorcher le lapin qu'il venait de piéger, pétrir et cuire ses galettes dans un four rudimentaire, traire sa chèvre, puiser l'eau à sa source et faire ses oraisons devant une croix faite de deux branches plantée entre des rochers...

Un jour, un de mes copains me poussa du coude.

— Regarde, Émile, qu'est-ce qu'il est en train de faire ?

Il était, tout bonnement, en train de déféquer. Un

ermite, nous venions de le comprendre, est un homme comme un autre, pas un pur esprit. J'aurais pu m'exclamer : « Le roi est nu ! », mais je manquais encore de références littéraires.

M. Soudeille nous avait parlé de lui avec un certain respect. Le père Sylvain avait vécu en Palestine, entre le tombeau du Christ et la muraille de Salomon. Des images de croisade nous traversaient l'esprit.

Le père Sylvain était devant moi, dans mon bureau. Il avait amené sa chèvre avec lui et l'avait attachée devant la porte comme un cow-boy son cheval à l'entrée du saloon. Il était revêtu d'une bure trouée en maints endroits, élimée aux autres, et tenait à la main, poliment, son chapeau de paille effrangé. Il était brun de peau comme un Sarrasin ; ses bras maigres et tendineux dépassaient de sa robe, avec, au bout, de grosses mains tannées de paysan. Il puait la sueur.

Je lui demandai les motifs de sa visite et ce qu'il attendait de moi.

— Mon Dieu, répondit-il, comment vous le dire ? Je suis installé au Firmigoux depuis plus de dix ans et ne gêne personne. Et voilà qu'à cause de votre barrage on va m'obliger à déménager, moi et Finette, ma chèvre, qui est pleine. Alors, je me disais que, si vous aviez un petit travail pour moi... Par exemple comme aumônier...

— Nous n'avons pas d'aumônier sur le chantier, père Sylvain. Ce poste n'est pas prévu, et, de toute manière, c'est de votre hiérarchie que relève la décision. Les offices se font à la chapelle d'Aynes, avec les curés de Spontour et de Nauzenac. Vous devriez aller les trouver. Ils pourraient vous aider.

— Jamais de la vie ! Ils me méprisent.

— Alors, je ne vois pour vous qu'un refuge :

l'abbaye de Saint-Projet, où il reste quelques moniales. Elles ne pourront refuser de vous accueillir. Voulez-vous que je les fasse prévenir ?

Il marmonna :

— Saint-Projet... Saint-Projet... Ma foi, je n'y avais pas songé. Vous avez raison, c'est le mieux que je puisse faire.

— Je peux vous y faire conduire par un de nos camions.

Il préférait s'y rendre à pied. Je me proposai de lui faire donner quelques vivres à la cantine. Il me montra sa musette : il lui restait des galettes et du fromage.

— En revanche, si vous aviez une bouteille de vin. Il y a longtemps que je n'en ai pas bu, et la route est longue.

J'envoyai un jeune secrétaire faire cette emplette à la coopérative. Le religieux l'examina comme une pièce rare, parcourut l'étiquette et dit simplement :

— Dieu vous le rendra, mon fils. Je prierai pour vous.

Il décrocha la laisse de sa biquette, jeta sur l'épaule la croix de branche de son ermitage et son sac de cuir : toute sa fortune. Il me dit en se retournant :

— Est-il vrai que la vallée doit être noyée ?

— Elle le sera en partie seulement, mon père, mais votre ermitage est appelé à disparaître.

— Alors il faut s'incliner, puisque Dieu l'a voulu.

J'appris, quelques jours plus tard, qu'il était arrivé à bon port, fourbu mais radieux. Il était hébergé par les moniales, s'occupait de leur jardin et leur rendait de menus services. Cette retraite allait être interrompue trois ans plus tard : le couvent devait être abandonné en raison de la mise en eau du barrage, après avoir occupé ce site durant un demi-millénaire. Je ne pus ni ne voulus assister à la messe d'adieux célébrée la veille du départ. On peut voir émerger quelques pans de murs, lorsque le niveau de la retenue est en baisse.

Avec la bénédiction de M. Coyne, Teresa entreprit une croisade contre l'ivrognerie, cette plaie du chantier. Durant leur temps de travail, la plupart des ouvriers ne buvaient que la chopine qu'ils emportaient dans leur musette avec le casse-croûte. Revenus à la cité, libres de leur temps, ils ne moisissaient pas dans leur baraquement, surchauffé en été, glacial en hiver, triste en toute saison. Ils se distrayaient en jouant aux quilles, aux boules, à la grenouille, allaient retrouver leurs compagnons de manille ou de belote au bistrot, et là, un verre en entraînait un autre, parfois ça tournait mal.

Je prenais leur défense, arguais de la solitude et de la fatigue pour justifier, sinon excuser leur ivrognerie et ses suites funestes. Teresa demeurait intransigeante :

— Ils pourraient mieux occuper leur temps libre. Par exemple prendre des cours du soir de français, s'informer du fonctionnement du barrage, aller à la pêche ou se promener. Ils pourraient...

— Ils pourraient, c'est certain, mais personne ne peut les y forcer. Tout ce qu'on leur demande c'est qu'ils fassent correctement leur travail, et qu'ils ne troublent pas l'ordre public, ce qui est le cas. Tu sais mieux que quiconque que les incidents sont rares, contrairement à ce que l'on craignait.

Teresa avait pris en grippe les distillateurs clandestins, des tenanciers de cantines, qui fabriquaient, à l'aide d'alambics rudimentaires, un tord-boyaux ravageur qu'ils vendaient à bas prix. À sa demande, les gendarmes d'Aynes avaient perquisitionné, mis les alambics sous séquestre et dressé des contraventions.

Je fus, un soir, témoin et acteur à mon corps défendant d'une bagarre chez Silli, où j'avais mes habitudes.

Un Portugais et un Espagnol s'étaient querellés au cours d'une partie de cartes, chacun accusant l'autre de tricher. L'Espagnol balaya la table d'un geste furibond ; le Portugais sortit de sa poche un couteau de belle dimension, sorte de *navaja* bonne pour saigner les porcs. Son adversaire prit la bouteille de gnole et la brisa sur le bord de la table. Immobiles, ils se lançaient des regards et des paroles de défi.

Je me levai et, avec l'aide d'un conducteur de travaux, Salagnac, je tentai d'intervenir. Ils nous repoussèrent, nous ordonnèrent, dans leur mauvais français, de ne pas nous mêler de leur querelle et nous menacèrent. L'Espagnol écarta d'un coup de pied la table qui les séparait, si bien qu'ils se retrouvèrent nez à nez, prêts à se servir de leurs armes, comme pour une scène de western, sauf que ce n'était pas du cinéma. La navaja plongea, déchira la chemise de l'Espagnol, entama la chair. Il s'élança, en traitant son adversaire de *maricon* et d'*asesino*, trébucha sur une chaise renversée et alla s'aplatir contre le comptoir. Tandis que Salagnac s'efforçait, avec précaution, de maîtriser le Portugais qui brandissait toujours son arme, je demandai de l'aide. Derrière l'éventail des cartes, personne ne bougea. Cette bagarre était une aubaine ; les témoins pourraient en parler durant des jours. L'un d'eux pourtant, un petit Espagnol, Pepito, alla prévenir les gendarmes. Quelques minutes plus tard, ils mettaient fin à la rixe.

Malgré son jeune âge, Pepito était devenu un personnage important de la cité, dans son rôle de commissionnaire. Nous l'appelions le Mousse.

Cet orphelin s'était mêlé au flot des républicains en route vers la frontière et l'exil, comme une brindille au fil de l'eau, sans savoir où le courant l'entraînait. Sa débrouillardise de Gavroche lui avait permis de survivre. J'ignore à la suite de quelles circonstances il s'était trouvé mêlé, sans papiers, sans projets, presque sans souvenirs, à un groupe qui, parti d'Argelès, se présenta à M. Coyne. Pepito se lia d'amitié avec un garçon qui avait suivi, à peu de chose près, le même cursus : Antonio.

Ils firent équipe et, pour survivre, acceptèrent de menues tâches, comme l'entretien des jardins, le débardage, le service aux cantines, pour finir dans un rôle plus valorisant d'argus. Ces mousses étaient connus et aimés de tous. M. Coyne en fit des employés à part entière, les dota d'une bicyclette et d'un salaire. Ils étaient comme des frères jumeaux et partageaient la même baraque.

Pepito et Antonio, devenus agents de liaison, avaient constitué une sorte d'agence de communication informelle mais efficace. En plus de leur travail régulier, ils acceptaient de faire des extra et ne refusaient jamais de rendre un service. Ils s'étaient rendus indispensables.

Les jours qui ont précédé et suivi l'armistice ont profondément marqué ma mémoire.

Le général Weygand n'avait pu faire admettre par le gouvernement de Paul Reynaud le refus qu'il préconisait d'une capitulation. Churchill faisait, de

Londres, un pari sur l'avenir et souhaitait une union sans faille entre nos deux pays. Reynaud préférait miser sur une intervention américaine, mais il ne reçut que de vagues promesses. De Gaulle, lançant son appel historique le 18 juin, prenait la tête de la Résistance. Peu de gens l'écoutèrent ; moins encore suivirent son exemple. Les temps étaient au désarroi plus qu'à l'espoir, mais les graines étaient semées.

C'est alors que, dans tous les foyers ou presque, retentit la voix chevrotante du maréchal Pétain, nouveau chef d'un gouvernement en pleine déconfiture.

Je me trouvais ce jour-là en compagnie de M. Laurent, de Salagnac et de Juan Blanch, à une table de la cantine, quand cet appel de détresse, cette litanie de la soumission, monta comme du fond d'un gouffre. Nous en étions atterrés. Certains allumaient leur cigarette d'une main tremblante, d'autres se détournaient pour cacher leur émotion, tous gardaient le silence.

Qu'allait-il advenir du barrage ? Mon avenir m'importait peu : je trouverais toujours du travail, sous quelque forme que ce soit. Je songeais plutôt à ces pauvres bougres qu'on allait peut-être devoir licencier et qui allaient traîner leur nostalgie et leur misère sur les routes ou dans des camps.

Le soir même, M. Laurent, José Gonzalès, Salagnac, Teresa et moi nous étions donné rendez-vous chez Juan et Olivia, non pour banqueter mais pour une sorte de méditation en commun sur la situation. J'avais ramené de la cantine une bouteille de grappa qui fut la bienvenue. Olivia avait préparé quelques pâtisseries.

Mes appréhensions ne tardèrent pas à se dissiper. M. Coyne avait affirmé à M. Laurent que le sort du barrage n'était pas menacé, le pays, au sortir de la guerre, ayant plus que jamais besoin d'électricité. Nous allions traverser des temps difficiles, mais les travaux poursuivraient leur cours.

— L'armistice signé par Pétain, ajouta M. Laurent, prévoit une zone libre au sud de la Loire. Nous sommes donc assurés de ne pas travailler au profit des Allemands.

— Jusqu'à ce qu'ils décident de rompre cet accord ! bougonna Salagnac. Croyez-vous qu'ils se soucieront d'un chiffon de papier, le jour où ils se sentiront menacés par un débarquement sur les côtes de la Méditerranée ? Que ferons-nous alors ?

— Si le barrage n'est pas terminé, il faudra tout arrêter. S'il fonctionne, il faudra saboter sa production. M. Coyne est formel : les Allemands n'auront jamais notre électricité !

Nous nous sommes livrés, ce soir-là, à de sombres libations, comme pour consommer un chagrin d'amour. Toute la bouteille de grappa y passa, et même ce qui restait d'un flacon de vieille prune qu'Olivia ramena de sa cave. Nous étions tous, sauf Teresa, un peu ivres et portés aux spéculations chimériques : nous affrontions les autorités du IIIe Reich, Pétain, Laval et toute leur clique, nous faisions sauter à la dynamite les organes vitaux du barrage, nous partions rejoindre de Gaulle à Londres. M. Laurent, lui, était décidé à rallier l'Amérique...

Il était minuit passé lorsque, Teresa à mon bras, je regagnai mes pénates. Sans elle, ivre comme je l'étais, qui sait où je me serais retrouvé dans la nuit ? Elle chercha la clé de ma baraque, la trouva sous le rosier, ouvrit ma porte et m'aida à me dévêtir, alors que je bredouillais des propos sans queue ni tête. Elle m'embrassa sur le front.

— Bonne nuit, jeune ivrogne, me souffla-t-elle à l'oreille. Fais de beaux rêves.

J'accrochai son bras et la priai de rester. Elle secoua la tête.

— Tsss... tsss... Pas ce soir, Émile, pas ce soir.

Cette dernière phrase, je l'ai gardée dans l'oreille comme le zonzon d'un moustique que l'on n'arrive pas à écarter.

Au cours de cette soirée, nous avions condamné à la fois la défaite et le honteux armistice qui l'avait conclue, mais avec une notion de revanche : notre barrage n'était pas condamné. Nous allions nous remettre à la tâche pour lancer un défi aux forces du mal.

La nuit d'été, lourde, sans un souffle, pénétrait à pleines fenêtres dans mon galetas. À peine allongé nu sur mon lit, ma tête amorça une lente giration. Je me levai pour aller vomir au pied de mon rosier, avec dans l'oreille une rumeur obsédante, pareille à celle de la rivière jaillissant de son tunnel. Je me demandai si, quelque part en amont, un orage n'avait pas déclenché une nouvelle crue.

Ce n'était que la rumeur de l'ivresse qui bourdonnait dans ma tête.

Le dimanche suivant, alors que je descendais vers la rivière avec, dans ma poche, un livre de Zola, je surpris Teresa occupée, en plein soleil, à repeindre en blanc la palissade de son enclos. Elle avait revêtu une salopette, coiffé un chapeau de paille et fumait une cigarette.

Je lui demandai si elle voulait un coup de main. Elle me remercia. La chaleur allait l'obliger à arrêter ; elle reprendrait ce travail dans la soirée. Les mains aux hanches, elle se renversa en arrière avec une grimace, en gémissant :

— Aïe, mes reins... Tu vois, je me fais vieille. D'ici quelques années, je ne serai plus bonne à rien.

Elle ajouta :

— Que vas-tu faire de ta journée ? C'est quoi, ce livre ?

Je lui tendis les *Contes à Ninon*. J'avais l'intention d'en lire quelques-uns en me baladant en aval, jusqu'au moulin d'Auze. Je lui laisserais ce livre à mon retour. Elle avait lu Zola en français, à Gérone, et en gardait une passion. Cela pourrait nous faire, pensai-je, un sujet de discussion. Elle me dit :

— On pourrait déjeuner ensemble, chez moi, si tu es libre. Il me reste une moitié de poulet et du fromage.

— Et ta compagne, Isabelle ?

— Elle est partie pour la journée, à bicyclette, voir sa cousine de Lapleau.

Elle parlait avec une certaine gêne dans la voix, en agitant le portillon. Moi, j'étais aux anges. Je fis le tour de promenade que je m'étais proposé, mais sans pousser jusqu'au moulin d'Auze, tant j'avais hâte de la retrouver. Au retour, je passai par la coopérative où je me procurai deux bouteilles de bordeaux, des gâteaux secs et deux plaques de chocolat, dont je savais qu'elle raffolait.

Elle protesta mollement que je n'aurais pas dû et me demanda de fermer sa porte au soleil. Fenêtres fermées et volets mi-clos, il régnait, dans son petit appartement baignant dans la pénombre, une chaleur d'étuve. Cela ne semblait pas l'indisposer. Dans la colonne de jour entre deux volets se dressait un mur de forêt sur lequel la chaleur faisait trembler une gelée transparente et bleuâtre. Un poste de radio jouait, à proximité, une symphonie de Mozart dans le silence de midi. Le frelon entré en même temps que moi se cognait aux murs et au plafond. Teresa me demanda de le chasser ; je le fis tomber d'un coup de balai sur le mur et l'écrasai sous ma chaussure.

— Encore quelques minutes, dit Teresa, et le poulet sera réchauffé. Tu peux ouvrir une de tes bouteilles. Ça nous fera un apéritif.

Je n'avais jamais pénétré chez Teresa. Son logis était modeste mais propret et confortable. Aucun objet, aucun tableau n'inspirait la nostalgie, sauf une photo dans un petit cadre de verre, posé sur l'étagère aux livres : elle montrait un militaire en bras de chemise, un calot sur la tête, une cartouchière en travers de la poitrine, l'air d'un guérillero. Je m'approchai.

— Pablo..., dit-elle. C'était au début de la guerre, dans la banlieue de Barcelone. C'est moi qui ai pris cette photo. Elle ne lui ressemble pas. Trop de soleil...

Elle déploya une nappe et nous nous assîmes en face l'un de l'autre. Nous bûmes un verre de vin pour nous mettre en appétit. Teresa avait préparé son poulet avec des petits pois de conserve. Il était coriace et cela nous fit rire. Le fromage, du saint-nectaire, était en revanche délectable. En guise de dessert, nous trempâmes nos petits-beurre dans le vin.

Nous n'avons pas beaucoup parlé durant ces agapes sommaires. Ce que nous attendions l'un de l'autre, et qui nous paraissait une conclusion logique, ni elle ni moi n'avions envie d'en parler, mais nous n'avions que cela en tête, au point de manger sans appétit mais de boire sec, si bien qu'une bouteille fut à peine suffisante.

Je lui proposai de faire la vaisselle.

— Pour ce qu'il y a à faire, répondit-elle, je m'en chargerai plus tard.

Depuis que nous avions passé à table, et même avant, je la sentais tendue, nerveuse, avec des hésitations dans la voix et des réponses en forme de monosyllabes, comme si elle craignait, en jetant une pierre dans le silence, d'en dénaturer la qualité ou de compromettre le mystère qui s'élaborait. J'avais envie d'elle ; je me disais que, si elle se refusait à moi alors que toutes les conditions étaient requises pour faire l'amour, je la perdrais à jamais. J'en avais des crispations dans la poitrine.

Elle se leva pesamment et me dit d'une voix un peu haut perchée :

— Émile, si tu veux faire ta sieste, inutile de revenir chez toi. Tu peux t'installer dans mon lit.

Un frisson me parcourut de la tête aux pieds comme une décharge électrique. Je répondis avec maladresse :

— Je ne voudrais pas te priver d'en faire autant.

— Tu ne m'en prives pas. Il y a deux lits. Je prendrai celui d'Isabelle.

Je lui demandai la permission d'enlever ma chemise. Elle se contenta de hausser les épaules. Je pouvais même me mettre nu si ça me chantait. Je m'exécutai et m'allongeai. Le traversin avait gardé son odeur – pas celle du seringa –, une fragrance complexe et plus intime. J'entendis, pareille à une musique d'été, l'eau couler dans le petit cabinet de toilette.

Quand elle reparut, elle était nue.

Elle n'était ni mince ni potelée, ce qui confirmait mes précédentes observations, quand elle était, comme la *Maja vestida* de Goya, dans sa tenue habituelle. Un mot peut la définir : épanouie. Entre ses seins largement déployés, placés un peu haut, pendait un petit boîtier d'or, de ceux qui renferment un portrait en miniature. Elle l'ôta et le posa sur la commode. Sa taille étonnamment mince amorçait un rebond vers le ventre et la croupe. La trace d'une cicatrice oblitérait sa hanche droite. Lorsqu'elle s'agenouilla au fond du lit, les muscles de ses cuisses se contractèrent sans perdre leur grâce. Des perles humides pétillaient encore sur sa toison épaisse et brune. À moitié inconscient, je n'osais bouger ni souffler mot, comme si j'étais le jouet d'un mirage et que cette image risquât de se dissiper brusquement, comme un film coupé. Elle s'avança vers moi en rampant pour m'offrir les seules vraies richesses du monde.

Elle bredouilla en se collant contre moi :

— Je t'attendais, mon chéri. Je savais que tu viendrais. Je suis si timide que je n'ai jamais fait le premier pas.

— Tu n'as rien à te reprocher. Nous venons de le faire ensemble.

Elle s'assit sur mon ventre, m'aida à la pénétrer. Nous avons crié en même temps.

Il était près de sept heures du soir et la chaleur s'atténuait, quand nous nous sommes levés. Délivrés d'une attente un peu crispée, insatiables l'un de l'autre, nous avions bavardé entre deux étreintes. Je n'avais jamais connu, même avec Gaby, un plaisir d'une telle intensité. Il m'habitait tout entier, reléguant aux antipodes tout ce qui lui était étranger. J'avais l'impression que ma peau craquait de toutes parts. Ce n'était pas le vide créé par la fatigue qui l'habitait, mais une plénitude délectable, non une ivresse fallacieuse, mais une conscience exclusive d'un bonheur à l'état pur.

— Tu vas devoir partir, me dit-elle en se rhabillant. Isabelle ne va pas tarder à rentrer. Je n'aimerais pas qu'elle te voie ici.

— Cette cicatrice à la hanche, c'est une blessure de guerre ?

— Un souvenir d'un combat dans la sierra de Monseny. Une balle des franquistes. Pour la première fois, ce jour-là, j'ai tué un homme. Jamais je ne pourrai l'oublier, Émile, jamais.

Nous avons vu, à la fin de cette année 1940, arriver sur le chantier un premier contingent de Nord-Africains faits prisonniers par les Allemands et libérés pour soulager les structures carcérales d'individus aux coutumes et aux mœurs particulières. M. Coyne leur assigna comme lieu de résidence le Moulinot, en aval du chantier, sur une rive de la Dordogne. Il tenait à les séparer des autres ethnies pour éviter des heurts et des quolibets méprisants pour ces « bicots », « monzamis », « ratons », en oubliant qu'ils avaient, pour défendre la France, quitté leur famille, leur douar, et fait le sacrifice de leur vie.

Ils débarquèrent dans un état de détresse physique et morale affligeant, comme prêts à subir les pires offenses. On les aurait fait coucher à la belle étoile, ils n'eussent pas bronché. Ils avaient la certitude d'obtenir du travail et du pain ; cela semblait leur suffire.

M. Coyne eut quelques déceptions avec eux : beaucoup travaillaient quand bon leur plaisait, passaient sans prévenir leur chef d'un chantier à un autre ou s'absentaient sans motif. Parlant de leurs baraquements, on disait « le Maroc » ou « le Village nègre ». Ils étaient grands consommateurs de beurre et de fromage. Au cours d'une visite, je me bouchai le nez : il flottait dans leur galetas une écœurante odeur de beurre rance, à croire qu'ils en avaient badigeonné les murs.

On commençait à prononcer le mot « collaboration », alors que Pétain et ses ministres affirmaient leur volonté de rester maîtres de leur pré carré et des territoires d'outre-mer. Pour certains milieux, collaborer avec les Allemands allait de soi, puisqu'il fallait ménager les apparences, mais s'engager avec Hitler pour continuer la guerre était une perspective inconcevable. Les événements allaient remettre ces réserves en question.

Les Allemands progressaient sur tous les fronts. Ils avaient envahi la Yougoslavie et la Grèce ; presque toute l'Europe était sous leurs bottes. Dans le nord de l'Afrique, les Italiens livraient bataille aux Anglais dans les sables. La Wehrmacht chassait les souverains et les hommes d'État de leurs capitales, ce qui me rappelait le poème de Hugo que nous faisait réciter M. Soudeille : « Et les rois, balayés comme des feuilles mortes / se dispersaient au vent... » Je n'avais pas lieu de m'en réjouir.

La décision de Hitler de rompre l'alliance avec son compère Staline et de jeter sur les frontières de l'Est ses meilleures divisions nous plongea dans la confusion. Les Soviétiques étaient-ils prêts à se battre ? En cas de succès d'une guerre éclair, Hitler n'allait-il pas étendre sa toile d'araignée jusqu'aux confins de l'Asie, ce qui lui donnerait la domination du monde ?

En juillet, nous avons vu dans les journaux des placards annonçant le recrutement de volontaires contre le bolchevisme. J'en fus consterné. Le gouvernement de Vichy avait, semblait-il, renoncé à une politique passive qui ne faisait pas le jeu des Allemands.

Traqués de toutes parts, les communistes ne tardèrent pas à réagir et à constituer des maquis. L'un des premiers, sinon le premier, s'installa en Corrèze, à Neuvic, fief de Henri Queuille, à quelques kilomètres de notre barrage. Il était pour une grande part composé d'ouvriers de la MOI : un mouvement voué à la main-d'œuvre immigrée. Anesthésié par la défaite, humilié, le pays se réveillait et retrouvait sa dignité. Nous n'allions pas tarder à en éprouver les premiers effets autour de nous.

Au début de l'automne, Louise, la compagne de mon père, vint me rendre visite alors que, au soir tombant, je sortais avec Teresa de la cantine tenue par Luigi. Elle paraissait surexcitée et s'épongeait les yeux avec le fond de son tablier.

Elle me dit, d'une voix suraiguë :

— J'en peux plus, Émile. Ton père... ton père devient insupportable. Il m'a battue, regarde. Alors je l'ai quitté...

Elle me montra un gros hématome au-dessus de sa joue, renifla, essuya ses narines d'un revers de poigne et ajouta :

— Et si tu voyais mes cuisses et mon dos ! Pendant quelques mois il s'est arrêté de boire, de fumer, et il se montrait aimable. Je me disais que j'avais trouvé la crème des hommes. On avait pu mettre de l'argent de côté pour s'acheter ce qui nous fallait et j'avais pas à me plaindre, même au lit. Fallait que je me gendarme pour que je le prive à cause de son cœur, tu comprends ?

— Et il s'est remis à boire ?

— Si c'était que ça... Il a commencé par me dire que je devenais grosse et laide, que je sentais mauvais, que je tenais mal son ménage... Ça, c'est pas vrai, tout le monde pourrait te le dire. Alors, quand il a commencé à me battre, je suis retournée dans ma famille. Qu'il vienne me chercher ! Mon père sortira le fusil. Voilà, je voulais te prévenir pour que tu saches que je suis pas partie sur un coup de tête, avec un jeune...

— Tu as bien fait de venir me trouver. Je lui ferai la leçon.

— Fais-le, si ça te chante, mais je te préviens : même s'il me le demandait à genoux, je reviendrais pas !

Je remerciai Louise de sa démarche et de la confiance qu'elle me témoignait. Le dimanche suivant, je me rendis chez mon père. Il était dans son jardinet, un mégot au coin des lèvres, occupé à sarcler ses patates. Il n'avait pas dû se raser ni faire sa toilette depuis le départ de Louise. Sans ambages, en continuant à manier sa tranche, comme s'il attendait ma visite, il me dit :

— Alors, tu l'as vue ?

— Je l'ai vue.

— Et qu'est-ce qu'elle t'a raconté ?

— Que vous êtes devenu insupportable et que vous la battez.

Il détendit ses reins avec une grimace de douleur et me dit :

— Entre.

La salle commune sentait le caillé. Le feu sur lequel était posée la marmite à soupe couvait entre deux tisons. Au plafond, des mouches prisonnières bourdonnaient sur le piège de papier collant. Mon père sortit du buffet une bouteille de blanc et deux verres grisâtres.

— Tu boiras bien un petit coup ? Depuis qu'on s'est pas vus...

Je tendis la main pour éloigner la bouteille. Il soupira :

— C'est bien, mon gars. Tu as toujours été sage.

— Je n'en dirais pas autant de vous.

— Si tu es venu me faire la leçon, tu prends la porte...

— Si je suis là, c'est parce que Louise est venue se plaindre que vous la maltraitiez. Elle m'a montré les traces. C'est pas beau à voir.

— Elle le méritait. Elle me répondait.

— On peut « répondre », il me semble, sans risquer des coups de canne. Vous n'y êtes pas allé de main morte. Si elle portait plainte, ça pourrait vous mener au tribunal...

Il hurla en tapant du plat de la main sur la table :

— Je m'en fous ! Elle est partie. Bon débarras ! Cette garce me gâchait la vie. Elle se négligeait depuis quelque temps. Elle puait le poisson pas frais. Ta mère était pas comme ça. Ah non, alors ! pas comme ça...

Il vida son verre d'un trait, le remplit de nouveau, se laissa tomber sur le banc, les coudes sur la table et la tête dans ses mains, en gémissant :

— Ta mère, petiot, ta mère. Elle me manque. Jamais je pourrai l'oublier. Je la vois partout, le jour comme la nuit, à la maison, dans le jardin. Alors, tu comprends, quand je vois cette roulure de Louise à sa place, ça me met en boule.

— Louise, une roulure ? Vous exagérez !

— Je sais ce que je dis. Elle fricote avec le bedeau, oui, cette grosse courge qui peut à peine se traîner mais qui a des sous. Au début, quand on m'en a parlé, j'y croyais pas. Jusqu'au jour où je les ai surpris en train de faire leur affaire sur le cul d'une barque !

Abasourdi, je bredouillai :

— Vous n'êtes pas mariés, elle est libre. Peut-être qu'elle a voulu se venger de vos mauvais traitements. Peut-être que...

— Taratata ! C'est une garce, je te le dis. Elle a le vice dans la peau. Fallait pas lui en promettre, tu peux me croire !

Je me dis que Louise avait travesti la vérité ou menti par omission. Ou alors que mon père fabulait pour se donner le beau rôle. La vérité, je crois l'avoir pressentie : il ne se consolait pas de la mort de sa femme. Du jour où elle disparut, il ne fut plus le même homme, susceptible, toujours à cran, violent même...

Je lui demandai ce qu'il allait devenir, seul. Allait-il, comme son frère Joseph, tout planter là et venir me demander secours au barrage ?

— Te fais pas de bile pour moi, répondit-il. C'est mes oignons. Je survivrai...

Il a survécu une quinzaine. Peu avant la Toussaint, Luce est venue me trouver dans mon bureau pour m'annoncer la nouvelle navrante : on avait trouvé Clément Peyrissac pendu dans la grange avec, dans sa poche, la photo de son mariage.

Il pleuvinait lorsque nous sommes revenus du cimetière. Une coulée de nuages gras faisait une écharpe aux crêtes du Rognagou, sur les pentes de l'Auvergne. Nous avons pataugé dans une gadoue mêlée de bouses, sur le chemin qui descend de l'église. Il n'y avait pas eu de discours ; je m'y serais opposé et mon père se serait retourné dans sa tombe.

Pour les remercier de leur présence, j'ai payé un coup à boire à ses vieux copains, auxquels se joignit

M. Soudeille. Ils se faisaient rares. Espinasse, un de mes amis d'enfance, me tira à part pour me dire :

— C'est peut-être un peu tôt pour t'en parler, mais qu'est-ce que tu comptes faire de ta maison. Je te cache pas qu'elle m'intéresse. Je vais me marier avec une fille de Lavastroux et j'ai besoin de m'établir. Alors, si tu peux me faire une proposition...

Il ne perdait pas le nord, mon ami Espinasse ! Je promis de songer à son projet. Après tout, je ne reviendrai jamais habiter cette bicoque : elle était trop chargée de souvenirs.

Teresa, à qui je parlai de cette proposition, ne souhaitait pas que je vende. Je lui répondis que je m'en foutais, que je n'avais pas ce culte des maisons qui dresse autour d'une vie des murs de prison fictifs mais contraignants. Une maison n'est riche que de souvenirs et il y en avait trop dans la mienne, accrochés aux murs comme des portraits. C'était un peu la raison de mon choix. En me séparant de ce bien je me délivrais d'un passé qui n'était pas tapissé que de belles images.

Nous partagions des rapports de jour en jour plus intenses, et pas seulement charnels, au point que je n'envisageais pas sans un sentiment de terreur l'éventualité d'un retour de son mari.

Un soir, après l'amour, je lui confiai mes craintes.

— Tu n'as toujours pas de nouvelles de ton mari, mais qui nous dit qu'il ne te cherche pas, qu'il ne va pas revenir ? Dans ce cas, que décideras-tu ?

— Je le reprendrai, par fidélité, mais aussi parce que je n'ai pas cessé de l'aimer. Nous sommes amis d'enfance, comme toi et Gaby Croze, nous avons tenu ensemble notre pharmacie, nous nous sommes battus côte à côte en Catalogne. Il y a trop de sentiments entre nous pour que je renonce à lui volontairement. Désolée de te le dire, Émile... J'espère que tu me comprendras et que tu ne m'en tiendras pas rigueur.

C'était la première fois qu'elle me parlait aussi longuement de son mari. J'en étais bouleversé. Désormais, plus de doute : notre amour ne tenait qu'à un fil.

Parfois le dégoût me prenait, moins de la vie que je menais que de ce pays qui avait adopté la soumission comme conduite. Je résistais mal aux sirènes qui me chantaient sur tous les tons leur chanson d'Angleterre et d'Amérique. La voie était ouverte, sinon aisée : il suffisait de traverser l'Espagne. J'y pensais sérieusement. J'aurais même associé Teresa à ce projet, si elle n'avait été en attente de son mari. J'en aurais eu les moyens, avec la vente de ma maison de Spontour et des quelques terres qui restaient de la débâcle familiale.

Je soumis cette idée à M. Laurent : il m'y encouragea, d'autant que lui-même y songeait. J'en parlai à M. Coyne : il m'en dissuada fermement, me disant que c'eût été trahir. C'était au retour de l'inauguration de la chapelle Saint-André d'Aynes, édifiée dans les parages de Chalvignac, sur une hauteur que la retenue n'atteindrait pas.

Ç'avait été une belle fête. L'évêque de Saint-Flour, dans le Cantal, Mgr Lecœur, célébra l'office de consécration. Le maire de Mauriac nous avait envoyé sa fanfare. Un jeune accordéoniste, André Thivet, avait joué à l'harmonium une *Messe royale*, et accompagné une soprano employée au barrage, pour des airs de Massenet et de Gounod. L'assistance fit une prière collective à la mémoire d'un ouvrier, Canty, victime d'un accident du travail. Il ne manquait que la cloche : elle aurait comme marraine Mme Coyne et comme parrain M. Ballot, directeur de l'entreprise chargée des chantiers.

Au cours d'un vin d'honneur en plein air, M. Coyne nous fit la leçon :

— Mes amis, je me suis laissé dire que certains d'entre vous prévoyaient d'aller rejoindre de Gaulle à Londres ou même de filer en Amérique. Cela part d'un bon sentiment et je ne saurais m'y opposer. Cependant, je réprouve cette idée. Notre devoir est de rester au pays, pour montrer l'attachement que nous portons à nos valeurs : celle de la fidélité notamment. Je ne me sens vraiment vivant qu'avec mes racines sous les talons, une tâche à accomplir et une famille à protéger. Si nous nous en tenons à cette idée, ceux de Londres n'auront pas à rougir de nous...

Et voici qu'entre en scène un personnage qui va faire parler de lui : Antoine Comberou.

Cet homme dans la quarantaine, maigre comme un sarment, au regard torve sous des paupières lourdes, venait des parages de Mauriac où il avait été tenancier d'une auberge, laquelle avait périclité puis sombré. Ouvrier d'une ballastière, il était exécré de ses collègues.

Comberou s'était érigé en apôtre de la révolution nationale et de la collaboration. Pour lui, le salut de la France, après les victoires des Allemands en Russie, se mesurerait à l'intensité et à la qualité de notre volonté de participation à la croisade contre le bolchevisme.

Lorsqu'il m'avait entrepris, en m'offrant une

bière chez Luigi, je l'avais rabroué, en lui faisant comprendre que je ne mangeais pas de ce pain-là.

Le soir, en regagnant sa cambuse, le premier soin de ce provocateur était d'allumer sa radio et, fenêtres ouvertes, d'inonder le quartier des informations de Radio-Paris, une station vendue à l'occupant, alors que, dans la plupart des autres baraques, on attendait avec impatience les quatre coups de tonnerre de Beethoven annonçant les émissions en français de la BBC.

Les avertissements de M. Coyne, succédant aux plaintes et aux menaces des voisins, n'ayant pas porté leurs fruits, son poste de radio lui fut confisqué, à la suite d'une note que M. Coyne me chargea de rédiger. Quand Comberou m'annonça qu'il allait porter plainte auprès de la gendarmerie, je lui fis comprendre que cela lui attirerait des ennuis sérieux.

Il se procura un nouveau poste et reprit le cours de ses provocations. Il fallut, pour lui faire entendre raison, qu'un commando de voisins envahît sa baraque et jetât le poste par la fenêtre. Il les traita de bolcheviques mais se le tint pour dit.

C'était déjà, sur le mode mineur, un témoignage de résistance. La vraie, la grande, la seule s'organisait sur les bords de la Triouzoune, à Neuvic, et elle faisait tache d'huile.

L'oncle Joseph me reprocha l'empressement que j'avais mis à vendre notre maison.

— On ne brade pas, me dit-il, une maison de famille comme une paire de bœufs sur la foire ! Tu aurais pu au moins m'en parler. J'aurais pu, en te versant ta part, y finir mes jours.

Ma part... Il lui eût été impossible de me la verser car il n'était pas homme à thésauriser. Suivant l'exemple de mon père, il vivait avec une jeunesse. Tout y passait de ce qu'il gagnait chez Silli. Elle le tenait en laisse, le menait à la baguette, et lui, si intransigeant quant à son indépendance, ne bronchait pas et même semblait au comble du bonheur.

Je lui donnai une part non négligeable de l'argent que j'avais tiré de la vente. Il se garda de refuser cette manne inattendue. Ce fou se mit à brandir les billets en racontant partout qu'il venait de faire un héritage ! Je négligeai de partager ce pactole avec mon autre oncle, Germain – il était à l'article de la mort, ne donnait plus de ses nouvelles et n'était pas dans le besoin.

Je n'avais pas à me réjouir de mes rapports avec ma famille. Le seul qui avait eu pour moi une véritable affection était le Pépé François. S'il avait été mon père, peut-être serais-je resté à la maison. Ce sage à la mode antique avait au plus haut degré, en dépit de la rusticité de ses manières, d'un esprit un peu fruste, d'une ignorance de la langue française comme de l'écriture, ces vertus majeures qui se sont perdues comme l'eau dans le sable : le respect de la famille, de la communauté, et la tolérance envers les autres.

Les fêtes de la Toussaint s'enlisaient dans le brouillard et la pluie lorsque j'ai revu Gaby. Elle était accompagnée de son mari, l'un et l'autre chaudement vêtus et chaussés de grosses bottines de caoutchouc qui les protégeaient de la boue du cimetière.

Elle avait un peu forci, mais en tirait avantage. Son parapluie diffusait sur son visage une ombre délicate. Son mari, l'épaule droite humide de pluie, lui disputait tant bien que mal un coin de cet abri sommaire. Elle me le présenta :

— Édouard, mon mari.

Elle ajouta :

— Émile Peyrissac, un ami d'enfance.

L'élégance de ce couple contrastait avec la tenue des gens du village qui nous entouraient. Édouard laissait transparaître le futur notable sous l'étudiant en droit : buste creux, lunettes d'écaille, air réservé. Nous avons bavardé sans contrainte en revenant du cimetière, les parents Croze derrière nous, traînant la patte, amorphes et muets. Édouard me confia qu'il s'intéressait à notre chantier, surtout en raison des problèmes concernant les expropriations et les indemnisations. D'autres barrages étaient prévus sur le cours de la Dordogne : à Bort, et, en aval, au Chastang et au Sablier, près d'Argentat ; ils soulèveraient de nouveaux problèmes.

— J'aimerais que vous m'aidiez à approfondir ces questions, me dit-il. Nous aurons l'occasion de nous revoir. J'ignore si Gaby vous en a parlé, mais elle envisage de récupérer l'auberge de ses parents pour l'aménager et en faire une maison de vacances.

— Vous me l'apprenez. Pour les problèmes dont vous me parlez, je suis à votre disposition.

Avant de monter dans leur Panhard blanche grivelée de boue jusqu'au pare-brise, Gaby me dit en repliant son parapluie :

— Tu plais beaucoup à Édouard. D'ordinaire il est très exigeant quant à ses relations. J'espère que nous aurons l'occasion de nous revoir. Si tu passes par Limoges...

Elle ajouta, la main sur la poignée de la portière :

— Tu es très beau, Émile. L'amour te réussit.

— L'amour ? Que veux-tu dire ?

— Allons, allons ! ne fais pas l'innocent. Bye bye...

J'en étais éberlué. Comment avait-elle appris mes

rapports avec Teresa ? Par Luce, peut-être. Il est vrai que, dans nos villages, les nouvelles vont vite et que ce que l'on croyait secret à Spontour pouvait être connu à Limoges. En y ajoutant parfois plus de poivre que de miel.

LIVRE III

1

Ombres et lumières de l'été

Le coulage des premiers plots de béton prévus pour servir de structure à la puissante voûte du barrage fut considéré comme un événement. La presse, en Limousin et en Auvergne, en parla avec les accents lyriques d'une épopée. Il est vrai que ces premiers éléments d'une muraille pharaonique propre à défier l'éternité marquaient le véritable acte de naissance de l'ouvrage proprement dit.

Ces plots, au nombre de vingt, étaient plantés en ligne incurvée sur toute la largeur de la vallée, relativement resserrée sous la pyramide de l'Aigle. Les plus hauts s'élevèrent du plus profond du lit, les autres, de hauteur de plus en plus réduite s'étageant vers les pentes où l'ouvrage allait s'accrocher.

On parlait à mots couverts d'accidents graves qui auraient marqué ces travaux : des ouvriers seraient tombés dans le béton liquide et l'on n'aurait rien pu faire pour les repêcher. J'ignore ce qu'il en est, sans nier que ces drames pussent s'être produits.

Le chantier était déjà en train lorsque le gouvernement de Vichy nous envoya son secrétaire d'État à la Production industrielle, M. Bichelonne, dont peu de gens ont gardé le souvenir. Cette visite survenait peu après l'arrivée des frères Blondin, d'illustre mémoire pour les gens du barrage.

On appelait ainsi le dispositif de grues sur câble qui venait de nous être livré. Il tenait cette singulière appellation du nom de deux funambules français, les frères Blondin qui, en 1859, avaient réussi une première mondiale : la traversée des chutes du Niagara sur une corde.

Ce moyen de transport aérien de matériaux se présentait comme un manège complexe de câbles reliés à deux pylônes géants ancrés sur les pentes des deux rives, et sur lesquels glissaient des bennes commandées par un treuil à moteur. Chaque charge contenait trois mètres cubes de béton, soit sept tonnes environ. Un câble supportait la benne, un autre permettant le levage et le déversement. Lorsque la base s'ouvrait mécaniquement au niveau du coulage, cela faisait un gros plouf. La benne lâchait sa grosse merde de béton et remontait soulagée, en faisant un bond de quatre mètres.

Ce dispositif moderne avait ses caprices, comme une femme, souvent sans raisons apparentes. Les boîtes de commande automatique recelaient un monde de perfidie et les électrofreins fonctionnaient quand ils voulaient. La première panne se produisit une semaine après la mise en service ; il fallut un mois pour en découvrir la cause et la réparer, les techniciens se trouvant en zone occupée.

Nos mécaniciens avaient adopté un vocabulaire spécifique, adapté au fonctionnement de cet engin diabolique. Marchait-il convenablement ? On disait qu'il « usinait ». Tombait-il en panne ? On disait qu'il « blondinait ».

M. Coyne dut essuyer des sueurs froides lorsque M. Bichelonne lui annonça sa visite. Dans la crainte d'une nouvelle panne, il n'avait pas prévu de cérémonie : pas de fanfare, de lampions, de discours et de banquet. On laissa le ministre patauger dans la boue, on lui fit escalader des monticules de déblais pour lui permettre d'assister à la démonstration du blondin. Les deux mécaniciens chargés de la manœuvre, Hasbiger et Fournier, exécutèrent un numéro de voltige très applaudi. En revanche, la démonstration mécanique fut un fiasco. La benne glissa en souplesse sur quelques mètres puis s'arrêta. On tenta de la faire redémarrer. Impossible ! Bichelonne dut se contenter d'un numéro de funambule.

Je me demandai, à la réflexion, si cette panne n'avait pas été préméditée par M. Coyne. Je l'avais si souvent entendu répéter que jamais l'électricité de ce barrage ne servirait à l'industrie allemande... Je crois même qu'il projetait une manœuvre digne du pont de la rivière Kwaï : faire sauter *in extremis* son barrage pour le soustraire aux autorités d'occupation.

Parfois, lorsque la réserve de ciment menaçait de s'épuiser, il intervenait personnellement auprès des organismes de répartition, sur la base d'un échange : du ciment contre du fromage. L'Auvergne constituait, à nos portes, une mine inépuisable de cette denrée que la disette rendait précieuse. Il opérait de même lorsque le besoin en pneus, en carburant et en matériel se faisait sentir. Il fallut des camions de fromage pour obtenir des godillots, les ouvriers en usant autant que les grognards de Napoléon sur les chemins de Russie.

Dans ce dernier domaine, un Espagnol s'était fait une spécialité : la confection d'espadrilles, à l'aide de morceaux de bâche et de cordes de chanvre prélevés sur nos réserves. Son petit négoce découvert, il reçut une sévère semonce de M. Coyne mais ne fut pas renvoyé.

Lentement, inexorablement, la mâchoire aux dents inégales des plots grignotait l'espace vertical de la vallée. La voûte du barrage dessinait déjà une esquisse de la muraille de Chine. Le matin, avec la brume, l'ouvrage prenait des dimensions et une apparence fantastiques. Où que puisse se porter le regard, les lieux qui me rappelaient mon enfance : coins de pêche, gours, *couasnes*, *rajols*, disparaissaient un à un sous la ferraille et le béton.

Ce n'était que le début d'un vaste programme. Après Marèges et l'Aigle viendrait le tour du Chastang qui allait noyer quelques rives en aval de Spontour, engloutir des hameaux, des moulins, des pêcheries, et ces petits jardins de la rive, où des femmes en robe noire sarclaient leurs légumes. Celui de Bort attendrait encore un an ou deux ; il n'existait que sur le papier, de même que celui du Sablier, de moindre importance.

J'admirais le flegme de M. Coyne et son inaltérable optimisme charismatique. On eût dit que l'adversité n'avait aucune prise sur lui, qu'il ne ressentait ni fatigue ni découragement. La nuit, parfois, je m'arrêtais un moment, sous sa fenêtre, pour l'écouter jouer des partitions de Bach sur son violon. Cela suffisait à me réconcilier pour quelques heures avec les aléas de l'existence.

Il m'avait, comme on dit, « à la bonne ». Parfois, il me convoquait dans son bureau sans idée préconçue, pour un problème banal ou simplement une conversation à bâtons rompus. Il prenait, à travers mon expérience, la température du pays, faisait mine de s'intéresser à la pêche d'antan, une activité qui lui était totalement étrangère. Il semblait faire en son for intérieur amende honorable pour tous les soucis que notre barrage occasionnait dans la vallée. Il n'oublait jamais de m'offrir un havane, dont il semblait avoir une réserve inépuisable.

Nous manquions de beaucoup de denrées, sauf de fromage. Les réserves de la coopérative criaient misère. Il fallait des trésors de persévérance et de diplomatie pour obtenir sans tickets de rationnement de la farine, de la viande et du tabac. Le tabac surtout faisait défaut. Les ouvriers compensaient son manque par des mélanges exécrables de barbe de maïs, de verveine et de mélilot. Certains avaient planté dans leur jardin du tabac et s'en servaient comme monnaie d'échange.

Pour pallier momentanément cette pénurie, M. Decelle fréta un camion de fromages à destination du Quercy ; il en revint avec un chargement de tabac, quelques centaines de manoques qu'il distribua le soir même.

S'il y avait un terrain propice à la Résistance, c'était bien notre barrage. Elle avait commencé à fermenter le jour où les Allemands avaient occupé la moitié de la France et s'était exprimée ouvertement avec la déportation massive de Juifs vers l'Allemagne.

Elle s'organisa autour de M. Decelle. Chaque soir, chez Silli ou chez Luigi, nous commentions les nouvelles de la BBC. Un géomètre d'origine russe, ancien élève de l'École des cadres du tsar, le vieil Andreanoff, s'était joint à nous. Il avait peint sur un vaste panneau de bois la carte du front russe, de Leningrad à la mer Caspienne, avec une forêt de petits drapeaux qu'il déplaçait en fonction des nouvelles.

Il disait, dans un français impeccable, en grattant sa joue tavelée de plaques rouges sous sa barbe grise, et en dansottant d'un pied sur l'autre :

— Les Allemands avancent sur tous les fronts, mais il n'y a pas de quoi s'inquiéter. Ils s'éloignent de plus en plus de leurs bases de ravitaillement. D'ici la fin de l'année, s'ils n'ont pas pris Leningrad, Moscou et Stalingrad, ils sont foutus. L'hiver russe va les bouffer, comme il l'a fait des armées de Napoléon...

Ne pas s'inquiéter ? Facile à dire. L'angoisse m'étreignait lorsque la radio annonçait que les villes russes tombaient sous l'assaut des panzers. J'en parlais avec Teresa. Elle ne partageait pas mon pessimisme ; Andreanoff l'avait comme envoûtée. Elle me dit :

— Nous n'allons pas rester les bras croisés, à nous lamenter devant la carte de Russie. Nous devons agir.

Agir ? Elle en avait de bonnes ! Nous n'allions pas constituer, comme durant la guerre d'Espagne, des commandos de volontaires pour porter secours aux Soviétiques.

— Agir ? je ne demande que ça, mais comment ?

— Suis-moi demain chez Decelle et tu le sauras.

L'année précédente, j'avais appris avec joie, mais sans trop croire à son efficacité, la naissance, à Neuvic, du mouvement de résistance de la MOI. Il était mince au départ, mais s'était rapidement étoffé pour devenir le premier maquis de France. Le mouvement avait essaimé à Bort, autour du secrétaire de mairie, en dépit des opinions conformistes du premier magistrat. Des mots nouveaux entraient dans notre vocabulaire : résistance... maquis... sabotage...

— Un jour prochain, nous dit M. Decelle, les Allemands envahiront la zone Sud. Le gouvernement de Vichy est trop laxiste à leur goût, pas suffisamment engagé dans la collaboration. Ils le mettront au pas. Nous devrons être prêts à une lutte ouverte contre l'occupant. Dis-toi bien, Émile, que nous ne sommes pas seuls. Le jour où nous prendrons les armes, des milliers, des dizaines, des centaines de milliers d'hommes se joindront à nous.

— Les armes, dites-vous ? Où allons-nous les trouver ?

— Nous les trouverons.

Mon scepticisme l'irritait. Teresa me rabrouait. Elle mc reprochait de rester enfermé frileusement dans ma coquille, de n'avoir d'autre horizon que mon bureau et d'autre souci que mon travail.

— Le monde bouge autour de toi et tu restes immobile ! Ouvre les yeux, nom de Dieu !

Je protestai énergiquement. Si je ne bougeais pas, c'est que personne ne m'y avait incité. Que l'on m'assigne une mission, aussi dangereuse fût-elle, et je l'exécuterai sans sourciller. Alors, que faire, sinon attendre ?

Nous étions une dizaine à la réunion chez Decelle : ingénieurs, techniciens, chefs de chantier. Son épouse nous servit du vin et des biscuits. L'ambiance était à la fois grave et chaleureuse. Nous nous connaissions tous et savions qu'il n'y avait pas de mouton noir dans le troupeau.

— Je viens d'apprendre, nous dit Decelle, une regrettable nouvelle. Notre bulletin intérieur, *Notre barrage*, est interdit. Ordre de Vichy ! On nous accuse de faire preuve de « persiflage insidieux ». Radio-Paris a qualifié notre chantier de « repaire de terroristes ». Nous sommes dans le collimateur des collabos. Alors nous devrons plus que jamais nous montrer prudents.

Je lisais avec plaisir cette feuille qui donnait des nouvelles du chantier, avec un humour un peu corporatif et parfois des coups de griffe au régime. Qu'elle fût interdite n'avait rien pour me surprendre. Ce qui l'était davantage, c'est que cette mesure eût si longtemps échappé à la vigilance des censeurs de Vichy.

La résistance armée, André Decelle en avait fait son affaire. Sous le sigle de l'ORA, elle rayonnait surtout dans le Cantal. D'autres mouvements s'étaient créés spontanément comme les Francs-Tireurs et Partisans (FTP). Les rapports, pour le moment, étaient courtois, malgré certaines divergences. Nos actions allaient dans le même sens.

— Notre mouvement, l'ORA, ajouta Decelle, est démocratique et apolitique. Nous voulons, du moins dans l'immédiat, éviter des actions trop spectaculaires qui entraîneraient des représailles dans la population civile. En revanche, le moment venu, on pourra compter sur nous pour prendre les armes. Mes amis, il faut d'ores et déjà nous y préparer. J'ai reçu des nouvelles de Paris : l'invasion par les troupes allemandes de la zone dite « libre » se prépare...

J'en revins à mes réserves initiales : nous battre, certes, c'était notre devoir. Mais avec quelles armes ? On n'arrête pas les chars avec de la cavalerie, comme les Polonais au début de la guerre, ou avec nos fusils de chasse, qui, d'ailleurs, avaient été réquisitionnés par les autorités.

André Decelle essuya longuement ses verres de lunettes avant de répondre, un peu gêné, semblait-il :

— C'est notre problème, je l'avoue. Des armes, des équipements, nous n'en avons pas pour le moment, ou si peu ! Nous faisons confiance aux Anglais. Ils devraient nous en envoyer par parachutages.

— Des parachutages ? interrogea Andreanoff.

— Explique-nous ça ! ajouta Teresa. Des avions britanniques survoleraient la France pour parachuter des armes, au risque de se faire descendre par la DCA ?

— Cela vous étonne ? Eh bien, des surprises, vous en aurez d'autres ! Je compte sur vous tous pour rester vigilants et disponibles. Toi surtout, Émile. Ta connaissance de la région nous sera des plus utiles.

Il nous parla de l'armée dite « de l'armistice ». Elle ne resterait pas les pieds dans le même sabot. Un groupe de généraux venait d'envisager une réplique en cas d'invasion de la zone libre : opposer aux Allemands les deux cent mille hommes distribués en une vingtaine de colonnes mobiles. De plus...

Andreanoff l'interrompit sèchement :

— Decelle, tu te goures ! Cesse donc de te faire des illusions. On n'arrête les panzers qu'avec de l'artillerie et des tanks. Cette armée en est dépourvue. Elle ne pourra se livrer qu'à une parade militaire...

— ... et ralentir l'avance des Allemands !

Une voix, celle de Salagnac, lança :

— Si ce n'est pas suffisant, nous pourrons compter sur les maquis. Ils opéreront très efficacement par la guérilla et le sabotage. Les FTP ont déjà conçu un plan d'action.

— De même que l'Armée secrète ! lâcha Decelle. Des officiers et sous-officiers d'active et de réserve sont déjà dans ses rangs et ne demandent qu'à se battre. Nous avons besoin de cadres autant que d'armes. Mais n'anticipons pas !

La fin de la réunion tourna en eau de boudin, ce qui me fit douter de l'« union sacrée » de la Résistance, dont Teresa parlait avec éloquence. Les divisions politiques, dit-elle, avaient fait beaucoup de mal dans l'armée républicaine espagnole. Elle aurait été peinée de les retrouver dans ce nouveau combat. Les uns faisaient entière confiance à de Gaulle, d'autres ne juraient que par l'Amérique, d'autres enfin comptaient surtout sur la résistance intérieure. Andreanoff, qui avait trempé dans l'anarchie, n'en faisait état que dans l'intimité et après boire. J'espérais que cet agrégat resterait soudé au moment des grandes décisions et que, malgré leurs divergences, nos amis se montreraient tous, comme dans la chanson de Maurice Chevalier, d'« excellents Français ».

En attendant la « guerre des ombres », c'est une *Lumière d'été* qui nous éblouit...

Ce que nous avons connu du cinéma, dans notre prime jeunesse, se résume à quelques images en accéléré, vite dissipées, en ne laissant dans notre mémoire qu'un ballet de fantômes.

Notre bon maître se transformait parfois en projectionniste. Sur un drap tendu contre le tableau, il faisait défiler en alternance des documentaires qu'il commentait, sur la pêche en Bretagne ou la chasse en Sologne, des *Charlot* qui n'avaient nul besoin de commentaires, ou un western grisâtre et poussiéreux, dont la fin était parfois escamotée par une panne, ce qui laissait supposer que le crime n'est pas toujours châtié.

Ces séances n'étaient guère susceptibles d'engendrer une génération de cinéphiles. Jusqu'à l'âge adulte, le cinoche n'a été pour moi qu'un dérivatif qui n'appelait aucune exégèse, et dont je me passais sans regret (l'effet de drogue viendrait plus tard). Ce ne sont que des films comme *Casablanca*, *Scarface*, ou les premiers polars de Hitchcock qui éveillèrent ma curiosité et mon intérêt.

Durant l'été 1942, un événement allait nous faire passer, sur le théâtre du barrage, du rêve à la réalité.

M. Coyne avait été sollicité par le metteur en scène bien connu, Jean Grémillon, pour le tournage, sur le chantier du barrage, de son prochain film. Il en avait déjà choisi le titre : *Lumière d'été*. Ce réalisateur avait gâché des kilomètres de pellicule avant d'émerger grâce à des chefs-d'œuvre : *Gueule d'amour*, avec Gabin, *L'Étrange Monsieur Victor*, avec Raimu, et *Remorques*, avec Madeleine Renaud.

M. Coyne réunit son état-major pour lui annoncer le projet des messieurs de Paris : pas un documentaire sur la construction du barrage, mais une fiction. Ils avaient promis d'opérer le plus discrètement possible pour ne pas gêner les travaux et risquer de provoquer des accidents.

— Ils ne resteront, avait ajouté M. Coyne, qu'une ou deux semaines, le temps de filmer quelques scènes d'extérieur. Nous devrons être vigilants. Un incident est si vite arrivé... Avec les artistes, on ne sait jamais ce qui peut se produire.

Il me demanda de guider le réalisateur à travers la région pour le choix des paysages et les scènes de nature. Il ajouta avec un sourire :

— Vous leur servirez, en quelque sorte, de guide. S'ils vous donnent des pourboires, ne les refusez pas. Ils vous demanderont peut-être aussi de faire de la figuration. Je vous vois très bien dans un rôle de gabarier, de pêcheur ou de berger...

Les techniciens arrivèrent quelques jours plus tard. Ils installèrent aux abords de la cité ouvrière une sorte de dispositif de campagne impressionnant : camions et voitures, et se mirent en quête de leur logement. Ils durent pour la plupart se rabattre sur Mauriac. Jean Grémillon put s'installer dans un hôtel tenu par un certain Vergne, qui se targuait du titre prestigieux de maître d'hôtel au Carlton, à Cannes. Il s'y trouvait en compagnie de quelques Juifs aisés venus y chercher refuge contre la peste brune et la disette.

Lumière d'été, cette « histoire d'amour dans un cadre de montagne », comportait bon nombre de scènes pastorales, si bien que j'allais être sollicité en permanence, ce qui ne me déplaisait pas. Dans l'attente constante des livraisons, le chantier, certains jours, somnolait, aussi avais-je du temps libre, que je consacrais à Teresa et à mes lectures.

Le tournage allait mettre de l'animation dans la vallée. L'une des vedettes, Pierre Brasseur, était à lui seul un spectacle permanent. Il arrivait précédé d'une légende : celle du joyeux luron et de l'ivrogne impénitent. Jean Grémillon avait pris soin de nous prévenir : avec cette « bête de cinéma », il fallait s'attendre à tout, et surtout au pire. Il devait lui-même se gendarmer pour l'empêcher de boire avant le tournage. Il l'avait surpris, un jour de sevrage, à boire de l'eau de Cologne.

Pierre Brasseur était alors en résidence au château de Castel-Novel, proche de Brive, propriété de la famille de Jouvenel, avec sa femme, Odette Joyeux, et leur fils, Claude. Sa venue précédait celle d'artistes célèbres : Madeleine Renaud, Georges Marchal et le populaire Aimos.

En sortant du cabriolet où il avait voyagé en compagnie d'une starlette, son premier soin fut de s'engouffrer dans la cantine de Luigi. Reconnu, fêté, il commanda une tournée générale et se retira en lançant :

— Vous mettrez ça sur le compte de la production !

Il avait dû effectuer quelques escales en cours de route, car il était déjà passablement éméché. D'une voix claironnante, il apostrophait les uns et les autres, se montrait curieux de leur nom, de leur origine, de leur fonction, ce dont il se moquait éperdument. Bien résolu à paraître, il ne se ménageait guère. L'oie blanche qui le suivait pas à pas le tirait par la manche pour interrompre ses tirades. Il la rabrouait vertement et l'humiliait. L'intempérance de cette vedette en était au point que Grémillon devait, avant les tournages dans lesquels il intervenait, l'enfermer dans sa chambre avec une simple carafe d'eau. Il y faisait un tel raffut, menaçant de tout détruire, qu'on était contraint de le libérer. Le calme ne revenait que durant le week-end, lorsqu'il repartait pour Castel-Novel.

Un jour où, par curiosité, je tournais autour de son cabriolet, il s'approcha, son feutre mou sur l'œil, un cigare aux lèvres. Il me demanda mon nom :

— Chouette bagnole, hein, Émile ? me dit-il. Chevrolet, dernier modèle. Ça te dirait de faire une virée ?

— Heu... j'aimerais bien, mais...

— Rassure-toi : je suis à jeun. Enfin, presque... Où veux-tu que nous allions ?

— Où vous voudrez, monsieur Brasseur.

— Pas de manières ! Appelle-moi Pierre.

— On pourrait pousser jusqu'à Spontour. C'est le village où je suis né. Des gabares en partaient jadis pour livrer du bois de futaille à Bordeaux. C'est à quelques kilomètres, par la route qui longe la Dordogne.

— Eh bien, je vais te ramener au pays !

Je n'allais pas tarder à me repentir d'avoir accepté cette invitation. Il démarra en trombe. La route empruntée par les charrois était défoncée d'un bout à l'autre. Le cabriolet... cabriolait dans les fondrières en soulevant des nuages de poussière. Il grondait dans les reprises, paraissait par moments s'envoler, menaçait d'aller s'écraser contre un talus ou dégringoler dans la rivière. Il s'arrêta pour aller pisser et revint en buvant du whisky à la fiasque qu'il portait dans la poche de sa veste. Il me dit en allumant un cigarillo :

— Ces bagnoles, Émile, ça se conduit du bout des doigts. Tu as remarqué la maniabilité, la souplesse, le confort ? De plus, c'est beau comme une femme.

Il fit vrombir le moteur en redémarrant.

— À propos de femme, qu'est-ce que tu penses de ma copine, Arlette ? Elle te plaît ? Dis pas le contraire ! J'ai vu comment tu la reluquais. Si ça te dit, faut pas te gêner...

— Merci, monsieur Brasseur... pardon, Pierre ! J'ai ce qu'il me faut chez moi.

— Moi aussi, imbécile ! Et alors ? Un petit plaisir de temps en temps, ça se refuse pas et ça fait de mal à personne. Au contraire ! Enfin, c'est tes oignons... Whisky ?

J'avais l'estomac au bord des lèvres. Il avait dû

s'en aviser, car il me tendit sa fiasque, que je repoussai. J'aurais volontiers accepté son offre, d'autant que je n'avais encore jamais bu de whisky, mais j'aurais préféré que ce fût en d'autres circonstances. Comme s'il n'en avait pas assez fait pour m'épater, il ajouta :

— Tu as vu le compteur ? On a fait une pointe à cent. Le moteur est fou de joie. Écoute cette musique...

La voiture pénétra en trombe dans Spontour en écrasant une dinde et en effleurant un chien, sans qu'il daigne ralentir. Des gens sortaient sur le pas des portes. Je me faisais tout petit. Il demanda où se trouvait le bistrot. Je lui indiquai celui de Norbert. Il réclama de la gnole et demanda qu'on laisse la bouteille sur la table. Il siffla quelques verres alors que je n'avais fait que tremper mes lèvres dans le mien. Il se leva en marmonnant :

— Je te laisse régler la note, Émile. J'ai pas un sou sur moi.

Il me tapa jovialement l'épaule et mit la bouteille dans sa poche, « pour le voyage ».

— Faudra rien dire à cette peau de vache de Grémillon, hein, Émile ! J'en ai marre de l'entendre rouspéter. En route, pilote !

Je n'avais pas tort d'appréhender le retour. Brasseur se livra à une sorte de joyeux gymkhana qui me mit au bord de la nausée. À diverses reprises, je crus que notre dernière heure était venue. Lorsque nous avons fait halte au pied du barrage, j'étais plus mort que vif et lui frais comme un gardon. À croire qu'il y a un dieu pour les ivrognes.

Grâce à l'autorité de Grémillon, le tournage se déroula dans les meilleures conditions. Le temps coïncidait parfaitement avec le titre du film : il nous baignait d'une lumière idéale. Grémillon s'extasiait :

— Une véritable lumière de paradis. Nous aurions eu de mal à la reconstituer en studio.

Il faisait fréquemment appel à moi pour des opérations de repérage. Je l'entraînais sur les layons de la forêt, le chemin de rive, les routes défoncées, vers des villages et des hameaux du plateau. Je lui fis faire une excursion par train, avec la *Jeanne*. Il était aux anges.

Il me demanda de figurer dans quelques scènes. Je fus notamment un des spectateurs présents lors des acrobaties du mécanicien Hasbiger, appelé à doubler Georges Marchal dans une scène acrobatique sur le blondin.

Je faillis avoir une aventure, non avec Arlette, mais avec Solange, assistante de régie. Cette blondinette délurée, vêtue d'un pantalon bouffant et d'une chemise écossaise, faisait appel à mes lumières à tout bout de champ, pour des détails dont l'importance m'échappait. Ce que je compris, en revanche, c'est que, sur un autre plan, qui n'avait aucun rapport avec le tournage, je ne lui étais pas indifférent.

Elle m'invita un soir à visionner quelques rushes à l'hôtel Vergne. Sa chambre se situait à l'étage. Après la séance, elle me convia à l'y rejoindre. Je faillis céder, mais la vigilance de Teresa me l'interdit.

— Je sais qui tu as l'intention de rejoindre. Je ne peux t'en empêcher, mais je te préviens : si tu cèdes, tu ne me retrouveras pas au retour. À toi de choisir.

Mon choix ne prêtait à aucune équivoque. En guise de consolation, je me disais que, le cinéma étant basé sur l'illusion, Solange n'aurait fait que traverser ma vie comme une comète, sans y laisser la moindre trace. C'est avec Teresa que je passai le reste de la nuit.

Le tournage de *Lumière d'été* devait durer au plus deux semaines. Ce n'est que longtemps après que les derniers techniciens, à regret, bouclèrent leurs valises. Aucun n'avait hâte de retrouver l'automne parisien, la présence des troupes d'occupation, la disette, le studio glacé... Ils avaient vécu dans notre vallée de grandes vacances, vouées au travail et au plaisir. La population, les ouvriers des chantiers, les cadres, tous les avaient adoptés. Il y avait eu des fêtes et des idylles. Cette lumière estivale avait le goût du bonheur.

En septembre, dans les derniers jours du tournage, un ouvrier du barrage, Pierre, épousa une fille de La Fage, Marie. Les artistes furent invités à la noce qui dura trois jours. Pierre Brasseur resta ivre tout ce temps. L'un des convives s'était procuré, j'ignore par quel tour de passe-passe, une dizaine de litres de rhum.

Le départ s'effectua non par un beau soleil mais sous une pluie battante. Lorsque le dernier camion de la régie eut disparu, que Solange, en guise d'adieux, m'eut embrassé sur la bouche, le chantier et la cité retrouvèrent leur ronron habituel.

Au début de l'hiver, *Lumière d'été* fut projeté, à l'intention des ouvriers du chantier, à la salle des fêtes. Lorsqu'ils me reconnaissaient, des exclamations joyeuses montaient de l'assistance. Je ne me retrouvai que dans une scène : celle du blondin. J'eus du mal à me reconnaître.

J'ai revu ce film, récemment, à la télé, avec une émotion liée davantage à des souvenirs qu'à la qualité médiocre du film. Il a pris des rides et la lumière qui le baigne revêt des tonalités crépusculaires.

J'avais lié intimement mon existence à celle de Teresa. On se plaisait à reconnaître que nous formions un couple bien assorti, harmonieux, et personne, à commencer par le patron, n'y trouvait à redire. À aucun moment je ne ressentis la moindre lassitude, la moindre exaspération en sa présence. Nous avions conçu un mode de vie quasi matrimonial. Eût-elle été libre, je l'eusse épousée. Elle ne l'était pas.

Notre entente charnelle était à l'avenant. Après des va-et-vient fastidieux entre son logis et le mien, nous étions convenus qu'elle laisserait sa baraque à Isabelle pour venir vivre chez moi. Cette cohabitation faisait de nous un couple à part entière.

Le soir, alors que l'animation du village s'estompait à l'heure de la radio, nous rejoignions des voisins pour des veillées dans le style d'autrefois : celles du *cantou*. Installés dans la rue, assis sur des chaises, des pliants ou à même le sol, nous bavardions intarissablement sur les événements de la journée, ceux du chantier et ceux de la guerre. Des Espagnols nous chantaient des airs de flamenco ou jouaient des airs du folklore sur leur guitare, des Italiens des rengaines de *Napoli*. Teresa ne se faisait pas prier pour débiter de sa voix grave et chaude des refrains catalans. Dans la dernière lumière du jour, des enfants achevaient leurs devoirs sur une planchette, à même leurs genoux. D'autres somnolaient dans le giron de leur mère. Assis à califourchon sur ma chaise, je roulais quelques cigarettes de tabac sauvage. Ces moments bien tranquilles avaient le goût du bonheur, mais je les abrégeais : l'amour de Teresa m'attendait.

Nous évitions de parler de Pablo, mais sa présence était entre nous comme une ombre. Sans le souhaiter, j'en venais à me dire que sa disparition définitive m'eût comblé, mais je m'en tenais à l'avertissement de ma compagne : s'il reparaissait, elle reviendrait vers lui, par devoir plus que par amour.

Un matin, alors que je portais au Dr Dreyfus un courrier concernant l'infirmerie, je lui trouvai la mine sombre et les traits tirés. Je lui en demandai la raison.

— Ce n'est rien, me répondit-elle. Un peu de fatigue. Laisse-moi. J'ai une fracture à traiter. Un ouvrier a fait une chute dans les éboulis.

Persuadé qu'elle ne me disait pas la vérité, je me contentai de cette réponse, mais lorsqu'elle me rejoignit à l'heure du déjeuner, je renouvelai ma question. Elle s'assit, sortit un document de sa poche et me le tendit. Il venait d'un organisme chargé de la recherche, parmi les populations d'immigrés, des disparus de la guerre d'Espagne. Au fur et à mesure que j'avançais dans ma lecture, je sentais le monde chavirer autour de moi. On avait retrouvé Pablo Escobar.

— C'est donc ça ! dis-je. Eh bien, voilà qui est net. Que comptes-tu faire ?

— Tu le sais bien. Je vais le rejoindre. Je le dois. Si je l'abandonnais je me le reprocherais jusqu'à la fin de mes jours.

— Alors, toi et moi, c'est fini ?

— Oui, Émile, fini. J'en suis bouleversée, mais c'est ainsi. Nous n'y pouvons rien.

Elle m'a tendu sa main à travers la table. J'ai

refusé de répondre à son geste. Je lui dis d'une voix brisée :

— Eh bien, puisqu'il en est ainsi, tu vas faire tes bagages et partir tout de suite. Ce sera mieux pour tous les deux.

Elle secoua la tête.

— Non, Émile. Il me reste une quinzaine de jours avant mon départ. Je veux les passer avec toi.

J'avais envisagé une perspective qui aurait pu résoudre notre dilemme à mon profit : lui faire un enfant, mais elle prenait ses précautions. Une autre idée m'était venue, dont je rougis encore : écrire à l'organisme chargé des recherches, pour dire qu'elle était morte et qu'il était inutile de poursuivre l'enquête. C'était odieux et absurde. On aurait, un jour ou l'autre, retrouvé sa trace.

Dire qu'à la suite de cette nouvelle Teresa et moi avons connu des jours pénibles serait un euphémisme. J'en tombai malade. Elle me soigna sans conviction, persuadée qu'il n'y avait pas de remède pour le mal dont je souffrais. Elle faisait elle-même des efforts pour paraître sereine, mais, quoique moins perturbée que moi, elle y parvenait mal. Nous n'échangions plus que les mots du quotidien et avions, d'un commun accord, interrompu nos relations charnelles. Elle couchait dans notre lit, moi à terre, sur une paillasse. D'ailleurs je me sentais incapable de la satisfaire, et elle de même, je le suppose.

L'envie me prenait de protester, de bousculer le destin, de crier à Teresa qu'elle était ma femme, qu'elle n'avait pas le droit de m'abandonner, qu'elle regretterait son choix. J'avais envers elle des pulsions de violence et de meurtre. Sa mort m'aurait causé, me semblait-il, moins de souffrance que sa trahison.

Le délai d'une quinzaine tirant à sa fin, elle me dit :

— Il va falloir que je parte. Promets-moi que nous nous séparerons sans phrases et sans larmes. Je ne le supporterais pas.

Elle prit congé de M. Coyne, offrit à ses collègues de l'infirmerie un pot d'adieu auquel je m'abstins de paraître. Elle passa son dernier jour chez Isabelle et fit en sorte que nous ne nous rencontrions pas. En revanche, le matin de son départ, j'allai à sa rencontre. Isabelle m'ouvrit sa porte, déjà dans sa blouse d'infirmière. Elle me dit avec une mine à la fois surprise et apitoyée :

— Comment ! Teresa ne t'a pas prévenu ? Elle a pris l'autobus de Mauriac, il y a une heure.

— Elle n'a rien dit à mon sujet ? Elle n'a pas laissé un mot ?

— Non, rien. Je sais simplement qu'elle repoussait l'idée de te faire ses adieux, et aussi, je peux bien te le dire...

— Quoi donc ?

— Elle m'avait chargée de te dire qu'elle t'aimait et qu'elle n'aimait que toi. Puis elle m'a demandé de n'en rien faire, pour ne pas te faire souffrir davantage. Eh bien, je te le dis quand même...

Ce matin-là, mes collègues de bureau s'inquiétèrent de mon absence, d'autant que je n'étais pas non plus chez moi. Ils se seraient inquiétés encore davantage s'ils avaient pu savoir où je me trouvais, et dans quelle intention. J'ai longé ce qui restait de l'ancien chemin de rive et ne me suis arrêté qu'au premier coude que fait la rivière, entre la Grafouillère et la sablière. Les engins avaient creusé profond le lit de la rivière pour en extraire du sable et du gravier. Me souvenant du suicide du grand-père François et de celui de mon père, je me sentais porté par une sorte de fatalité atavique.

Je me répétais que, sans Teresa, j'étais veuf d'une partie de mon être, l'autre n'étant que le reliquat de cette passion, un personnage sans consistance, sans utilité, sans avenir, une enveloppe qui ne contenait que du vent. J'avais perdu le goût de vivre et, ce qui était plus grave, tout sentiment d'utilité. Si je disparaissais, qui pourrait bien me regretter ?

C'est la tête froide que j'envisageais la seule conclusion logique à ma nouvelle condition. J'ôtai mes vêtements et les enfouis dans une crevasse, avec une brassée de feuilles mortes par-dessus, afin de ne laisser aucune trace de moi, de donner l'impression de m'être dissous dans la nature.

À l'abri d'une épaule de roche derrière laquelle une pelleteuse mécanique continuait à fouiller en ronronnant dans le lit de la rivière, je me laissai glisser jusqu'au bord. À quelques mètres, juchée sur une branche morte, une buse suivait mon manège d'un air intrigué. Poussée par le vent, une odeur de fumée me parvenait du hameau de la Grafouillère, planté au milieu d'une hêtraie déjà cuivrée par l'automne. Le temps était doux pour la saison, mais l'eau glacée, ce qui faisait mon affaire : je comptais sur une hydrocution pour couler et en finir au plus vite. Je me laissai tomber d'un bloc et perdis aussitôt connaissance.

Je repris conscience dans un brouillard blanc, une rumeur de voix bourdonnant autour de moi. Des ombres en éventail balayaient le plafond. Le monde bougeait, le monde parlait, le monde vivait, et je vivais aussi.

— Par quel miracle ?

Une tête hirsute, mal rasée, se pencha sur moi et me dit dans un souffle qui sentait l'ail et le tabac :

— Qu'est-ce que tu es en train de marmonner ? C'est quoi, cette histoire de miracle ? Y a pas eu de miracle, mais, pour toi, mon gars, une fameuse chance. Pauvre, si j'avais pas été là...

Il m'avait bien semblé entendre, au moment où je passais à l'acte, une voix m'interpellant de loin. J'appris de mon sauveteur, Antoine Durieux, l'homme de la pelleteuse, ce que cette voix me disait :

— Eh, l'homme ! Tu es fou ! Tu joues les nudistes avec ce froid ? Arrête, nom de Dieu ! Tu vas attraper la crève !

En me voyant plonger nu dans la rivière, il s'était dit : « Ce doit être un de ces fadas de Russes ou de Polonais habitués à casser la glace pour se baigner. » Ne me voyant pas remonter, il n'a fait ni une ni deux : il a enlevé veste et pantalon et a plongé à son tour.

— Tu as eu de la veine, mon gars, que je sache nager et que l'eau froide ne me fasse pas peur. Si j'avais pas été là, on t'aurait retrouvé à Argentat !

M. Coyne est venu me rendre visite quelques heures après mon sauvetage. Il m'a pris la main et l'a gardée dans les siennes tout le temps qu'il est resté à mon chevet. Je le priai d'excuser mon geste de folie.

— Ne dites rien, Émile. Ce geste, si je ne puis l'excuser, je le comprends. Il fallait, pour l'exécuter, une bonne dose de lâcheté ou de courage, ou les deux à la fois. Promettez-moi de ne pas recommencer.

Je hochai la tête. Il me cita le vers de Lamartine :

« Un seul être vous manque et tout est dépeuplé », ajoutant :

— Ce monde, vous allez me faire le plaisir de le repeupler. Les occasions ne vous manqueront pas...

Mon premier soin, en quittant l'infirmerie, fut de remettre à mon sauveteur une somme d'argent qu'il accepta, bien que son geste lui semblât naturel. Je ne pouvais oublier qu'il avait risqué sa vie. Je lui tenais pourtant rancune, m'ayant rendu à la vie, de me rejeter du même coup dans mon marasme.

Je repris mon travail quelques jours plus tard, sans la moindre conviction. Les événements allaient me donner une nouvelle raison de vivre. Mes collègues et amis savaient qu'ils pouvaient compter sur moi, le moment venu de passer à l'action. Je me préparai à ne pas les décevoir.

2

Vodka à la corrézienne

La nouvelle de l'arrivée, en Afrique du Nord, des Anglo-Américains, survenait à point nommé pour susciter en moi une ardeur salvatrice.

Cet événement déclencha, en novembre 1942, cet autre auquel nous nous attendions : l'invasion de la zone libre par les Allemands. La Gestapo avait arrêté le général Weygand, Édouard Herriot et quelques autres hommes politiques de la IIIe République.

Si les Allemands avaient franchi notre frontière intérieure, c'était non seulement pour se protéger d'une invasion par la Provence ou le Languedoc, mais aussi pour mettre la main sur l'économie de nos provinces et, en premier lieu, sur l'énergie électrique.

Notre barrage les intéressait au premier chef, de même que celui de Marèges, qui tenait ses promesses. Une fois achevé, il pourrait contribuer à l'économie de guerre du Reich. Une perspective que M. Coyne se refusait d'entériner. Nous étions tous de cet avis.

L'occupant posta trois cents hommes à Marèges, avec une mission précise : détruire cet ouvrage au cas où les Alliés arriveraient jusqu'à lui. Il en installa une centaine au modeste barrage de Rueyres-Sarran, en Aveyron, sur la Truyère.

Quelques semaines après l'invasion, en décembre, nous reçûmes une visite importune : celle d'un commando de la Wehrmacht en garnison à Clermont-Ferrand, sous la conduite du colonel Krantz, un vétéran de la guerre de 14 qui, pour avoir dirigé une entreprise de travaux publics, se prenait pour un spécialiste des barrages. M. Coyne s'offrit, discrètement, le plaisir de l'humilier en lui révélant son incompétence.

Krantz ne resta que quelques jours. M. Coyne me confia le soin de le promener dans la région. Il la trouva *wunderschön*, bien que j'eusse pris plaisir à lui faire crotter ses bottes dans des chemins boueux et à l'essouffler dans les escalades.

Un de nos ingénieurs, M. Dumont, lui confia nos plans et nos maquettes. Krantz soupirait en caressant ses moustaches avec sa badine :

— *Ja... ja wohl... acht...*

On lui fit prendre des vessies pour des lanternes, mais, comme il n'entendait rien à la technique de production d'électricité, il paraissait ravi. Tout ce qui aurait pu lui être accessible et utile avait disparu mystérieusement. Il revint au barrage à plusieurs reprises, avec chaque fois la même chanson aux lèvres : les travaux n'avançaient pas assez vite à son gré. Il ne supportait pas de voir des bétonnières inactives, des groupes d'ouvriers en train de casser la croûte ou de disputer une partie de foot. M. Coyne avait beau jeu de lui répondre :

— Que voulez-vous, colonel, les livraisons se font au compte-gouttes. Maintenant que vous êtes les maîtres, donnez-nous de quoi travailler.

Argument incontournable. Krantz dut en convenir et baissa pavillon.

Un de nos conducteurs, Marcel Marty, organisa à son intention une comédie qui n'avait rien d'innocent. Alors qu'il raccompagnait le colonel et son commando à Clermont, pour des questions de service, il le mit en garde contre les dangers qu'il risquait de rencontrer en cours de route :

— Ces parages sont occupés par des terroristes. Si vous tombez dans un guet-apens, que pourrez-vous faire avec la poignée d'hommes qui vous escorte ?

— Nous avons de quoi nous défendre, *mein Gott* !

— Il y a mieux à faire pour tromper l'ennemi : dissimuler les insignes de vos véhicules et faire revêtir des vêtements civils à vos hommes.

Le conseil fut suivi. Les soldats quittèrent leur vareuse, leur pantalon, glissèrent leurs armes sous les banquettes et poursuivirent leur route sans être inquiétés, quitte à se tourner en ridicule en arrivant à Clermont.

Un jour de décembre, c'est une commission de contrôle qui nous rendit visite, par un temps de chien qui compliquait toute inspection. Je me retrouvai avec nos visiteurs dans la cantine de Luigi, devant un café d'orge arrosé de vieille prune. Deux soldats montaient la garde dans l'entrée.

Je me trouvais attablé près d'un jeune *Oberleutnant*, Gord Wessel. À la suite d'une blessure sur le front de l'Est, il peinait à se servir de son bras gauche. Il nous distribua des cigarettes blondes à goût de foin. Il paraissait soucieux, mais sans la moindre animosité à notre égard.

La vieille prune contribua à détendre l'atmosphère. Nos visiteurs ne tardèrent pas à se laisser aller aux confidences qu'André Decelle ne se faisait pas faute d'encourager. Elles nous surprirent et nous firent chaud au cœur.

L'*Oberleutnant*, qui parlait un français correct, nous dit :

— Nous sommes pour la plupart des rescapés de Stalingrad. Quel gâchis en hommes et en matériel ! Nous n'avons pas pris cette ville et nous ne pourrons jamais la prendre, pas plus que Leningrad ou Moscou.

Il eut cette image forte :

— L'armée rouge est comme une marée d'équinoxe. Rien ne peut lui résister.

Il ajouta d'un air sinistre :

— L'entrée en guerre de l'Amérique nous sera fatale, je le crains. Ses troupes sont en Afrique du Nord. Elles débarqueront bientôt en Provence, et alors...

Il avala cul sec un quatrième verre de gnole en murmurant :

— *Acht... schnaps... gut !*

Je redoutais qu'André Decelle ne surenchérît, ce qui aurait pu mettre nos visiteurs en alerte. Il se contentait de hocher gravement la tête et d'approuver par des monosyllabes ce que nous confiait l'*Oberleutnant*. Lorsqu'il fit signe à ses hommes de repartir, Decelle lui offrit une bouteille d'alcool de poire, avec le fruit inclus.

— C'est un cadeau pour la route, dit-il. Vous le boirez à notre santé. Merci de votre visite...

Toutes les inspections ne se déroulaient pas dans une ambiance aussi cordiale. Nous fûmes traités de paresseux, de saboteurs, de terroristes ! Les travaux n'avançaient pas. On allait prévenir le Führer, la Gestapo. Nous irions finir nos jours dans un camp, en Allemagne...

— C'est de la poudre aux yeux, nous disait M. Coyne. Ils ont trop besoin de nous.

Nous avons eu une belle émotion lorsque la BBC a annoncé l'intention des Anglais de bombarder Marèges.

— Ils sont devenus fous ou inconscients ! s'écria M. Laurent en me rapportant cette nouvelle stupéfiante. Imagine un peu ! Toute la vallée submergée jusqu'à Argentat, des villages rayés de la carte, des milliers de victimes ! Notre chantier balayé, et nous avec !

C'était une fausse nouvelle. L'aviation anglaise n'a pas bombardé Marèges. On voulait sans doute inquiéter l'occupant. En revanche, ils n'allaient pas tarder à nous envoyer par parachutages les armes et les matériels que nous attendions.

La mise en place des conduites forcées apporta un renouveau d'animation au chantier, durant cette même année 1942. Elles étaient au nombre de sept, longues chacune d'une cinquantaine de mètres et larges de cinq mètres. On pouvait s'y promener sans toucher les parois, comme dans le métro.

Des images titanesques traversent ma mémoire.

Il fallait inclure dans le corps du barrage, dont le cœur et le cerveau étaient déjà en place et prêts à fonctionner, les organes propres à lui donner vie. Durant des semaines nous assistâmes à une noria incessante de remorques transportant d'énormes tubes d'acier livrés sous forme de coquilles, que l'on assemblait par rivetage à Chalvignac, au lieu dit l'Atelier des Suisses. Ces gigantesques artères auraient pour fonction d'alimenter en eau quatre groupes de turbo-alternateurs. Elles étaient pour la plupart encastrées dans le béton.

Nous n'en étions pas encore à la mise en eau et aux premiers essais que déjà, sous l'œil ravi des autorités d'occupation, élément par élément, comme dans un jeu de construction, ce Léviathan terrestre prenait corps. Je n'avais pas de nouvelles depuis le départ de Teresa. Je n'en attendais pas et n'en souhaitais pas. J'appris cependant par Isabelle qu'elle avait, en compagnie de Pablo, quitté Lyon.

Elle a veillé à ne rien laisser subsister d'elle qui pût me rappeler son souvenir et me laisser espérer son retour. Je lui en sus gré. J'aurais pourtant aimé garder la seule photo où nous nous trouvions réunis : celle qu'Olivia avait prise devant son lit à baldaquin. Teresa ressemblait à une reine d'Espagne.

Alors que je me remettais à l'infirmerie de ma tentative de suicide, Olivia et Juan m'avaient rendu visite. Responsables de notre rencontre et de cette passion malheureuse, ils se reprochaient d'avoir joué les apprentis sorciers.

Jour après jour, je retrouvais mes assises. Mon travail m'y aidait, de même que la préparation, qui retenait mes soirées et celles de mes amis, des actions que nous allions entreprendre dans la Résistance.

Nous avons franchi le seuil de la nouvelle année dans un état d'esprit empreint à la fois de morosité, de découragement et d'espérance.

Novembre nous avait apporté une nouvelle terrifiante : le sabordage de trente-six navires français dans la rade de Toulon, au nez et à la barbe des Allemands. Seuls trois sous-marins avaient échappé au désastre en prenant la fuite.

Des querelles éclataient à la cantine. Certains

approuvaient cette mesure qui privait les Allemands de quelques bâtiments sur lesquels ils comptaient pour s'opposer à l'invasion. D'autres la réprouvaient, disant qu'il eût été plus logique de livrer ces navires aux Alliés.

Nous étions nombreux à nous réjouir de ce que le Maréchal, convoqué à Berlin, eût refusé de déclarer la guerre aux Alliés. En revanche, il s'était incliné devant l'occupation de la zone libre.

André Decelle tempêtait :

— Pourquoi cette vieille ganache de Pétain ne quitte-t-elle pas la France ? Il est attendu à Alger. Il lui resterait assez d'autorité et de charisme pour faire l'unanimité dans l'armée et obtenir qu'elle combatte auprès des Américains. Pourquoi, nom de Dieu, pourquoi ?

— Peut-être, plaisanta Salagnac, parce qu'il a le mal de mer...

Pétain souffrait pour maîtriser son gouvernement. Certains avaient souhaité lancer l'armée de l'armistice contre les panzers, ce que d'autres, plus prudents, réprouvaient. La logique triompha : nous ne disposions d'aucune force capable de tenir tête aux envahisseurs.

Planté devant sa carte, le vieil Andreanoff exultait. Il s'était procuré, je ne sais comment, un plan de Stalingrad et suivait les péripéties de la bataille, pour ainsi dire pas à pas et au jour le jour. Je le revois encore, ses lunettes au bout du nez, dansottant sur ses jambes courtes et dévidant sa litanie et en déplaçant ses petits drapeaux avec des râles de plaisir au fond de la gorge, comme un peintre qui peaufine son chef-d'œuvre.

Il se tournait vers nous, s'exclamait :

— C'est le commencement de la fin pour les Chleuhs ! Paulus et Manstein sont aux abois et

Joukov ne leur laisse aucun répit. Le « chaudron » de Stalingrad va éclater ! Qu'est-ce que la Wehrmacht peut faire contre un demi-million de soldats soviétiques ? Hitler est foutu, mes amis ! Je l'avais prédit : contre l'hiver russe les meilleures armées du monde ne peuvent rien.

Le 5 février, lorsque le maréchal von Paulus eut baissé pavillon, laissant en terre soviétique cent quarante mille cadavres et près de cent mille prisonniers, le Führer décréta cinq jours de deuil. Andreanoff, lui, célébra l'événement en offrant à ses amis une énorme beuverie chez Vergne.

La guerre avait pris un tour nouveau, et dans le bon sens.

Gaby était seule. Gaby était triste.

À la fin de décembre, elle affronta la neige et le vent pour venir jusqu'à Spontour dans sa Panhard passer les fêtes en famille. En famille, c'est beaucoup dire : il ne lui restait que ses parents, et ils vieillissaient mal dans leur auberge désaffectée. La « fête » se déroula dans cette grande bicoque aux volets clos, sans enfant, sans sapin, sans musique et, bien sûr, sans réveillon.

Mon réveillon de fin d'année, je l'ai passé chez mes amis Juan et Olivia Blanch. La grande salle sentait l'odeur amère du genièvre et du buis que les enfants avaient tressés en guirlande autour des montants du baldaquin. La « fine équipe », comme disait Juan, était présente : Decelle, Laurent, Mary, Salagnac, Andreanoff et un nouveau venu, le Dr Dreyfus. Ça faisait du monde. J'avais trouvé non sans mal deux bouteilles d'armagnac qui furent accueillies avec des vivats. Nous en avions perdu le goût. À lui seul, Andreanoff en vida une demi-bouteille, sans paraître ressentir le moindre trouble.

Durant ces agapes, autour de la volaille d'Olivia et du sanglier de Salagnac, je songeais à Teresa, sans parvenir à l'imaginer avec Pablo. Aurait-elle de lui l'enfant qu'elle m'avait refusé ? Était-elle heureuse ? Je me berçais d'espoirs fallacieux : elle ne pouvait plus supporter son mari, ils avaient de fréquentes disputes, elle songeait à le quitter, elle le quittait et un jour elle frappait à ma porte. Ce qui me confortait dans cette illusion, c'est la nature même de Teresa : passionnée et réservée, austère et sensuelle. Imprévisible, comme beaucoup de femmes.

Le lendemain, en début d'après-midi, profitant d'une éclaircie, Gaby me rendit visite, alors que je venais juste de me lever et que j'avais une terrible gueule de bois. Elle descendit de sa voiture, chapeautée, élégamment vêtue d'un manteau à col de fourrure remonté jusqu'au nez. Elle n'avait guère changé : visage rond et lisse, lèvres un peu épaisses, sourcils touffus et noirs, allure légèrement dansante... Elle me souhaita une bonne année, m'embrassa en entrant et me dit :

— Tu as mauvaise mine, Émile. La bamboche de cette nuit, chez les Blanch, sans doute. Tu devrais prendre une aspirine.

C'est ce que je m'apprêtais à faire. Comment avait-elle appris cette petite fête ? Je l'ignore. Elle avait dû, la veille, traîner dans la cité, tâcher d'y retrouver de vieilles connaissances, de s'informer des petits et des grands événements. Elle prépara elle-même mon aspirine en me disant :

— Veux-tu que nous fassions une promenade en voiture ? Le temps s'est levé.

J'acceptai. Nous partîmes à travers la cité presque

déserte, en direction de Spontour, en suivant l'itinéraire que j'avais suggéré à Pierre Brasseur. Je lui parlai de cette épopée où j'avais risqué ma vie. Mon récit l'amusa et elle rit de bon cœur. Elle ne se serait jamais fait d'un acteur qu'elle aimait une image aussi sordide.

— Nous allons monter jusqu'à la forêt de Miers, me dit-elle. En voiture, c'est l'affaire de quelques minutes.

Je surprenais chez elle une intention : nous ramener sur les lieux de nos promenades et de nos premiers jeux amoureux. J'en eus la conviction lorsqu'elle arrêta sa Panhard devant le hangar démantibulé par le vent où nous entreposions nos sacs de charbon de bois, rangions nos bicyclettes et faisions l'amour.

— Une petite promenade nous fera du bien, dit-elle. Tu n'as pas froid ?

Je n'avais pas froid. En revanche, je n'étais pas chaussé pour une promenade. Elle me proposa les bottes d'Édouard, qui m'allaient parfaitement, chaussa les siennes et, me prenant par le bras, m'entraîna par le layon boueux à travers la claire futaie. Par endroits persistaient des plaques de neige grise piquetées d'aiguilles de pin. Une pie traversa le chemin avec un cri, comme pour donner l'alerte. Nous marchions dans un décor de porcelaine chinoise.

Je sursautai quand elle me dit d'un air indifférent :

— As-tu des nouvelles de Teresa ?

— Aucune, et je ne compte pas en recevoir. Elle doit être en Algérie à l'heure qu'il est, avec son mari.

— Tu regrettes son départ ?

— Je l'ai regretté. Aujourd'hui, beaucoup moins. Tout passe...

Elle devait attendre que je m'informe de sa propre situation. Je m'amusai à la faire languir. Elle s'engagea d'elle-même dans la confidence.

Édouard l'avait déçue. Elle le trouvait « plan-plan », pour dire casanier. Il ne lui avait pas donné les enfants qu'elle souhaitait. En plus de ses fonctions de magistrat, il n'avait d'intérêt que pour sa collection de timbres et la politique. Et là...

— Je peux bien te le dire, à toi, Émile, mon plus vieil et mon seul ami véritable : Édouard a basculé dans la collaboration...

Elle m'apprit qu'il avait milité avec la Cagoule dans sa jeunesse, matraqué des manifestants de gauche, écrit dans l'*Action française*. Autant de détails qu'il lui avait cachés comme une tare. Plus récemment, il avait participé, de Limoges où le ménage résidait et à la création de la Légion française contre le bolchevisme.

— J'aurais pu, me dit-elle, tolérer qu'il me néglige, mais je réprouve son action politique qu'il cache sous le nom pompeux de « patriotisme » !

— Vous en parlez entre vous ?

— Oui, pour nous disputer. C'est épuisant. Il m'impose la présence à la maison de hobereaux et de notables qui se prennent pour des croisés et à qui je dois faire bonne figure. Un jour, je leur dirai ce que je pense !

— Garde-t'en bien ! Tu finirais dans un camp, en Allemagne.

— À tout prendre, ce serait peut-être préférable.

— Tu ne sais pas de quoi tu parles.

Lorsqu'elle me demanda si je m'intéressais à la Résistance, je jugeai prudent de répondre évasivement : j'en avais entendu parler, mais j'avais trop de travail au barrage pour m'y engager. Elle m'avoua qu'elle avait eu, dans son école, des contacts avec des proches de Georges Gingouin et qu'elle était tentée de céder.

Sur le trajet du retour, elle paraissait plus détendue. Je l'ai même surprise à chantonner et à rire lorsque la voiture, en s'engageant dans des fondrières, faisait gicler de la boue sur les vitres latérales.

Elle repartit le soir même, sans que nous promettions de nous revoir.

Ce que je n'avais pas révélé à Gaby, et qui d'ailleurs ne la concernait pas, c'est qu'après le départ de Teresa j'avais songé à me donner la mort et que j'avais été long à guérir de cette passion.

Pour me changer les idées et m'entourer d'une chaleur humaine réconfortante, je pris l'habitude d'aller finir mes journées dans le baraquement transformé en bistrot par Chaïm Jablonski, ancien tailleur d'habits originaire d'Ostrow, une ville industrielle proche de Varsovie. La vie de ce Juif polonais était une véritable odyssée. Exilé volontaire, il avait échoué à Lyon sans bagages avant d'être dirigé vers cette terre d'asile : la Corrèze. Il se trouvait à Bugeat quand les gendarmes l'avaient envoyé à la prison de Mauriac, d'où il n'était sorti que pour travailler comme esclave dans les tourbières de la Solito, à Barsanges, sur le plateau de Millevaches. Il s'en était évadé et, sans papiers, était venu demander du travail au barrage. Il était prêt à faire n'importe quoi, mais un de ses compatriotes, qui tenait une gargote dans la cité, accepta de le prendre à son service pour les cuisines. Chaïm se révéla très vite un homme précieux. Ce fils de paysan avait hérité d'un procédé de fabrication de vodka avec des condiments d'origines diverses, qui lui donnaient un goût apprécié des connaisseurs.

Il me la fit goûter. Je la trouvai agréable, en bus trois verres et revins à mes pénates en marchant sur un nuage.

Le lendemain et les jours suivants, je retournai chez Chaïm pour rejoindre quelques compagnons de belote et boire de cette fameuse vodka corrézienne. C'était une semaine après le départ de Teresa. Cette liqueur m'aidait à retrouver mon équilibre mais, comme j'avais tendance à en abuser, j'avais des pertes de mémoire et mon travail en souffrait. J'avais oublié les leçons de tempérance que je donnais à mon père. M. Coyne me sermonna à la suite d'un dossier bâclé ; il me comprenait, mais sa commisération avait des limites...

Je m'en foutais. Je me disais stupidement : « Si je dois renoncer à mon travail, j'en trouverai bien un autre, comme terrassier, ou bétonneur... »

Ce manège infernal menaçait de mal finir. Un soir où j'avais abusé de la vodka, je faillis déclencher un drame. Chaïm avait posé sur le phono un disque de musique populaire polonaise. Une fille que je connaissais de vue, Véra, femme du réfugié yougoslave Berek, m'invita à un tour de danse. J'hésitai ; elle insista :

— C'est simple, tu verras. Suffit de te laisser conduire. Faut pas rester tendu mais glisser en souplesse. Tout doux... là... là... Et tu tournes...

Nous avons dansé une valse puis une polka, une mazurka ou je ne sais quoi de polonais, avec un verre de vodka en intermède, ce qui me rendit lyrique.

Je lui demandai pourquoi elle m'invitait à danser, moi et pas les autres.

— Quelle question ! Parce que tu me plais, tiens. Et toi ?

— Tu me plais aussi. De plus, tu es légère, légère... J'ai l'impression de danser avec un ange. Si tu savais ce que je sens...

Elle fit glousser un rire dans mon oreille.

— Si tu crois que je le sens pas... Depuis que je te connais, j'ai pensé que, toi et moi... Tu comprends ?

Si je comprenais ! J'aurais dansé avec elle jusqu'à l'aube, ici ou ailleurs, dans la rue, sur le chemin de la rivière, dans la forêt... Je l'aurais ensuite menée jusque chez moi, et là, c'est sur une autre musique que nous aurions dansé. Mais voilà : il y avait son mari, le vieux Berek. Il continuait à jouer aux cartes, sans nous quitter de l'œil, et ses partenaires le chauffaient consciencieusement.

— Dis donc, le Yougo, ta petite femme, elle a pas l'air de s'en faire.

— On dirait qu'elle a le béguin pour Peyrissac, et toi tu as l'air de t'en foutre.

— Demain, tu auras du mal à remettre ton chapeau, avec les cornes qui vont te pousser sur la tête.

Alors que je regagnais ma table pour une quatrième ou cinquième libation, Berek se leva et me dit avec son rude accent d'Herzégovine :

— Peyrissac, ça suffit ! Tu vas foutre la paix à ma femme. Sinon...

Je baignais dans une telle euphorie que cette menace me passa par-dessus la tête. Alors que notre mousse, Pepito, mettait un nouveau disque sur le phono, je me dirigeai vers le centre de la piste où m'attendait Véra. Le vieux m'accrocha le bras et renouvela son avertissement. Il sortit son couteau de sa poche et me le mit sous le nez en me disant, sans se départir de son calme :

— Si tu veux, on va s'expliquer dehors. Tu seras pas le premier. J'en connais deux ou trois qui se sont retrouvés à l'infirmerie avec une belle boutonnière.

Il lança à Véra :

— Toi, tu files à la maison ! Je t'y rejoins dans un moment.

Je baissai les bras. Me battre avec ce brave homme ne me disait rien qui vaille, d'autant qu'il était armé et que j'étais ivre. Je lui fis mes excuses et lui offris un verre.

Le lendemain, je retrouvai Véra sur le chemin de mon bureau, blottie sous un appentis, grelottant de froid.

— Il faut que je te parle, dit-elle. Passons derrière. J'aimerais pas qu'on nous voie ensemble.

Son visage portait des traces de coups. Sa lèvre inférieure était fendue.

— Cette brute ! Il t'a battue !

— C'est pas la première fois. Pour un oui ou pour un non, il cogne. J'en ai pris l'habitude, mais hier, c'était sérieux. Il a pris sa ceinture pour me tabasser. J'ai gueulé, les voisins pourraient te le dire.

— Tu ne t'es pas défendue ?

— Si j'avais essayé, il m'aurait tuée. Tu le connais pas. Il est vrai... il est vrai qu'il a pas toujours tort. Il est vieux et je suis plus jeune que lui de vingt ans. Alors tu comprends, j'ai eu des aventures.

— Souvent ?

— Assez, mais ça durait guère. Avec toi, c'est différent.

Le vent chantait sa chanson d'hiver sur les pentes en soulevant de hautes chandelles de neige qui tourbillonnaient dans la lumière rose du matin. La main de Véra caressait les revers de ma veste, glissait contre ma chemise. Elle avait de petits hoquets, comme si l'émotion lui coupait le souffle.

— Ça faisait longtemps que j'avais envie de toi, me dit-elle, mais il y avait l'Espagnole. Aujourd'hui que tu es libre, si tu veux...

— Tu es folle ! Tu sais ce que nous risquons !

— Je m'en fous ! Pour moi, c'est pas une vie. Alors, s'il doit me tuer, j'en fais pas une affaire.

Je lui fermai les lèvres avec les miennes.

Berek et sa femme avaient élu domicile dans l'abbaye désaffectée de Valette, située en aval de Spontour, dans un majestueux méandre de la rivière. Ils y logeaient avec une centaine d'autres ouvriers. Leur condition matrimoniale leur avait valu l'attribution d'une pièce séparée des dortoirs et dotée d'une cheminée. Ils avaient tout pour être heureux. Ils ne l'étaient pas.

Berek travaillait à la ballastière située à trois kilomètres environ de l'abbaye. Il partait à l'aube, à bicyclette, avec son casse-croûte et sa chopine, pour ne revenir que le soir. Véra, qui n'avait aucun goût pour le jardinage et moins encore pour la lecture, s'ennuyait.

Elle me répétait que je n'étais pas « comme les autres », qu'elle en « pinçait pour moi » et que je pourrais, en m'attachant à elle, la guérir de ses pulsions érotiques. Elle insista tant que je cédai.

Il faut dire qu'elle avait, pour me séduire, des arguments convaincants. Elle était plus grande que moi, élancée, avec comme une grâce dans le moindre de ses gestes, comme si elle sortait d'une école de danse. Sa peau mate sous une chevelure brune, en touffe autour de son visage, rappelait celle des *Femmes d'Alger*, de Delacroix.

Notre amour a duré plus longtemps que je ne le pensais, malgré le danger que nous courions en permanence d'être découverts.

Nous avions nos rendez-vous dans un petit bâtiment à proximité immédiate de l'abbaye : un ancien séchoir à châtaignes, le *séchadou*. Il eût été un peu exigu pour y danser la polka mais de dimensions suffisantes pour l'usage que nous en faisions. Elle avait tapissé le sol d'un épais matelas de fougères, le recouvrait d'une couverture qu'elle roulait ensuite et dissimulait dans la partie supérieure réservée aux châtaignes.

Pour la rejoindre, je prétextais des missions dans les parages. La température glaciale ne nous décourageait pas. Nous savions, l'un et l'autre, comment nous réchauffer.

Nos rendez-vous duraient depuis trois ou quatre mois lorsqu'elle me révéla qu'elle était enceinte. Je lui conseillai de se faire examiner par le Dr Dreyfus ; il lui confirma ses craintes.

— J'ai bien réfléchi, me dit-elle. J'ai pris la décision d'en finir avec Berek et de vivre avec toi, au besoin en quittant cet endroit. S'il apprenait que je suis enceinte, il me tuerait.

— Tu es folle ! Il nous retrouverait. Le mieux est que tu te fasses avorter.

Elle répéta avec une grimace de dégoût, comme si je lui avais présenté une coupe de poison : « Avorter... avorter... » Je connaissais une femme qui habitait une masure proche de Chalimont : la Célestine. Elle la délivrerait. J'étais prêt à m'occuper de tout.

— Tu iras la voir dès que possible. Je te donnerai l'argent.

— Tu veux vraiment pas que je garde cet enfant ?

— C'est impossible, tu le sais.

— Je pourrais coucher avec Berek, une fois ou deux...

— ... et lui faire croire qu'il t'a mise enceinte ? Il ne serait pas dupe ! Ce n'est pas aux vieux singes qu'on apprend à faire la grimace. De plus, ce serait une mauvaise action. Alors c'est non !

La Célestine avait été mariée. Veuve, elle avait eu des amants jusqu'à un âge avancé et n'avait commencé à exercer son artisanat clandestin qu'une fois seule et sans ressources. Elle n'avait pas une clientèle régulière, mais, avec sa volaille, son bouc, ses chèvres et son cochon, elle se tirait d'affaire.

Dans ma jeunesse, je la rencontrais lorsque mon père allait faire saillir ses chèvres. L'intérieur de sa cambuse puait le bouc, la fumée et le tabac à priser. Elle était encore belle mais négligée. Je crois bien que mon père s'en occupa quelque temps. Il me disait de l'attendre devant la porte.

Véra se rendit chez la Célestine pour prendre rendez-vous. Elle n'y retourna qu'une quinzaine plus tard, une intervention ayant paru prématurée. Ce fut l'affaire d'une heure, trajet compris.

L'opération semblait s'être passée le mieux du monde, quand le Dr Dreyfus m'annonça que Véra était venue en consultation. Elle avait fini par lui avouer qui était le père.

— Sale affaire..., me dit-il. Elle fait une hémorragie interne. C'est toi qui l'as envoyée à la Célestine ? Eh bien, tu as eu tort ! Elle aura beaucoup de chance si elle coupe à la fièvre puerpérale. Elle en présente les symptômes : maux de ventre, frissons, pertes blanches...

— C'est grave ?

— Très grave. Je l'ai mise en observation, sans dire à Berek de quoi elle souffre. J'inventerai un truc : une hémorragie consécutive à des règles contrariées par le froid, ou je ne sais quoi... Vous avez intérêt, elle et toi, à ce qu'il me croie, sinon ça pourrait barder pour votre matricule.

En arrivant à l'infirmerie, me dit-il, Véra avait du sang le long de ses cuisses. On n'avait pu effectuer une transfusion, le sang étant devenu rare pour la chirurgie civile.

Véra est morte dans la semaine qui a suivi sa prise en charge. Depuis mon bureau, j'ai entendu les imprécations de Berek et ses gémissements. J'avais préparé ma fuite au cas où il viendrait s'en prendre à moi. Il n'en fit rien. Le lendemain, lorsqu'on le chercha pour remplir des documents, il avait disparu. On ne l'a plus jamais revu. Au retour des obsèques, dans le petit cimetière d'Aynes, Isabelle me tira à part et me dit d'un ton sévère :

— Émile, tu es un beau salaud ! C'est toi, je le sais, qui as envoyé cette pauvre fille à la sorcière. Tu vois le résultat ! On peut dire que tu ne portes pas chance. Tu as causé le malheur de deux femmes.

— Tu veux parler de Teresa ?

— Évidemment ! Si elle est malheureuse aujourd'hui – elle l'est, elle me l'a écrit – c'est ta faute. Pauvre imbécile ! Tu n'as rien compris. Si tu avais insisté pour la garder, elle serait toujours là. Elle était sur le point de déchirer la lettre qui lui annonçait qu'on avait retrouvé Pablo, mais tu semblais avoir cédé un peu trop facilement à la fatalité. Alors, elle est partie.

— Tu es injuste ! Teresa savait combien je tenais à elle.

— Mais tu n'as pas trouvé, ou pas voulu trouver, les mots qu'il fallait. Tu aurais dû toi-même déchirer cette lettre, la supplier de rester, que sais-je ? Ce n'est pas mon affaire. Tu t'es mal conduit avec elle comme avec cette pauvre fille qu'on vient d'enterrer. Alors, je vais faire ce que Berek aurait fait, mais en pire.

Elle me gifla.

3

« Orion pavoise le ciel... »

Au sein même de nos bureaux, nous recevions fréquemment des informations de Londres et transmettions des rapports sur la situation des effectifs des forces allemandes dans la région de Clermont, où certains d'entre nous se rendaient pour des questions de service.

Une de nos préoccupations était de sauver Marèges, en faisant comprendre aux Anglais que les conséquences d'un bombardement auraient été catastrophiques. Ils en étaient, semblait-il, convenus.

M. Coyne me chargea d'une mission délicate, sinon dangereuse : me rendre sur le site de ce barrage et lui rendre compte de l'importance des forces que les Allemands y cantonnaient, ainsi que sur les conditions de travail de nos collègues.

Je m'y rendis seul, à bicyclette, pour ne pas attirer l'attention. Au cas où je rencontrerais des barrages, j'avais pris son de me munir d'un document attestant que j'avais en charge une inspection technique.

Les Allemands avaient renforcé leurs effectifs et placé le barrage sous haute surveillance dans la crainte d'un sabotage des installations intérieures.

Des sentinelles surveillaient les abords, des voitures patrouillaient en permanence, des postes d'observation étaient placés sur les hauteurs. Comble de prudence, un ballon captif empêchait les survols à base altitude.

Je passai sans peine les barrages en exhibant le *Passierschein* rédigé en allemand par le patron, qui me permettrait de rencontrer l'ingénieur Jean Pradier, depuis l'origine chargé des travaux puis de la production. Je pus facilement obtenir satisfaction, mais notre entretien se borna, par la force des choses, à des banalités, les officiers allemands ne nous ayant pas laissés en tête à tête une seconde. Lorsque je pris congé, bredouille, il me lança :

— Puisque nous sommes de vieux amis, passez donc prendre un verre au château à la première occasion. Vous pourrez rester dîner et coucher.

Je répondis à cette invitation le soir même. Ce qu'il appelait le « château » n'était qu'une maison bourgeoise où il menait en famille une vie paisible. En quelques heures, il me révéla ce que je souhaitais apprendre et plus encore : les effectifs de la Wehrmacht se montaient à deux cents hommes bien armés ; l'artillerie comptait quatre batteries de DCA, et le travail se déroulait dans des conditions normales. Ce que j'ignorais, c'étaient les projets de la Résistance : le sabotage des pylônes à haute tension, afin de contrarier la production des industries travaillant pour l'occupant.

— Le risque que nous courons, me dit-il, c'est que les Allemands, s'ils doivent battre en retraite, entreprennent de dynamiter nos installations intérieures. Comment les en empêcher ? Nous n'avons pas assez d'hommes et de matériel, du moins pour le moment. Savez-vous ce que l'on m'a proposé pour neutraliser la garnison, le cas échéant ? D'empoisonner à la strychnine son eau de consommation ! Nous avons d'autres moyens, heureusement, comme de bloquer les vannes des conduites forcées pour inonder la salle des machines. Pour la suite, nous aviserons en temps voulu.

J'arrivai à l'Aigle peu après la visite des gendarmes. Ils tenaient à me voir. Dans les minutes qui suivirent, je me présentai au poste et leur demandai, de mon air le plus innocent, ce qu'ils attendaient de moi, alors que je le savais. Ils enquêtaient sur la mort suspecte de Véra, qu'ils qualifiaient de « sale histoire ».

— Cette jeune femme, vous la connaissiez ?

— Tout le monde la connaissait.

— On vous a vu danser avec elle.

— Comme beaucoup d'autres.

Le brigadier me tendit un mouchoir marqué de mes initiales, trouvé sur elle, en me demandant si je le reconnaissais. Je me souvenais de le lui avoir prêté alors qu'elle était enrhumée, un soir, chez Chaïm, au cours d'une danse. Elle devait me le rendre une fois propre. Le Dr Dreyfus avait parlé d'hémorragie ; il pensait, lui, qu'il s'agissait d'un avortement. Diable ! Il était bien informé, mais par qui ? Peut-être par une copine à qui Véra aurait confié sa grossesse.

La Célestine fut arrêtée quelques jours plus tard. On avait trouvé chez elle des aiguilles à tricoter et une pharmacopée sommaire qui ne laissaient aucun doute sur ses activités. Elle risquait la peine de mort, la législation de Vichy étant draconienne pour ce genre de délits. Elle s'en tira, en raison de son âge, avec la perpétuité. Jamais elle ne prononça mon nom au cours de son procès.

La Résistance se fissurait, éclatait en divers groupes où se précisaient des différences et parfois des antagonismes. C'était un signe néfaste, écho lointain des luttes politiques qui avaient animé la IIIe République. André Decelle, sous le pseudonyme de Didier, avait la haute main sur l'ORA régionale (Organisation de résistance de l'armée), avec un PC à Clermont-Ferrand. Comme chef, on ne pouvait mieux souhaiter. Originaire de Pont-à-Mousson, en Lorraine, il avait été fait prisonnier au combat et s'était évadé. Prévoyant comme la fourmi de la fable, il avait, dès l'année 1940, dissimulé dans des baraquements tout le matériel militaire qu'il avait pu trouver.

C'est à lui que M. Coyne, en raison de sa connaissance de leur langue, confiait le soin de recevoir les officiers allemands chargés d'inspecter nos installations. Mission délicate s'il en est.

Il avait des contacts fréquents avec les autres formations de la Résistance, auxquelles il rendait visite sur sa moto René-Gillet, que tout le monde connaissait. Les MUR (Mouvements unis de la Résistance) occupaient les parages de Mauriac. Les Francs-Tireurs et Partisans, d'inspiration communiste, se montraient les plus entreprenants. L'Armée secrète, installée principalement en haute Corrèze, était nombreuse et bien encadrée.

À Mauriac, se déroulait un conflit larvé entre la Résistance et la Milice, que la moindre délation mettait sur les dents et qui multipliait perquisitions et arrestations, avec le soutien des renseignements généraux. Le maire était favorable à la Résistance, mais le journal local affichait ouvertement son pétainisme. Par chance, les Allemands n'y tenaient pas garnison ; leurs colonnes ne faisaient que traverser la ville.

Gaby, à ma grande (et heureuse) surprise, m'écrivait.

Ses rapports avec son mari s'étaient aggravés, sans risque imminent de rupture. À mots couverts, elle me redit son intention d'entrer dans la Résistance, comme agent de liaison des FTP. Cette intention prêtait à sourire. Je la voyais mal dans la peau et le rôle d'une *pasionaria*, mais, après tout, je pouvais être dupe des apparences. Elle « pensait beaucoup à moi » et souhaitait me revoir pour les vacances de la Toussaint : elle irait fleurir la tombe de son père qui venait de mourir, presque impotent. Restée seule, encore ingambe mais cloîtrée dans son auberge, sa mère vivait d'un petit fonds d'économies.

Les travaux préliminaires à la construction d'un autre barrage, en amont de Bort-les-Orgues, venaient de débuter. Sa puissance serait supérieure à celui de l'Aigle, et son immense retenue noierait quelques villages, entre la haute Corrèze et l'Auvergne. L'inquiétude se manifestait surtout dans la ville, qui serait dominée par cette muraille titanesque. Il est vrai qu'avec ses cent vingt mètres de haut et les quatre cent mille mètres cubes de sa retenue, il avait de quoi susciter la crainte, sinon la panique.

L'idée remontait aux années vingt. On en avait beaucoup parlé à l'époque, sans trop y croire. Imaginez : un lac d'une vingtaine de kilomètres de long, noyant mille deux cents hectares ! Les pessimistes étaient légion. Ils disaient que cela relevait de l'utopie, que jamais la retenue n'atteindrait l'étiage envisagé, que l'eau serait absorbée par le sable et les galets... Refrain connu !

Comme le projet resta quelques années en panne,

on en conclut, un peu vite, qu'il était enterré. Et, soudain, il ressuscitait ! Le comité de défense des riverains sombra et l'exode de expropriés débuta dans une ambiance dramatique. On protesta contre le sacrifice du château de Val ; planté sur son piton, il fut protégé.

Cette haute vallée de la Dordogne, je l'avais parcourue de long en large, au temps où je passais mes vacances à Madic, chez l'oncle Germain, et où nous récoltions des fougères mâles. Riche en vergers et en jardins, elle bénéficiait d'un climat plus agréable que le plateau et la montagne proches. Si l'image n'était pas galvaudée, je dirais qu'elle évoque pour moi un de ces paradis d'enfance qui s'attachent à notre mémoire.

Dans notre vallée et aux alentours, au cours de l'année 1943, on n'avait jamais assisté à une animation aussi intense. Des gens de diverses nationalités arrivaient de partout, par groupes ou isolés, restaient sur le chantier du barrage ou repartaient. Il semblait que le pays, entre Lapleau et Mauriac, fût devenu un des carrefours du monde. C'est ainsi que des compagnies de tirailleurs indochinois et de Maghrébins nous arrivèrent de Bordeaux, où elles avaient été cantonnées après la dissolution de l'armée de l'armistice. Des jeunes, sollicités d'aller travailler en Allemagne pour le compte du Grand Reich ou sur l'océan pour construire le mur de l'Atlantique au profit de l'organisation Todt, choisirent de nous rejoindre. On déplaça les Chantiers de jeunesse du Languedoc pour les affecter à la production du charbon de bois dans nos forêts où, le ventre creux, ils chantaient *Maréchal nous voilà* ! Des Juifs traqués venaient, par familles entières, occuper les auberges. Avec le marché noir qui battait son plein, nos paysans remplissaient leurs bas de laine et, disaient les mauvaises langues, leurs lessiveuses.

Londres se décidait enfin à répondre à nos appels pressants pour l'envoi d'armes et d'équipements. Nous étions prêts ; restait à nous donner les moyens d'agir. Les parachutages allaient être la grande affaire de cette année-là.

Début août, André Decelle (Didier) s'engouffra dans mon bureau, le front humide de sueur, très excité, en s'écriant :

— C'est fait, Émile ! *Orion pavoise le ciel* !

— J'en suis ravi. Mais encore...

— Ce message de Londres signifie que nous allons recevoir notre premier parachutage. Je viens de l'entendre à la radio. Ces Anglais sont des poètes. Où ont-ils trouvé ça : *Orion pavoise le ciel* ? Dans Shakespeare ou dans Keats ? Me souviens plus...

Le rendez-vous était fixé pour la nuit du 12 au 13 août, près du village de la Forestie, sur le plateau cantalien, à une distance de promenade de l'Aigle. Didier m'affirma qu'il y en aurait d'autres, sans tarder.

Il fallait trouver un terrain favorable. Je proposai le lieu dit Font-Madame ; il conviendrait parfaitement. On créa une équipe de volontaires pour réceptionner le parachutage, on trouva des cachettes pour le matériel et un terrain de secours en cas de visite importune. J'aidai Didier dans cette tâche en sacrifiant mon travail de bureaucrate.

Je nageais dans la joie. Orion pavoisait mon cœur.

L'opération portait sur le largage de sept conteneurs, dont l'un chargé de fonds destinés à l'ORA. De quoi stimuler le moral des troupes...

À la nuit tombante, nous étions à pied d'œuvre, avec un casse-croûte. Une grosse lune bien ronde montait au-dessus de la forêt. L'espace affecté au largage était limité par des lampes électriques que nous allumerions le temps venu. Un signe de reconnaissance : le « O » d'Orion serait transmis par morse aux pilotes.

À l'heure dite, à quelques minutes près, un grondement d'orage monta des lointains, s'amplifia de seconde en seconde, parut remplir le ciel, l'espace du plateau, le monde entier. Au milieu d'un champ d'étoiles, nous avons vu se profiler la silhouette d'une grosse pipistrelle bourdonnante qui lâcha quelques crottes suspendues à des parachutes.

— Les vaches ! s'écria Didier. Regardez ! C'est la débandade.

Affolé par le grondement des moteurs, un troupeau qui s'était abrité sous les arbres, aux abords du terrain, se dispersait avec des meuglements lamentables. Je redoutai que la chute des conteneurs ne fît des victimes. Il n'en fut rien. Leur largage terminé, les appareils reprirent le chemin de l'Angleterre.

Le chargement, placé dans des camionnettes de l'entreprise Ballot, Didier s'écria :

— Nom de Dieu, les gars, il manque un conteneur ! Cherchons-le. Doit pas être bien loin.

Nous avons fouillé les alentours sans en trouver trace. Un paysan de Chalvignac, Raymond Coudert, nous le rapporta au barrage, le dimanche suivant, sous des bottes de paille, sur son char à bancs tiré par un âne. Il dit à Didier :

— Ce colis est à vous, je suppose. Il a atterri dans

mon jardin et m'a écrasé trois pieds de tomates. Qui va régler la note ? Vous ou de Gaulle ? S'il était tombé sur ma maison, je serais peut-être plus là...

Il s'estima payé de la perte de ses tomates par la toile du parachute : sa femme et sa fille s'y tailleraient des jupes, plus tard.

— Tu es vraiment un patriote ! lui lança Didier. Si tu as un moment, je vais te payer un coup de blanc. Ça vaut bien ça. Et si tu veux être des nôtres, tu n'as qu'à le dire.

— J'allais vous le demander ! répondit Coudert.

D'autres parachutages nous furent annoncés, chaque fois avec des formules différentes, bizarres ou poétiques : « *La prairie est une dame verte...* » « *La sauterelle est un animal nuisible...* » La guerre se chantait avec accompagnement de lyre.

Des largages échouèrent au cours de l'année 1944, par défaut de coordination entre expéditeurs et destinataires. Il faudrait attendre le débarquement en Normandie pour des parachutages plus importants.

Planquer armes et matériel ne fut pas une petite affaire. Je proposais des caches dans des endroits sûrs, connus depuis ma plus tendre enfance : abbayes, châteaux, cavernes... Il fallait agir prudemment, la Résistance ne faisant pas l'unanimité dans nos campagnes, et, de plus, il fallait compter avec les indiscrétions et les vantardises de bistrot.

Je proposai de dissimuler le produit du dernier parachutage à l'abbaye de Saint-Projet-le-Désert, que les moniales et le père Sylvain, auquel elles avaient donné asile, allaient abandonner avant la montée des eaux. J'expliquai que nous pourrions donner pour prétexte à notre va-et-vient le déménagement des locataires, afin de ne pas attirer des curiosités malveillantes. Ainsi fut fait. Toutes les portes étaient cadenassées, celles des caves en premier, quand ce que nous redoutions finit par se produire. À la suite d'une dénonciation, les gendarmes de Neuvic envisagèrent une perquisition. Avertis à temps par un de nos amis, nous avons tout juste eu le répit nécessaire pour un déménagement nocturne, si bien que la maréchaussée fit chou blanc.

Le site de Saint-Projet était l'un des endroits les plus sauvages de notre vallée, et le village l'un des plus importants, entre Bort et Argentat. Tout était voué à la submersion. Autour du corps de logis principal, figuraient une église et un cloître gothiques de modestes dimensions. C'est là qu'au siècle dernier cet apôtre de la solitude, le père Serres, avait installé une congrégation de Petites Sœurs gardes-malades. Elles avaient mis la main à la pâte pour restaurer les bâtiments endommagés par les guerres de Religion et la Révolution. Je n'ai pas oublié l'une d'elles : Véronique de la sainte Croix, qui, de passage à Spontour, m'avait offert une branche de lilas. Ce n'est qu'à la fin du mois, après le premier parachutage, que les moniales quittèrent les lieux. M. Coyne se rendit en famille à la messe d'adieux et joua au violon, avec accompagnement à l'harmonium, la *Messe en ré*, de Jean-Sébastien Bach. Il en revint, me dit-il, bouleversé. Cette messe d'adieux avait revêtu l'apparence d'un office funèbre.

Les Petites Sœurs se réfugièrent à Combenoire, non loin de Saint-Projet. Aujourd'hui, le barrage a noyé les deux établissements, mais on peut voir encore, en période sèche, ces deux fantômes d'abbayes flotter entre deux eaux.

La Résistance fêta à sa manière les fêtes de fin d'année.

Le pont de pierre à trois arches, construit au début du siècle et qui avait belle allure, vola en éclats durant la nuit de Noël. En l'espace de quelques heures, d'autres détonations lui firent écho, entre Saint-Projet et l'embouchure du Labiou ; une déflagration emporta notamment le pont « en fil de fer » reliant les deux rives. Il était plus que centenaire, mais personne, parmi nous, ne le regretta. Les Allemands, si... Ils commençaient à parler d'attentats « terroristes ».

La vie, dans la Résistance, devenait difficile et dangereuse. L'occupant était partout.

Au barrage, nous vîmes revenir, plus arrogant et tatillon qu'auparavant, le colonel Krantz, accompagné d'une cohorte de « vert-de-gris » méfiants, hargneux, qui se répandaient partout comme des rats. Ils nous accusaient de les tromper, de ralentir volontairement les travaux qui, à notre gré, progressaient trop vite. Les perquisitions sauvages, dont nous étions parfois prévenus, nous obligeaient à transporter en lieu sûr les maquisards soignés à l'infirmerie, et à dissimuler nos armes. Le Dr Dreyfus avait les siennes dans sa pharmacie ; on l'appelait le Dr Mitraillette.

La chasse aux Juifs et aux clandestins battait son plein en cette année 1943.

Des patrouilles motorisées sillonnaient les parages. L'une d'elles, j'ignore pour quelles raisons, fit halte à Spontour où, à ma connaissance, la Résistance n'était pas des plus actives. Les Allemands n'y stationnèrent que quelques heures, mais fouillèrent toutes les maisons de la cave au grenier, sans oublier l'auberge, sans doute dans l'espoir d'y découvrir des caches d'armes. La pauvre Mme Croze faillit en mourir de peur. Ils hurlaient, en passant d'un endroit à l'autre : « *Judes ! Terroristes ! kaput !* » Ils emportèrent de la volaille, quelques jambons et tuèrent un chien qui venait renifler leurs bottes.

Ils effectuèrent des rafles dans les environs, avec le concours de la police de Vichy. Nous vîmes des gens que nous connaissions, et qui n'avaient aucun lien avec la Résistance, embarqués à coups de crosse dans des camions. Intervenir ? Cela n'aurait servi à rien et eût été dangereux.

Peu à peu, les maquisards se regroupaient en petites unités. Deux d'entre elles s'étaient organisées à proximité ; l'une dans les gorges de la Luzège, l'autre non loin du Chastang, en pleine forêt, dans la grotte du Chambon. Elles étaient composées de jeunes réfractaires au Travail obligatoire et d'Israélites traqués, et encadrées par des officiers de l'armée de l'armistice. Ces maquisards ne faisaient pas parler d'eux ; ils attendaient leur heure.

Je plongeais chaque jour au plus profond dans une existence qui avait pris un tour nouveau. Rien n'était comme avant. Chaque pas que nous faisions hors du barrage était aussi lourd d'incertitude que léger d'espoir. Les mêmes questions nous obsédaient : qu'inventer pour retarder les travaux sans en venir aux sabotages, solution draconienne mais que nous redoutions et à laquelle nous n'étions pas mentalement préparés ? Comment satisfaire les demandes des maquisards qui réclamaient des armes et des équipements ? Qui envoyer en mission à Mauriac auprès de notre correspondant, Maurice Bourgès, sans éveiller l'attention des voisins ?

Je n'eus que des rapports épisodiques avec ce personnage, employé comme dessinateur dans notre bureau de Mauriac, et l'un de nos agents de renseignement les plus efficaces.

Maurice Bourgès compensait l'austérité de ses fonctions professionnelles en les saupoudrant de fantaisie. C'était une sorte de funambule : il dansait sa vie, comme d'autres la chantent dans des livres, en prenant soin de ne pas rompre son équilibre. La première fois que je pénétrai dans son appartement du centre-ville, durant l'été 1943, pour en tirer de nouveaux renseignements, il m'accueillit en robe de chambre japonaise et me fit asseoir sur un coussin à même le parquet. J'avais l'impression d'être un cul-de-jatte. Il sourit de mon air étonné et me dit :

— Mon cher, j'ai coupé les pieds de tous mes meubles : tables, chaises et guéridons, pour en faire du feu, car on gèle dans cette turne, mais aussi par convenance personnelle : j'aime vivre au ras du sol, comme les Asiatiques. C'est plus reposant et plus sain. Mais si tu préfères une chaise, il en reste une intacte dans ma chambre.

Il avait loué deux pièces au premier étage de cette vieille maison de notaire, à deux vieilles demoiselles, vestiges de l'institution religieuse où elles avaient enseigné. Il les avait tapissées de dessins et de peintures d'inspiration japonaise ou chinoise. Il était artiste des pieds à la tête dans son appartement, mais, dans la vie courante, s'habillait et se comportait comme ses collègues de travail.

Lorsque nous organisions, au barrage, des soirées récréatives au bénéfice des prisonniers de guerre ou des maquisards, il était le premier à payer de sa personne. Il ténorisait agréablement, disait des monologues ou des poèmes, jouait de divers instruments et pouvait, à lui seul, animer le spectacle.

Un soir que je sortais de chez lui, l'une des sœurs, Ursule, pointa son visage de musaraigne par la porte entrouverte. Sa sœur, Marguerite, me fit, derrière elle, un signe de la main. Double reliquat d'une ancienne famille auvergnate, les sœurs La Fournière vivaient, installées dans un cocon de vieilles dentelles et de cotonnades mitées, de quelques loyers, Maurice n'étant pas leur seul locataire.

— Monsieur, me dit Ursule, vous venez, je crois, de chez M. Bourgès.

— En effet, mademoiselle, j'en sors à l'instant.

— Alors, quand vous le reverrez... hum... voulez-vous lui demander de faire moins de bruit ? Hier soir, à minuit, il était encore en train de chanter en s'accompagnant au piano. C'est nous qui lui avons loué cet instrument. Si nous avions su...

— Que ne le faites-vous vous-même ?

— C'est que... hum... cela nous gêne. Nous avons de bons rapports avec lui, et nous regretterions que...

Marguerite l'interrompit en me lançant :

— Mais entrez donc ! Ce couloir est un nid de courants d'air. Monsieur...

Je lui donnai mon nom de guerre, Paul Fournier. Elle ajouta :

— Vous prendrez bien un petit verre de cassis ?

J'eus, en pénétrant dans le salon-salle à manger, l'impression de me trouver au musée Grévin, dans l'évocation d'un intérieur de la Belle Époque, actualisé par un portrait en couleurs du Maréchal, entre les effigies en cire de deux vieilles cocottes. On me servit du cassis avec des gâteaux secs qui tombaient en poussière.

— Monsieur Fournier, me dit Ursule, nous avons un autre grief envers notre locataire. Il reçoit beaucoup de monde depuis quelque temps. Outre que ces gens usent la moquette de l'escalier et y laissent des traces de boue, nous nous demandons ce qu'il mijote, au point...

— ... au point, précisa Marguerite, que nous avons songé à prévenir les gendarmes. Avec tous ces terroristes, nous craignons pour notre sécurité. J'espère que vous nous comprenez, monsieur. Pour tout vous dire, nous craignons... hum...

— ... qu'il fasse partie de la Résistance, voilà ! Nous ne voulons pas d'ennuis. Déjà que nous avons trouvé une inscription désobligeante sur notre porte, pas plus tard que la semaine dernière...

— ... alors que nous sommes, monsieur, des citoyennes ir-ré-pro-chables !

Elles poursuivirent ce monologue à deux voix en me vantant les mérites du Maréchal et de Pierre Laval, les bienfaits de la Révolution nationale, l'avenir radieux que nous ouvrait la collaboration. Je me sentais mal à l'aise, au point que je faillis prétexter d'une obligation pour m'évader de ce piège parfumé au cassis. Je retrouvais dans ce pathos des échos du quotidien local, dont un exemplaire était posé sur le guéridon. J'optai pour une apparence de consensus.

— Comme je vous comprends, mesdemoiselles ! Le Maréchal est notre guide. On dit qu'il n'a plus toute sa tête, qu'il est gâteux, mais...

— Oh ! monsieur Fournier...

— Gâteux, notre Maréchal, lui qui a sauvé la France...

— ... au nom du Sacré-Cœur ! chantonna Marguerite.

J'ajoutai, du ton le plus sérieux du monde :

— Je n'en crois rien, comme vous-mêmes ! D'autres mauvais Français ajoutent que lui et Pierre

Laval ont fait le mauvais choix, que les Allemands sont en train de perdre la guerre, mais qu'avant ils auront nettoyé le pays des Juifs et des communistes.

— Les Juifs n'ont que ce qu'ils méritent ! glapit Ursule. Ils ont laissé crucifier le Seigneur et viennent manger notre pain.

— Les communistes, monsieur ! Des ennemis de l'Église, des révolutionnaires dangereux ! Et que disent encore les gens mal intentionnés ?

— Qu'après le départ des Allemands, ceux qui ont collaboré ou qui auront soutenu le Maréchal seront pendus.

— Quelle horreur ! gémit Ursule. Heureusement, ce ne sont que des mensonges. Notre neveu, qui s'est engagé dans la Légion contre le bolchevisme, est optimiste. Il nous écrit que les Allemands ne reculent que pour mieux préparer une nouvelle offensive. Il ne nous ment jamais. Il nous parle aussi de ce de Gaulle, qui sort d'on ne sait où et qui a trahi la France.

— On fait courir des bruits alarmants, ajoutai-je avec une mine de circonstance. On dit qu'après Stalingrad, les Allemands battent partout en retraite, que les Américains et les bolcheviques sont sur le point de gagner la guerre. J'en suis navré, mais je crains que ce soit la vérité, hélas...

— Américains... bolcheviques... de Gaulle... bégueta Ursule, tous à mettre dans le même panier !

— Quoi qu'il en soit, mesdemoiselles, n'ébruitez pas trop vos opinions. Mauriac est plein de traîtres et de mouchards. Vous seriez vite dénoncées et vous pourriez bien recevoir une bombe comme cadeau de la Résistance.

Elles échangèrent un regard chargé de détresse. Marguerite me tendit la carafe de cassis d'une main tremblante. Je refusai poliment.

— Quant à M. Bourgès, dis-je en me levant, je lui rendrai compte de vos observations. Mais rassurez-vous : il partage vos opinions et ne reçoit chez lui, pour son travail, que des gens convenables. Nous devons hâter les travaux pour que les Allemands aient de l'électricité en suffisance.

Après ma visite à Maurice Bourgès, Didier me confia une mission auprès du groupe de maquisards qui tenait dans la forêt, non loin du pont de Chambon, une position jugée inabordable.

Ils s'étaient installés dans la grotte occupée naguère par des charbonniers, au milieu d'un désert végétal comparable à ceux des ermites de jadis.

Je pris la route avec trois hommes : deux Espagnols et un Italien fort comme un Turc, chargé comme un sherpa des bagages contenant des vivres de première nécessité et du vin.

Arrivés au pont de Chambon après avoir longé la rive droite de la Dordogne, nous avons pris la route en lacet qui monte vers la Chapeloune, un hameau où j'avais souvent gambadé dans ma jeunesse de sauvageon. Il n'était plus question de gambader mais de marcher, et d'un bon pas, car la grotte était distante de cinq kilomètres et que, chargés comme nous l'étions, il nous tardait d'arriver. Le parcours qui traversait des forêts et des landes était idyllique. Fougère et bruyère, ombre et soleil. Nous cheminions dans un silence de cathédrale au cœur d'un espace coupé de petites vallées du fond desquelles montaient des murmures d'eaux vives. De temps en temps je ramassais des fruits de cerisiers sauvages qui jonchaient le sentier comme les grains d'un collier rompu. Les maquisards nous accueillirent non pas par des tirs de mitraillettes en l'air, mais avec des cris de joie. Nous ne sommes restés que le temps de nous rafraîchir à l'eau d'une source et de leur donner des nouvelles, sinon de leur en demander car ils étaient trop isolés pour en recueillir. Afin d'éviter toute rencontre, nous ne sommes repartis qu'à la nuit tombante.

À quelques jours de cette mission, M. Coyne m'apprit une nouvelle qui me fit froid dans le dos.

— Vous avez beaucoup de chance, Émile. La Milice vient d'attaquer la grotte des maquisards. Comment a-t-elle appris l'existence de ce groupe ? Nous l'ignorons, mais il est certain qu'il s'agit d'une dénonciation. Des rescapés ont vu, la veille, des ombres à travers la forêt. Ils ont cru qu'il s'agissait de charbonniers et n'ont pas réagi. L'attaque a eu lieu le lendemain, à l'aube. Trois des nôtres ont été blessés. L'un d'eux a été transporté d'urgence à Ussel pour être amputé d'une jambe. Un seul a été capturé, mais je ne donnerais pas cher de sa peau. Ceux qui restaient ont pu se retirer en faisant le coup de feu...

C'était un événement : la première fois que les forces armées de Vichy attaquaient une position tenue par le maquis. Il allait y en avoir, hélas ! beaucoup d'autres...

Ce n'est pas sans éprouver de la peine que j'appris la fermeture de l'école de Nauzenac, la mise en eau de la retenue étant imminente.

L'institutrice, Odette Manou, était originaire de Lapleau où elle demeurait. Elle venait, au début, faire sa classe à bicyclette par le rude chemin qui descend du plateau à la rivière, puis avait fini par trouver à se loger dans la ferme où l'école était installée. Avec l'ouverture des chantiers du barrage, elle avait vu venir à elle des enfants ignorant notre langue, des Espagnols principalement. Le rôle de truchement fut confié... à un jeune Italien. Nauzenac était un village peuplé de gens heureux, mais pauvres, sans autres ressources que des pommes réputées, et la pêche que les femmes allaient vendre sur le plateau, puis aux cantines du barrage. Ils puisaient l'eau dans la Dordogne ou dans un ru. Une seule maison recevait l'électricité produite par une dynamo ; les autres se contentaient du pétrole.

Odette Manou vécut dans la tristesse les premiers temps de l'exode. Plus personne ne se faisait d'illusions : les jeux étaient faits. Famille par famille, le village se vidait de ses habitants qui, avec leurs charrettes lourdement chargées, prenaient le chemin de l'exil. Ceux qui s'accrochaient encore à leur petit domaine pour tirer profit jusqu'au dernier jour de ses produits, devenaient rares. Piètre consolation : ils étaient exemptés d'impôts. L'institutrice n'a jamais pu oublier sa dernière classe et le jour où elle a dû fermer son école. Elle ne s'en est jamais consolée.

Les écoliers qui relevaient directement du barrage ne manquaient de rien. Une coopérative scolaire palliait les insuffisances éventuelles de fournitures en livres et cahiers. Soucieux de ne pas interrompre une tradition républicaine remontant à Jules Ferry, les enseignants maintinrent la distribution des prix. En voyant leurs enfants descendre de l'estrade les bras chargés de livres, les parents étrangers pleuraient de bonheur.

M. Coyne se servait souvent, en commençant nos réunions, d'une locution qu'il affectionnait : « Messieurs, l'heure est grave... »

Elle l'était et ne faisait qu'empirer, pour ce qui est des livraisons de matériel. Nous nous heurtions à des pratiques de détournement et de marché noir. Des maquisards interceptaient nos convois et prélevaient ce qui leur faisait défaut. Il fallait s'incliner : toute résistance eût été inutile et dangereuse. Ces larcins provoquaient la colère du patron. Lorsqu'il protestait, on lui répondait que, si l'on se livrait au pillage, c'était pour la bonne cause.

Les choses faillirent mal tourner lorsque nos dépôts furent l'objet d'un braquage par des maquis de la haute Corrèze. Une nuit, un commando fit irruption sur le chantier et exigea la remise de trois camionnettes, avec ce qu'on n'avait pas eu le temps de décharger.

— Messieurs, nous dit M. Coyne au lendemain de cet événement, l'heure est grave. Nous sommes victimes de procédés inadmissibles ! Allons-nous être contraints de défendre notre matériel les armes à la main ? J'ignore l'identité de ces malfaiteurs et ce qu'ils comptent faire du produit de leur vol, mais nous ne nous laisserons plus faire. Decelle, vous serez responsable désormais de la surveillance du chantier. S'il arrive encore des événements de ce genre, je vous en tiendrai pour responsable !

L'indignation du patron était justifiée. Les maquis FTP, disait-il, en prenaient trop à leur aise. Au cours des parachutages, ils disputaient des conteneurs à leurs alliés de l'AS. Chacun prêchait pour sa paroisse et ne donnait pas le bon exemple, mais ceux qui se réjouissaient de cette discorde en furent pour leurs frais : il n'y eut jamais de conflit entre ces frères d'armes.

Autre plaie : le marché noir. Là encore, M. Coyne, qui avait la morale civique et chrétienne chevillée au corps, s'en plaignait mais ne pouvait sévir. L'eût-il fait, il eût mécontenté bon nombre de gens qui le respectaient et qu'il estimait. Cette maladie, cette peste, il était difficile de s'y soustraire.

Je me demandais parfois d'où lui venaient ses cigares...

LIVRE IV

1

Le Puy-Violent

Avec son entrée dans la Résistance, Gaby semblait avoir découvert sa terre promise.

Elle jouait les *pasionarias* avec une détermination, une abnégation, une énergie qui me laissaient parfois admiratif. Outre ses missions d'agent de liaison entre les différents mouvements clandestins de notre province, elle s'était procuré un appareil de reprographie comparable à celui qu'Edmond Michelet avait utilisé à Brive pour diffuser le premier tract de la Résistance nationale. Elle passait une partie de ses nuits à y travailler, dans une cave de son immeuble.

Nous nous sommes retrouvés pour les vacances de la Toussaint, au cimetière de Spontour. Elle glissa un billet dans ma poche. Je lui dis en plaisantant :

— Une lettre d'amour ?

Elle me prit le bras et me glissa à l'oreille :

— En quelque sorte... Mais elle ne te concerne pas directement. Tu liras ce document une fois rentré chez toi. Et ne le laisse pas traîner...

Elle me parla avec une grande liberté du réseau dont elle était devenue un membre éminent, et qui mettait sa vie en danger en permanence.

— Es-tu certaine, lui dis-je, que ton mari ne se doute de rien ?

— Tout à fait.

— S'il lui venait des soupçons, que ferais-tu ?

— Je disparaîtrais pour entrer corps et biens dans la clandestinité. Je prendrais les armes avec Gingouin, je me battrais...

— Tu te prends pour Jeanne d'Arc ! Elle devait parler comme toi, avant de quitter Vaucouleurs...

Elle me secoua le bras.

— Cesse de plaisanter, Émile ! Ce que je dis, je le ferai. Après tout, il y a d'autres femmes dans la Résistance, Dieu merci !

Gaby n'avait pas fini de me surprendre. Derrière la créature que j'avais connue, préoccupée de sa petite personne, de sa réussite professionnelle, de ses amours, je découvrais un nouveau personnage, habité de nobles sentiments, d'une vocation à l'héroïsme, et qui brandissait l'étendard de la résistance armée. Cette mutation singulière n'était pas pour me déplaire, même si je n'y voyais que la réaction contre un mari qu'elle n'aimait plus et dont elle exécrait les opinions politiques. Cette évolution me la rendait plus proche et plus attachante.

— J'espère, me dit-elle, que tu ne restes pas les deux pieds dans le même sabot ! Où en es-tu ? Que fais-tu ?

En cheminant vers l'auberge, sa mère accrochée à son bras, je lui expliquai en quoi consistait mon action dans la Résistance. Je lui racontai l'attaque de la grotte du Chambon. Elle avait entendu parler de cette « première » mais était loin d'imaginer que j'avais failli être victime de cette affaire.

— S'il t'était arrivé malheur, j'en aurais beaucoup souffert.

Je persiflai :

— Allons donc ! tu m'aurais vite oublié.

— Ne dis pas ça, Émile ! Tu es injuste et tu me fais de la peine.

Elle s'arrêta, prit ma tête entre ses mains et me donna un baiser profond. La surprise me fit chanceler. Des gens nous regardaient d'un air indigné. Je lui en fis la remarque ; elle répliqua avec fougue :

— Je m'en fous, Émile. Je t'aime...

Sur le chemin du retour, j'ai lu le document qu'elle avait glissé dans ma poche : un tract qu'elle avait imprimé trois jours avant. Un message brûlant d'un beau feu patriotique.

Je me dis que de telles imprudences pourraient lui valoir beaucoup d'ennuis.

La troisième semaine de novembre fut marquée, au barrage, par la fête de la Sainte-Barbe, que nous célébrions depuis l'ouverture du chantier, avec la bénédiction de M. Coyne. De bonnes âmes estimaient qu'il était bon que les ouvriers, peu enclins dans leur majorité aux célébrations religieuses, eussent leur fête corporative. On avait choisi Barbe, bien qu'elle eût déjà beaucoup à faire avec les pompiers, les mineurs et les carriers. Cette fête était l'occasion de rappeler que cette pauvre fille avait été décapitée par son père après être passée en jugement pour une faute que j'ignore, et que le bourreau avait été foudroyé.

La tradition aurait voulu que l'on associât le nom de la sainte à une source ou à une fontaine pour s'y rendre en pèlerinage. On ne s'était pas donné la peine de chercher.

— Inutile ! avait dit Luigi. Liquide pour liquide, une barrique de vin fera l'affaire. Elle est offerte par le patron. Je vous attends pour le pèlerinage...

C'est pas du chianti ou du valpolicella, mais c'est un bon *vino democratico*. Faudra s'en contenter.

Comme elles l'avaient fait pour les bals, les autorités de Vichy avaient interdit feux d'artifice et pétards. Nous n'en avions cure. Incapables de procéder à des féeries pyrotechniques, nous avions néanmoins de la poudre pour confectionner des bombes, des fusées et même des feux de Bengale.

Cette nuit-là, les Compagnons de la chanson ayant déclaré forfait, André Thivet les remplaça, avec un spectacle complet. Et merde aux vert-de-gris ! On dansa toute la nuit, et il y eut, comme on dit, de la « viande soûle ».

Les Auvergnats employés sur le chantier n'attendaient pas la Sainte-Barbe pour faire la fête : pour eux, elle était quotidienne. À la veillée, pour bercer la nostalgie du pays dont ils pouvaient apercevoir les premières pentes du seuil de leurs baraquements, ils dansaient la bourrée entre hommes, au son de l'accordéon et de la *cabrette* *, avec des coups de talon pour marquer le rythme de ces danses venues du fond des temps et des cris imitant le hennissement des cavales gauloises.

Ils n'étaient pas les seuls à aimer et à pratiquer la danse. Dès que Silli ou Luigi mettaient leur phono en branle, des couples s'avançaient, les femmes les premières, et la cantine prenait des allures de dancing.

Les Espagnols avaient sur place leur idole : Francisco Rabat. C'était, disait-on, un ancien « danseur mondain » familier des cabarets louches du Barrio Chino, à Barcelone. Le claquement de ses talons, dans les fandangos et les séguedilles, soulevait à la fois la poussière et l'enthousiasme.

Des histoires, dont il était difficile de vérifier l'authenticité, couraient de cantine en baraque. L'une d'elles est restée gravée dans mon souvenir.

Un matin, au saut du lit, la police de Vichy mit la main sur Martineau, un ouvrier coffreur qui, avant la guerre, militait dans l'extrême gauche. Il laissait sans ressources une femme et deux gosses. Une collecte leur vint en aide. C'est un des collègues de Martineau, Francis, qui vint porter à sa femme la somme recueillie. Elle le remercia à sa manière, qui témoignait d'une nature altruiste et généreuse. Elle l'attira vers le lit et, relevant sa jupe, lui dit en patois, sa langue usuelle : « Sers-toi si tu le veux ! » Non seulement Francis se servit copieusement, mais il devint amoureux et jaloux de cette goule. Comme il était devenu soupçonneux, elle le jeta dehors.

Je ne me remémore l'année 1944 qu'avec une résurgence de vertige qui fait surgir en moi un singulier mélange de terreur, de détresse et de bonheur.

La lucidité et l'autorité de Jean Moulin avaient accompli ce miracle : l'unité tactique des différents mouvements de Résistance, en vue du combat pour la Libération. L'annonce de sa mort avait été très durement vécue à Londres.

La Sicile, la Corse étaient aux mains des Alliés. De Gaulle avait quitté Londres pour Alger. L'Italie avait lâché sa grande alliée, tandis que, sur le front de l'Est, l'armée rouge faisait déferler ses troupes sur l'Allemagne. À Vichy, l'ambiance tournait à l'aigre : Pétain souhaitait se débarrasser de Laval, mais les forces d'occupation persistaient à le lui imposer.

En quittant Maurice Bourgès, je faisais halte chez les sœurs de La Fournière, qui s'obstinaient à croire en la victoire finale de leurs favoris. Je m'amusais à les mettre en garde contre les informations optimistes de Radio-Paris et les vociférations de leur prophète, Philippe Henriot. Pierre Laval avait fait de ce catholique, ancien militant de la Cagoule et l'un des chefs de la Milice, son secrétaire d'État à l'Information et à la Propagande. Je m'attachais perfidement à déboulonner la statue.

Elles regimbaient. Leur neveu battait en retraite, mais il les rassurait en affirmant qu'il s'agissait de ce qu'on appelait durant la « drôle de guerre » une « retraite élastique ». L'Allemagne était invincible, et ce n'étaient pas les hordes de Mongols et la juiverie américaine qui pourraient en venir à bout ! Il reviendrait au pays avec la croix de fer sur la poitrine...

— Oui, monsieur Fournier ! Notre neveu est un héros. Vous prendrez bien un verre de cassis ?

La désignation par Pierre Laval d'un ancien camelot du roi, membre de la Waffen SS, Joseph Darnand, comme chef de la Milice, nous inquiétait. Ce vétéran des deux guerres était un dur à cuire ; il allait nous donner du fil à retordre. Je m'inquiétais moins pour moi que pour Gaby. Limoges était devenue une ville dangereuse pour la Résistance, et sa cohabitation avec son mari, membre éminent de la répression antiterroriste, risquait, si ses activités étaient découvertes, de lui valoir un voyage en Allemagne.

Nous avions, Dieu merci, de quoi riposter au regain d'ardeur répressive de la Milice.

Réunis sous le label FFI : les Forces françaises de

l'intérieur, avec comme chef le général Kœnig, les divers mouvements de Résistance formaient un bloc uni en vue des combats pour la Libération. Dans l'AS, on chantait *La Marseillaise*, et *L'Internationale* chez les FTP, mais on avait mis une sourdine aux stériles querelles partisanes.

Les parachutages se multipliaient. Nous avions les armes et le matériel et, en plus, l'assurance radieuse d'une victoire prochaine.

Je ne partageais pas la méfiance de certains pour le général de Gaulle. Son autorité, sa confiance, son charisme avaient accompli des miracles. Il avait, en plus des capacités militaires qui, jadis, si nos ministres et nos parlementaires en avaient tenu compte, auraient pu changer le sort de la guerre, l'étoffe et la carrure d'un homme d'État.

Lorsque les Allemands ou la Milice se présentaient au barrage sans prévenir, l'activité marquait une pause. Ils regroupaient les ouvriers par équipes, les passaient en revue comme des prisonniers, examinaient leur mine, leurs papiers et les interrogeaient sans ménagement. Ils s'en prenaient de préférence aux Espagnols, aux Juifs, et livraient à ces derniers une chasse sans merci. Ceux qu'ils capturaient étaient torturés et envoyés en Allemagne.

Le Dr Dreyfus nous avait dit :

— S'ils se montrent menaçants envers moi, je saurai leur répondre !

Et le Dr Mitraillette pointait l'index vers le placard à pharmacie où il cachait son arme, en ajoutant :

— C'est une Sten, de fabrication anglaise. Elle a la gâchette sensible. Je tirerai dans le tas, et les dernières balles seront pour moi.

Sabotages et parachutages se produisaient en

alternance. À Marèges, la destruction annoncée des pylônes à haute tension avait donné le signal. D'autres attentats se produisaient ici et là, sans occasionner de dégâts irrémédiables, car il fallait songer à la remise en marche de l'économie, la guerre terminée. Préludant la lutte armée, la Résistance s'en prenait aux ponts, aux voies ferrées, provoquait des éboulements sur les routes, endommageait des installations électriques...

Malgré la tension accrue de jour en jour, la vie au barrage et dans les villages environnants suivait son cours normal. Nous n'avions pas renoncé, malgré les risques de dénonciation, aux bals du samedi soir, où des filles accouraient de toutes parts, et les bordels n'avaient pas fermé leurs portes. Pour me changer les idées et me sentir un homme au contact d'un corps de femme, je me rendais aux uns comme aux autres. Aux filles du bordel, je préférais les péripatéticiennes, qu'on appelait les « ravageuses », en leur laissant le soin d'effacer pour quelques heures le souvenir récurrent de Véra et de Teresa.

Pour les installations intérieures du barrage, M. Coyne avait fait appel à des spécialistes féminines, les bobineuses. Elles nous furent envoyées par une usine de Champagne-sur-Seine. Leur travail consistait dans le raccordement des retors d'alternateurs. Un véritable travail d'horlogerie...

Certaines de ces filles ou de ces femmes, qui travaillaient en salopettes, avec une habileté et une conscience professionnelle remarquables, étaient superbes et convoitées. Par leur beauté, leurs chansons, leur bonne humeur et leur « chic parisien » elles apportaient un air de fête dans les vastes salles intérieures du barrage.

M. Coyne avait jugé bon de nous prévenir :

— Mes amis, l'heure est grave ! La présence de ces bobineuses risque d'avoir des conséquences secondaires regrettables. Je crains que leur présence ne provoque des désordres parmi nos ouvriers. Je vous charge de veiller au grain. Nous ne devons pas donner aux Allemands et aux miliciens l'image d'un « foutoir ». Vous me comprenez ?

Message reçu. Il n'y eut pas, du moins au début, de troubles notables. Les ouvriers sifflaient en croisant les bobineuses, leur offraient des cigarettes, éprouvaient leurs chances, leur servaient devant une chopine quelques déclinaisons salaces : « J'en pince pour ta bobine... Je me laisserais bien embobiner par toi... Je préfère les filles du bobinage à celles du bobinard... Un peu de bibine pour ta bobine... » Et j'en passe...

Nous n'avions rien à reprocher à ces ouvrières, sinon de tourner la tête de nos gars. Certaines délurées avaient la réplique facile, dans un langage vulgaire, et n'écartaient pas l'éventualité d'une liaison à court terme.

L'une d'elles faillit causer ma perte.

Durant la dernière semaine de mars, alors que l'Auvergne nous envoyait ses dernières bordées de frimas : la *neige du coucou*, comme on dit, je me rendis, au cours d'une mission à Mauriac, chez Silli, pour y prendre un grog.

Alors que je sortais de chez moi et me dirigeais vers la cantine, je reçus un coup sur la nuque. Une fille emmitouflée dans un pardessus d'homme éclata de rire dans mon dos. Elle avait ramassé une autre poignée de neige et m'en menaçait. Elle s'était dissociée d'une bataille entre ses compagnes et un groupe d'ouvriers pour s'attaquer à ce promeneur solitaire et d'apparence taciturne.

Je pris à mon tour une poignée de neige et la pétris d'un air menaçant. Nous restâmes dressés l'un en face de l'autre, sans un mot, notre grenade à la main. Elle lâcha son projectile, fit un pas vers moi et me dit :

— Allons, on fait la paix ?

— Je vous l'accorde, mais c'est vous qui m'avez attaqué. Vous me devez donc une compensation.

— Eh bien, dites !

— Vous êtes condamnée à boire un grog en compagnie de l'ennemi.

— Je dois donc me soumettre..., soupira-t-elle.

Je l'entraînai chez Silli, où une bouffée de chaleur nous accueillit. Le gros poêle ronflotait, un chien à sa base. Une rumeur de conversations montait de toutes parts. Il allait faire nuit. C'était l'heure de l'apéro. Silli s'approcha de nous.

— *Cosa desira da bere ?* nous dit-il poliment, en lissant ses moustaches de grognard.

Je commandai un grog à la grappa et elle une bière. Elle déroula son cache-nez et ôta son manteau.

— Je m'appelle Élise, dit-elle. Et vous ?

— Émile.

Me souvenant soudain des recommandations formelles du patron, je me reprochai cette invitation maladroite. Cette fille me plaisait à l'excès, avec son visage rond, son sourire malicieux, ses larges yeux verts. Elle me parla librement des avantages et des inconvénients de son travail, puis de sa famille. Je lui demandai si elle connaissait Paris. Elle s'y rendait souvent, le dimanche, avec des copines, pour aller danser rue de Lappe, dans une boîte auvergnate. Mise en confiance, elle m'avoua qu'elle était juive par sa mère et que son frère était dans la Résistance.

Son visage se referma. Elle prit une gauloise dans le paquet que j'avais posé sur la table et me dit d'un ton grave :

— J'ai peut-être tort de vous faire ces confidences, monsieur. Après tout, je ne vous connais pas.

Je la rassurai :

— Vous avez tort, en effet, mais vous ne risquez rien. Je suis moi-même engagé dans la Résistance, et il n'y a pas de mouchards dans cette gargote. Il n'empêche : vous avez été imprudente.

Son visage se rasséréna. Elle me demanda la permission de commander une bière. Je fis signe à l'oncle Joseph de la servir.

— Avez-vous faim ?

Elle opina. J'ajoutai à sa commande une omelette aux cèpes, du fromage et un litre de vin. Elle éclata de rire.

— C'est un pays de cocagne ! On a envie d'une omelette, on la commande, on vous la sert... De même pour le vin et le pain. Depuis que je travaille au barrage, j'ai dû prendre trois ou quatre kilos. Du coup, j'ai plus envie de repartir.

Je la regardai avec plaisir manger comme si elle avait observé un jeûne de plusieurs jours. De temps en temps, elle s'interrompait pour échanger avec moi un regard où je lisais plus que de la gratitude. Je n'aime pas les gens qui, comme disait ma mère, *pimpignent*, pour dire qu'ils boudent leur assiette ou mangent du bout des lèvres. Élise y allait de bon cœur. Mon père avait une autre expression pour parler des gens qui dévorent : « Ils mangeraient un curé avec ses bretelles. »

Je me disais en la regardant : si elle fait l'amour

avec autant d'appétit, ça doit être une jolie fête. Cette idée ne tarda pas à m'obséder, prompt que je suis à fantasmer, dans ce domaine comme dans d'autres, sans toujours mesurer les conséquences éventuelles.

Elle décida que nous devions nous tutoyer. Nous avions le même âge, à quelques années près, et nous sentions proches l'un de l'autre. Elle fuma une autre gauloise, me demanda de lui offrir un verre de vieille prune. Je n'avais rien à lui refuser. Elle non plus, d'ailleurs, je n'avais aucune peine à le deviner.

C'était un long moment bien calme, avec, autour de notre table, le bourdonnement incessant des parlotes, doux et lointain comme la rumeur d'un train en marche. Cette image du train m'amusa. Nous descendions « à la prochaine ». Je lui prenais le bras et la conduisais jusqu'à ma baraque, à travers la neige et la nuit. J'avais le pressentiment que notre première rencontre se poursuivrait par cette étape ferroviaire. Élise de même. Elle soupira :

— J'ai sommeil, Émile, mais j'ai pas envie de retourner au dortoir. Si tu pouvais me faire une petite place dans ton lit...

— Avec plaisir ! Pour la place, aucune inquiétude. À deux, c'est comme si on ne faisait qu'un, si tu vois ce que je veux dire.

Elle le voyait si bien qu'elle étouffa un rire derrière sa main, et se leva.

— Il faut que je prévienne les copines que je rentrerai pas. Elles sont chez Luigi. Attends-moi là.

Nous avons passé la nuit dans une exaltation constante. Dans mon étiologie érotique, je ne retrouve pas le souvenir d'un corps à corps aussi intense. Dans la lumière de la lampe de chevet tamisée par un mouchoir, je voyais se mouvoir autour de moi des cumulonimbus de chair rosée, des formes à la Maillol, à la fois souples et nerveuses, des replis profonds et odorants, dans un concert *mezza-voce* de palilalies.

En m'éveillant, après un sommeil d'une heure ou deux, je la vis en train de se préparer son déjeuner en chantonnant. Elle m'embrassa avant de partir.

— J'ai bien aimé, dit-elle. Je peux m'arranger pour revenir ce soir. Tu veux bien ?

— Je t'attendrai chez Silli. Ne me fais pas faux bond.

À peine avait-elle franchi ma porte, je sentis monter en moi ces remords qui viennent nous assaillir après la satisfaction d'un plaisir interdit. Je me disculpai en me disant que l'ordre moral dont nous avait parlé le patron ne risquait pas d'être compromis par quelques innocentes coucheries.

Nous nous sommes retrouvés, Élise et moi, chaque soir, durant une semaine. Nous commencions à instaurer entre nous un mode de communication verbale particulier et des habitudes. Nos nuits ne perdaient rien de leur intensité et les heures du jour de leur poids d'impatience.

Le jour où Didier, en accord avec M. Coyne, me confia une mission qui m'obligerait à passer trois jours à Clermont pour les besoins de notre organisation clandestine, je partis avec un regret au cœur. Lorsque j'annonçai la nouvelle à Élise, elle fondit en larmes en s'accrochant à moi.

— Ne pars pas ! gémit-elle. Tu risques de ne plus me revoir. Je vais être obligée de repartir. Notre travail tire à sa fin.

— Il le faut, et ce n'est pas de gaieté de cœur, mais ces trois jours seront vite passés. Je vais beaucoup penser à toi.

Je fis en sorte d'abréger mon séjour à Clermont.

J'étais de retour le surlendemain. Élise avait fait le ménage et posé une lettre sur la table. Son travail terminé, elle était repartie avec son équipe pour Champagne-sur-Seine. Elle garderait, écrivait-elle, un bon souvenir de moi.

Son fiancé l'attendait.

Une collègue de Gaby, professeur de français dans une institution religieuse de Limoges, me demanda audience à quelques jours de là, alors qu'elle venait passer un week-end en famille à Lamirande.

— Monsieur Peyrissac, me dit-elle, j'ai une mauvaise nouvelle à vous apprendre. Gaby a été arrêtée...

Ce qu'elle ajouta se perdit dans un bourdonnement d'où surnageaient des lambeaux de phrases, si bien que je lui fis répéter ses propos.

Un groupe de miliciens s'était présenté à son domicile pour une perquisition, il y avait une semaine. En son absence et celle de son mari, ils avaient découvert dans la cave le pot aux roses : l'appareil de reprographie, des tracts, des affichettes... Ils avaient attendu le retour de leur proie pour la conduire à la maison d'arrêt du Champ-de-Foire, sans lui permettre de faire ses adieux à son mari, qui était absent. Elle devait être transférée peu après au camp d'internement régional de Saint-Paul-d'Eyjaux, puis on perdit sa trace.

Membre actif de la Milice et collabo notoire, Édouard était intervenu auprès des petits chefs locaux pour obtenir sa libération, mais sans succès, les preuves de culpabilité de son épouse étant flagrantes. Il n'avait pu lui-même échapper à une accusation de complicité, bien qu'il plaidât une situation de famille proche de la séparation de corps. Il avait été livré à la Gestapo, impasse Tivoli, puis délivré sur l'intervention de Joseph Darnand. Il avait passé des jours enfermé dans son cabinet, toutes affaires cessantes. On l'avait trouvé un matin inanimé, une fiole de poison encore dans la main.

Cette mort n'était qu'une anticipation. À la Libération, il n'aurait pas échappé aux balles des « terroristes ».

L'arrestation de Gaby me laissa pantelant, mais, à la longue, attisa mon besoin d'action, comme si je souhaitais la venger en m'exposant au danger. Il me fallait de la poudre et des balles, comme l'enfant de Chio dont Hugo parle dans ses poèmes. Je réclamais des buts précis, le compagnonnage permanent du risque. Je souhaitais qu'à l'internement de ma compagne répondît de ma part une tendance à l'héroïsme.

Le premier à qui je confiai cet état d'esprit fut mon chef direct, Didier. Il m'écouta gravement, m'assura de sa compassion, mais se montra perplexe.

— Je ne puis m'opposer à ta décision, me dit-il, mais je la regrette. J'ai besoin de toi plus que d'un guérillero, aussi motivé soit-il. La Résistance...

— La Résistance telle que vous la concevez ne me suffit plus. Je veux participer à une action directe.

— C'est ce que j'ai bien compris. Bien... bien... As-tu une idée ?

Je lui exposai mon intention de rejoindre les partisans espagnols au camp de Néronde, sous le Puy-Violent, dans le Cantal, au sud-est de Mauriac, sur la route menant de Salers au Puy-Falgoux. Je trouverais là de véritables combattants, des anciens de la guerre d'Espagne. Ils m'apprendraient à me servir d'une arme et à ne pas me ménager. J'aurais vite vaincu ma répugnance pour la violence et la chasse.

— Je vais donc, soupira Didier, demander à M. Coyne de te relever provisoirement de tes fonctions. Il te regrettera, je le sais, mais ne refusera pas. Ton absence sera considérée comme un congé sabbatique. La guerre finie, tu retrouveras ta place parmi nous. Il y a d'autres barrages à construire, et nous aurons besoin de toi.

Ma deuxième visite fut pour José German Gonzalès, porte-parole et responsable des quelque douze cents ouvriers espagnols du barrage. Il était revenu depuis peu du fort de Montluc, à Lyon, où il avait été convoqué pour une vérification d'identité et une enquête. Comme on n'avait rien trouvé qui permît de le garder, on l'avait libéré.

Il aurait eu assez à faire en s'occupant d'éviter à ses compatriotes de répondre aux convocations des autorités d'occupation qui souhaitaient puiser dans ce vivier de main-d'œuvre des contingents d'esclaves destinés à l'organisation Todt et au mur de l'Atlantique. Lorsque des voitures des GMR ou de la Milice se présentaient pour demander les motifs de ces déficiences, les appelés se volatilisaient dans la nature.

Les Espagnols étaient la ligne de mire des forces de répression. La presse collaborationniste faisait état de leur efficacité dans les rangs de la Résistance. J'ai conservé cet article qui en fait foi : « L'armée de la Résistance est maîtresse de la région. Les ouvriers espagnols travaillant aux barrages de la haute Dordogne, et plus particulièrement à celui de l'Aigle, et dont les colonies peuplaient les hameaux autour de Spontour et de Chalvignac, ont fourni les premiers cadres solides, l'armature révolutionnaire éprouvée qui s'avérait indispensable... »

C'est à la fois un constat d'impuissance pour la police vichyssoise et un hommage à peine voilé à ces travailleurs étrangers. Que la censure ait laissé passer ce texte m'étonne.

Je trouvai Gonzalès au retour du travail et l'invitai à vider une chopine chez Luigi, pour lui exposer mon affaire. Il me dit :

— Si tu veux vraiment te battre, tu as fait le bon choix, mais je te préviens, tu risques d'en baver. Nos gars ne sont pas des rigolos. Rien à voir avec des vacances en montagne ! Il faudra obéir aux chefs et accepter des sacrifices en fermant ta gueule. Pour ce qui est de la bouffe, prépare-toi à un carême prolongé. Il y a plus de jours « sans » que de jours « avec »...

— Si tu crois que ça va me faire renoncer...

— Je crois rien. Tu as la mine de celui qui part sur un coup de tête, parce qu'il a quelqu'un à venger. Les coups de tête, en général, ça dure pas longtemps. Faut que ça vienne de plus profond.

Je portai ma main à ma tête et à ma poitrine.

— Ça vient de là et de là. Je ne flancherai pas. Et puis, si j'y reste, ça ne sera pas une grosse perte pour la Résistance.

— Si tu flanchais, mes gars te remonteraient les couilles à coups de pied. Tu parles un peu notre langue ?

— Je me débrouille.

— Alors, démerde-toi pour partir dans trois jours. Ça te va ?

— Je partirais dans une heure, s'il le fallait.

Je fis le voyage sous une bâche, dans une camionnette de l'entreprise Ballot, en compagnie d'Alcon.

Ce garçon avait reçu une convocation pour son départ vers les plages de l'Atlantique, tous frais payés, en gare de Tulle. Ce genre de vacances ne lui disait rien qui vaille. Il avait préféré la montagne.

Le choix des sites de Néronne et du Puy-Violent était judicieux.

Cette zone d'accueil et d'action se situe dans une contrée de vastes espaces tourmentés, en marge des grands massifs auvergnats, non loin du puy Mary. J'aurais eu plaisir à m'y promener, mais je n'étais pas là pour faire du tourisme. Pas de baraquements comme à Aynes, pas de villages comme dans la vallée, mais, sur les pentes, quelques vastes burons, sortes de mausolées dédiés au dieu Fromage et bâtis pour une éternité pastorale. L'accès était facile et la position efficace en cas de surprise, car la vue portait large et loin, et le terrain se prêtait parfaitement aux parachutages.

Les premiers clandestins arrivés en mars 1944 étaient des Français. Un mois plus tard arrivaient les premiers ouvriers des barrages ayant échappé à la réquisition. Puis il vint des éléments d'un régiment dissous de dragons et quelques éléments des Chantiers de jeunesse.

Il m'aurait été facile de m'incorporer à des contingents de Français, mais je préférais la compagnie des Espagnols. Je me sentais d'autant plus à l'aise avec eux qu'Olivia Blanch m'avait appris quelques rudiments de leur langue.

Ce fut un triste printemps.

Des nuages épais comme de la crème menaient leur charroi funèbre autour du Puy-Violent, au-dessus de la vallée de la Maronne et du cirque du Falgoux, et libéraient de fréquentes averses de pluie et de neige. Nous nous endormions dans le bruit de la pluie et nous nous réveillions dans un océan de brouillard.

L'inconfort de mon buron m'importait peu. Nous couchions sur la paille, sans avoir l'assurance de recevoir, le lendemain, les subsistances qui nous étaient nécessaires. J'avais rêvé d'action ; j'héritais de l'ennui. Les parties de cartes et de dominos qui m'anesthésiaient, des patrouilles sur les rudes pentes de la montagne, des exercices militaires, des missions de ravitaillement, formaient l'essentiel de notre activité quotidienne. Il n'y avait pas de quoi pavoiser. Gonzalès avait vu juste : l'ivresse du coup de tête est fugace. On se sent vite dépossédé, s'il n'est pas suivi des effets qu'on en attendait.

Le tabac surtout me manquait. J'avais fumé mon dernier paquet de gauloises au cours de mon voyage avec Alcon. Mes camarades en étaient au même point, mais ils fumaient des ingrédients exécrables : menthe, thym, mélilot, roulés dans du papier journal. Lorsque le pillage d'un bureau de tabac nous approvisionnait, le monde changeait de couleur.

Les femmes nous manquaient tout autant.

De tout le mois de mai, nous n'en vîmes qu'une, venue nous apporter des nouvelles fraîches. Elle partagea notre repas : des pommes de terre cuites sous la cendre, des poissons de la Maronne et du cidre. Elle bavarda avec nous au coin du feu et nous promit de revenir. J'appris plus tard qu'il s'agissait d'une grande dame : la princesse de Faucigny-Lucinge.

Une autre présence féminine se présenta. Pouvait-on parler d'une femme en la regardant ? Cette infirmière militaire grosse et laide, chaussée de croquenots, que les Français appelaient la « mère Curochrome », venait inspecter nos conditions sanitaires et nous prodiguer des conseils d'hygiène, comme dans un collège. Elle avait installé son service au col de Néronne, dans une porcherie qu'elle barricadait en se couchant, pour éviter des visites importunes.

Les imprécations d'Alcon, devenu notre chef cuistot, me restent encore dans l'oreille :

— L'intendance se fout de notre gueule ! Qu'est-ce que je vais vous donner à bouffer demain ? Encore des patates et du fromage. Les gars, faudra vous en contenter.

— Il doit te rester des pâtes, non ?

— Je les garde pour les grandes occasions. Quand de Gaulle viendra nous rendre visite et nous remettre des médailles !

Il préparait notre tambouille, en y mêlant des herbes de la montagne, dans l'unique instrument de cuisine, celui qui avait servi à cuire la pâtée des cochons. Pour varier notre menu, il tenta de faire des frites sans huile ; elles étaient immangeables. En fait de viande, nous n'avions que des lapins ou quelques volatiles que nous capturions lors de nos patrouilles. Parfois des truites de la Maronne.

La fin du mois d'avril nous apporta quelques jolies bordées de neige. La solitude se resserrait autour de nous. Lorsque je prenais mon tour de garde, la nuit surtout, je me sentais comme sur le rivage d'une île déserte, quelque part dans le royaume de Thulé, ou comme le lieutenant Drogo, du *Désert des Tartares*, de Buzzati, en attente d'un ennemi qui ne venait jamais.

Le soleil revenu avec les premiers jours de mai

donna au paysage une dimension nouvelle, disproportionnée avec le cocon où nous vivions. Du sommet du puy Mary où nous montions parfois, dans les dernières neiges, pour nous dégourdir les jambes, il nous semblait voir se dessiner au loin les confins du monde. L'atmosphère était si pure que nous aurions pu observer un lièvre ou un faisan débouler à un kilomètre.

Lorsque le temps nous confinait dans notre poste, je faisais de la lecture à mes camarades de solitude. J'avais apporté dans mon bagage deux ouvrages : *Germinal*, de Zola, et les *Contemplations*, de Hugo. Ils aimaient dans le premier les pages relatant les grèves des mineurs et, dans le second, le rythme incantatoire des alexandrins, qui devait leur rappeler la musique des temps heureux.

La montagne entrait dans une période de dégel. La Maronne bourdonnait dans le fond de la vallée comme une grosse mouche enfermée sous un verre. Nous commencions à croire que l'état-major de la Résistance nous avait oubliés, que nous ne constituions qu'une réserve.

Un matin, Gonzalès me confia une mission : conduire à l'hôpital de Cheylade, à une dizaine de kilomètres de notre poste, un camarade, Rico, qui s'était ouvert une jambe lors d'une chute dans un ravin de la Maronne, en pêchant des truites.

L'un des nôtres, Juan, qui avait fait son apprentissage de mécanicien chez un garagiste de Figueras, vérifia la moto Terrot qui nous servait pour des missions éloignées et nous la confia. J'avais appris à conduire cet engin avec Didier.

Cheylade n'était pas une ville. À peine un village. L'« hôpital » n'était qu'une ancienne grange aménagée avec les moyens du bord, qui étaient des plus sommaires. Le responsable, un métis, Gaston Monnerville, Guyanais d'origine, allait faire une belle carrière en politique, la paix revenue. Il avait comme collaborateurs deux jeunes médecins frais émoulus de la Faculté, et une vieille demoiselle active et joviale qu'on appelait « Piqûre », un mot qu'elle lançait avec un brin de perversité en brandissant ses seringues.

Elle bougonna en défaisant le mauvais pansement de Rico :

— Pas joli-joli, mon garçon... Il fallait venir plus tôt. Enfin, on va tâcher de soigner ça avec des sulfamides, et tu pourras reprendre la route, *amigo* ! Piqûre !

Un jeune lieutenant en tenue, svelte, élégant et qui fumait des Camel, s'avança vers moi.

— Je me présente : lieutenant Grosrouvre. Vous êtes français, n'est-ce pas ? Qu'est-ce que vous foutez au Puy-Violent, avec ces *Espingots* ? Votre place serait plutôt parmi nous, non ?

— C'est moi qui ai choisi de vivre avec eux. Je les connais bien et je les estime. Je travaillais dans un bureau, au barrage de l'Aigle. La question que vous devriez vous poser serait plutôt de savoir pourquoi on ne fait pas appel à nous pour combattre. Nous mourrons d'ennui si l'on ne nous confie aucune mission.

Il eut un mince sourire, m'offrit une cigarette que je plaçai dans ma poche pour la fumer le soir.

— Croyez-moi, me dit-il, mieux vaut mourir d'ennui que face aux Allemands ou à la Milice. Vous êtes des petits vernis, mais ça ne durera pas. Nous aurons bientôt du travail pour vous.

Il m'invita à boire un pot à l'auberge des Gentianes, une gargote auprès de laquelle la cantine de

Silli était un palace. Des murs couverts de suie, une odeur de fumée de tourbe comme dans les pubs irlandais, un plafond envahi de mouches qui bourdonnaient autour d'une cagette à fromages. Avec sa chevelure hirsute, son tablier maculé de graisse, son visage d'ivrognesse recouvert d'akènes, la patronne semblait sortir de la maison Thénardier. Elle posa deux verres et une bouteille sur la table.

— Ça n'est pas La Coupole, dit le lieutenant, mais la patronne fabrique une gentiane dont vous me direz des nouvelles.

Il me parla de sa vie à Paris, de Longchamp et de Chantilly où il allait jouer son argent, des cafés et des restaurants où il avait ses habitudes. J'étais sous le charme. Jamais personne ne m'avait parlé de la capitale de cette façon. Il me livrait un monde à faire rêver. Et j'étais tout disposé à rêver...

Grosrouvre me servit un verre, puis un autre, en me disant qu'il fallait finir la bouteille. En même temps que la gentiane, je buvais ses paroles. Il me raconta, sur le ton d'un roman d'aventure, son cursus militaire, son passage au 8e dragons d'Issoire, à la clandestinité. L'étiage de la bouteille devenait inquiétant. Je bredouillai en me levant :

— Pardonnez-moi, lieutenant, mais il se fait tard et nous avons de la route à faire.

— Eh bien, mon cher, heureux de vous avoir rencontré. À la revoyure, pour la lutte finale !

Je retrouvai Rico à l'infirmerie. En raison du froid, la Terrot eut du mal à redémarrer. Nous avons foncé au milieu des fondrières, alors que l'ombre commençait à envahir la vallée. Dans l'état second où je me trouvais, j'avais l'impression de rouler dans une tourbière. À trois kilomètres de Cheylade, à la suite d'une maladresse, la moto s'enlisa, et il fallut la libérer à la main. Couverts de boue, nous risquions la congestion. Rico ne cessait de gémir dans mon dos.

Pour gagner du temps, je décidai de prendre un raccourci. Mauvaise idée ! Alors que nous arrivions sur une hauteur, la Terrot s'embourba dans une congère et resta en panne.

— Nous ne sommes pas très loin, dis-je. Tu peux marcher ?

— Je vais essayer.

Un quart d'heure plus tard, nous étions rendus. Nos camarades nous attendaient avec impatience, et, convaincus que nous étions perdus dans la nuit, s'apprêtaient à partir à notre recherche. Une soupe chaude nous attendait, devant un bon feu.

Nos cantonnements du Puy-Violent et alentour prenaient de l'importance. Une compagnie de Maghrébins du barrage vint se joindre à nous et s'installa au hameau du Longayroux, avec un encadrement d'élèves de l'École coloniale. Une centaine de nos Polonais prirent position sur un plateau dominant la cascade de la Maronne. À la fin du printemps, des éléments de Jeunesse et montagne, de la Jeunesse aérienne de Clermont et de la Défense passive renforcèrent nos contingents. Certains venaient avec des véhicules et des armes. Cela consacrait, dans les solitudes de l'Auvergne, l'amorce d'une petite armée.

Dispersés sur d'immenses étendues sauvages, ces postes devaient garder le contact entre eux ainsi qu'avec le PC de l'ORA, en prévision d'une action de grande envergure.

Pour mener à bien ce projet, des véhicules et du carburant étaient nécessaires. Des gars du barrage se chargèrent de nous en procurer. Des parcs furent installés près de Pleaux, sur l'emplacement d'un ancien Chantier de jeunesse. Une dizaine de véhicules prêts à démarrer, « empruntés » au barrage ou à des entreprises soupçonnées de collaboration, trouvèrent place sous le couvert d'une forêt proche du col de Néronne. Un troupeau de mulets transfuges de l'armée fut confié à des paysans.

Je participai à certaines opérations nocturnes qui avaient pour but des « emprunts », au risque d'être surpris et accueillis par des fusils de chasse non déclarés.

L'aventure qui arriva à Wulfart, un maquisard du buron le plus proche du nôtre, semblerait extraite d'un film d'aventure, si elle n'était véridique.

Surpris par les Allemands dans une chambre d'hôtel de Salers, ce résistant armé aurait sauté par la fenêtre, si des sentinelles n'avaient été postées sur le seuil. Il parvint à se réfugier dans une chambre attenante, avec ses frusques et sa mitraillette, et à se cacher sous le lit. Un officier entra, s'assit pour éprouver la qualité du sommier, et décida que ce lieu lui convenait pour la nuit. Quand il se fut retiré, Wulfart se réfugia dans la chambre de la bonne, qui accepta, après un réflexe de frayeur, de le cacher sous son lit. Il venait de s'y glisser en entendant des pas dans le couloir, quand un autre officier entra, et, prenant possession de la chambre, en chassa l'occupante. Elle parvint, après le départ de l'intrus, à faire monter Wulfart dans le grenier et le cacha dans une panière à linge sale, en lui recommandant de faire le mort.

Il le fit durant trois jours...

Le pays, autour de nous, commençait à s'animer.

Des accrochages se produisaient de temps à autre avec des convois d'Allemands ou de miliciens. Nos blessés étaient transportés à Cheylade, où Piqûre s'en donnait à cœur joie.

Notre temps de solitude et d'ennui semblait révolu. Nous nous reprenions à vivre. Je sentais mes Espagnols encore tendus, impatients de jouer les guérilleros, comme dans leur sierra. Ils se groupaient le soir, autour du feu, pour chanter d'une voix sourde leurs chants guerriers.

Des grondements montant des vallées nous prévenaient du passage de colonnes blindées. En accord avec Didier, Gonzalès repérait les endroits propices à des embuscades ou à des opérations de retardement. Toujours volontaire, je partais d'un cœur léger en songeant aux tortures que Gaby avait dû endurer. Lorsqu'il fallait faire le coup de feu, je n'étais pas en reste.

Combien de soldats ennemis, allemands ou français, ai-je tués ou blessés ? Cela m'importait peu, l'essentiel étant d'honorer au mieux la mission que je m'étais à moi-même imposée et à laquelle, pour rien au monde, je n'eusse renoncé. Je n'avais pas de prétention à l'héroïsme, bien que le mépris de la mort m'incitât à des actions imprudentes qui me valaient les reproches de mes camarades de combat.

De véritables héros, nous n'en manquions pas. Ils naissaient de cette mystique, la Résistance, et de ce sentiment irréfragable, la vengeance. Voir un camarade tué sous ses yeux ou capturé, sachant qu'ils sera soumis à la torture, incite aux actes héroïques.

Au cours d'une opération de ratissage dans les parages du puy Mary, au mois de juin de cette même année 1944, riche en événements dramatiques, les Allemands torturèrent puis fusillèrent dans le dos, à Saint-Paul-des-Landes, non loin d'Aurillac, quatre maquisards qui avaient refusé de leur livrer des renseignements sur les postes de Néronne et du Puy-Violent. Qui étaient ces héros ? Comme ils ne portaient pas de papiers sur eux quand on les inhuma, on peignit des chiffres sur les croix. On ne retrouva leurs noms que plus tard ; ils figurent aujourd'hui sur une stèle.

La nouvelle du débarquement sur les plages de Normandie, le 6 juin, mit un comble à l'agitation de l'ennemi, qui accentua sa pression. Quelques jours plus tard, nous apprenions les pendaisons de Tulle et le massacre d'Oradour.

Les FTP de la haute Corrèze ne restaient pas inactifs. Ils multipliaient coups de main et sabotages. Entre Bort et Argentat, il ne restait pas un pont intact. J'en avais le cœur serré, mais nécessité fait loi. Il faudrait reconstruire ces ouvrages, soit, mais la survie des groupes de maquisards valait bien ce sacrifice. Il fallait réduire à l'inaction les Allemands et leurs complices.

Par chance, on ne toucha pas aux installations des barrages, comme s'ils inspiraient un sentiment de sacré.

Nos relations avec les groupes corréziens étaient constantes et des plus cordiales. Ils étaient placés sous l'autorité d'un personnage de chanson de geste : Jo la Rafale.

Je n'eus qu'une seule fois l'occasion de rencontrer ce chef charismatique, mais il a laissé dans ma mémoire une image de légende. C'était près de Falgoux, lors d'une rencontre œcuménique, entre les différents mouvements de Résistance de la région. Il lui en coûtait d'abandonner, ne fût-ce que pour une journée, ses sanctuaires et ses camarades de combat. Sa tête étant mise à prix, il ne se déplaçait qu'avec une escorte de tireurs d'élite. Je fus invité à participer à cet entretien, dans la chaleur intense des premiers jours de juillet. Pour nous détendre et nous rafraîchir, nous effectuions de courtes promenades le long de la Maronne et nous baignions dans des bassins naturels. Je venais de plonger en linge de corps, lorsque je vis s'avancer un groupe de maquisards FTP, en train de discuter avec animation autour de leur chef.

Jo avait la carrure d'un lutteur de fête foraine. Une cartouchière autour de son torse nu, des grenades et un pistolet dans la ceinture, il marchait avec une indolence de grand fauve. En s'arrêtant à l'endroit où j'avais déposé mes vêtements, il me regarda évoluer et me lança :

— Il y a une petite place pour moi ?

— Je vous en prie ! lui répondis-je. Si vous ne craignez pas l'eau froide...

Il se débarrassa de ses armes et de ses vêtements, et, entièrement nu, plongea dans le gour avec un hurlement de plaisir. Il fit quelques brasses, s'approcha de moi et me dit :

— Alors, Fournier, tu fais bon ménage avec tes Espagnols ? Ce sont de fameux combattants, nom de Dieu ! mais pas drôles, et qui ne badinent pas avec l'honneur.

— Nous n'avons jamais eu la moindre querelle.

— ... et vous faites du bon travail. Si un jour vous voulez vous joindre à nous, tu sais où me trouver.

Au cours de notre colloque, il évoqua les actions qu'il menait en Corrèze : des visites à la préfecture pour se faire remettre des tickets de ravitaillement ou des faux papiers, des prélèvements sur le matériel des barrages, des rafles d'armes dans les gendarmeries et de tabac chez les buralistes, des attentats contre les collabos, des embuscades contre les convois d'Allemands, de miliciens ou de gendarmes mobiles...

Il semblait beaucoup s'amuser, comme si la guerre était un jeu. Il y avait en lui un curieux mélange de Roland, de Robin des Bois et de Till Eulenspiegel. On lui prêtait des projets insensés, comme de lancer une attaque massive contre la garnison allemande de Mauriac. On eut du mal, me dit-on, à lui faire renoncer à cette folie.

Le handicap des maquisards du Puy-Violent était, en dépit des parachutages, le manque d'armes et de munitions. Soumis à une attaque-surprise, nous n'aurions pu défendre plus d'une heure notre position et aurions été massacrés jusqu'au dernier. Nous devions nous limiter à des opérations modestes, avec le maximum de précautions. Très mobiles, en nombre réduit, nos commandos se montraient pourtant efficaces.

Nous nous demandions ce que les Anglais attendaient pour nous pourvoir en armement, et pourquoi, selon toute vraisemblance, Didier nous abandonnait à notre sort, quand, le 14 juillet, la surprise nous vint du ciel. Des grondements nous firent sortir de notre tanière. D'un bout à l'autre de l'horizon, le ciel bourdonnait comme une marmite où l'on aurait emprisonné un essaim de frelons. Lents et sombres, des appareils glissaient dans le soleil, balayaient l'étendue par vagues successives et n'en finissaient pas de défiler. Les mains en visière, figés sur place, nous assistions, bouché bée, à ce prodige.

Les parachutages auxquels cette escadrille géante

était destinée allaient répondre à nos vœux. Nous aidâmes à la récupération des conteneurs avec les véhicules en notre possession, en plus des charrettes et des chars à bancs, dans une ambiance de délire plus forte que l'ivresse. Des hommes dansaient sur place, tournaient sur eux-mêmes comme des derviches, hurlaient des chansons, s'embrassaient en pleurant de joie.

L'Angleterre se réveillait et nous témoignait sa confiance. Elle avait compris que les Alliés pouvaient beaucoup attendre de ces vagabonds de la guerre qui n'avaient ni tanks ni canons, mais, le moment venu, sauraient se battre comme de vrais soldats.

Un message transmis par la radio de Londres à l'ORA du commandant Didier avait annoncé l'irruption de cette vague de forteresses volantes et ces parachutages exceptionnels : « Les cannibales bouffent les Esquimaux. » C'était moins poétique que celui qui nous annonçait qu'« Orion pavoisait le ciel », mais le résultat était d'une importance sans commune mesure.

Nous n'en revenions pas ! Au jour dit, à l'heure prévue, trois cents avions géants chargés de matériel, escortés de centaines de chasseurs, avaient pris leur vol en direction du Vercors, du Quercy, de l'Auvergne et de la Corrèze. Alors que ce ballet aérien survolait le Puy-Violent, des chasseurs lâchèrent quelques joyeuses rafales en se balançant pour nous montrer leurs cocardes. Le bruit courut, à quelques jours de là, que des combats aériens avaient eu lieu, et que l'ennemi avait perdu une trentaine d'appareils.

En écoutant la musique de bonheur qui nous tombait des nues, je songeais à Gaby. Si elle vivait encore, avait-elle pu être informée du miracle annonciateur d'une victoire prochaine ? S'il en était ainsi, elle devait se dire que son martyre touchait à sa fin.

Son espoir était le mien.

2

Bataille autour d'un barrage

Le Cantal et la Corrèze n'étaient pas le Vercors : nous n'allions pas être appelés, durant le radieux été de 1944, à y mener de véritables batailles, bien que les moyens, enfin, nous en fussent donnés.

Jusqu'au début d'août, pourtant, nous ne sommes pas restés à nous prélasser dans notre montagne. Le commandant Didier nous confiait des missions de harcèlement de colonnes allemandes, d'attaques de postes tenus par des miliciens et de sabotages divers. Aucun exploit digne de passer dans l'histoire...

À la fin du mois de juillet, la promesse d'une véritable action de guerre se dessina : on nous ordonnait de rejoindre, dans le proche Aveyron, le millier d'hommes qui composaient le bataillon Didier, afin de neutraliser le contingent allemand qui surveillait en permanence le barrage de Rueyres-Sarrans, sur la Truyère. Nous en ressentîmes de la fierté et de l'impatience.

Les Allemands assuraient la garde de cette importante centrale, comme ils l'avaient fait de Marèges dès leur arrivée en zone libre. Cent trente hommes y étaient cantonnés, sous le commandement de l'*Oberleutnant* Shade, avec un dispositif de défense impressionnant : des batteries de DCA, des postes de surveillance sur les hauteurs et des ballons captifs. Une sorte de hérisson dont il valait mieux ne pas approcher de trop près, même par simple curiosité, car les gardiens avaient la détente sensible. Nombre d'entre eux avaient participé, en Pologne, à des opérations de représailles contre des partisans. Ce n'étaient pas des enfants de chœur.

Un groupe des maquis était venu s'y frotter un mois avant et s'était retiré avec quelques pertes, après le sabotage de lignes et de pylônes. C'est dire que les soldats étaient sur leurs gardes.

— Le but de cette opération à laquelle nous travaillons avec le plus grand soin, nous dit le commandant Didier, est de faire en sorte que les Allemands, se sentant perdus, ne cherchent pas à rendre les installations du barrage inutilisables, ou qu'ils les détruisent. Nous ignorons encore comment procéder. Nous ne pourrons nous faire une idée que sur place. Nous avons une certitude : Shade n'est pas un nazi. Il était avocat dans le civil. Peut-être sera-t-il possible de négocier...

Il convenait, avant de s'engager dans cette aventure, d'aller sur place pour examiner le dispositif de défense et ne pas risquer de surprise désagréable.

Je me proposai pour cette délicate et dangereuse mission, ma connaissance des divers éléments du barrage pouvant faciliter cette opération de repérage. Didier avait prévu une autre tactique : deux hommes déguisés en prêtre se rendraient sur place et, avec l'aide du curé de Rueyres, tenteraient de s'introduire dans les défenses, sous prétexte d'offrir leurs services à des soldats d'origine ukrainienne ou géorgienne. L'un était un officier de renseignement ; l'autre un résistant cantalien. On pouvait leur faire confiance.

Ils assurèrent leur dangereuse mission avec succès. Le moral de la troupe était en berne.

L'encerclement du site débuta à la mi-août. Nous étions, avec quelques autres éléments du bataillon Didier, chargés de barrer la route aux Allemands, en cas de retraite vers Rodez. D'autres commandos prirent position sur les rives de la Truyère qui alimente la retenue et de son petit affluent, la Bromme. Une vingtaine d'Américains récemment parachutés étaient de la fête. Elle débuta le 15 août par le dynamitage des voies d'accès au barrage. Nos premières attaques débutèrent peu après, dans des conditions difficiles, les postes ennemis installés sur le plateau ripostant au canon. Une bataille eut lieu près de notre position, lorsqu'une colonne blindée se présenta pour débloquer l'accès à la garnison ; elle dut se retirer en emportant quelques blessés. Je regrettais de ne pas avoir participé à ce premier engagement.

— Les Chleuhs sont foutus ! s'écria Alcon. Ils sont pris dans un piège et vont pas tarder à se rendre...

Ils n'en étaient pas encore réduits à cette extrémité, mais ils n'avaient pas d'autre solution, sauf à recevoir des renforts : nous étions là pour leur barrer la route.

Soucieux de préserver le barrage d'une destruction éventuelle, M. Coyne se rendit sur place. Il parvint à prendre contact avec le directeur de l'usine qui lui conseilla de demander une audience à l'*Oberleutnant* Shade. Il obtint satisfaction dans l'heure qui suivit et nous fit part de cet entretien.

— Que faites-vous là ? lui avait demandé l'officier.

— Je suis là en raison de mes fonctions professionnelles.

Il avait ajouté :

— J'ai pu constater, en abordant ce site, que vous êtes dans une situation délicate.

— Sans doute, mais pas désespérée.

— Des milliers de combattants entourent votre position. Vous ne pouvez guère espérer tenir longtemps un siège.

— Si les terroristes s'avisent de nous attaquer, nous avons de quoi nous défendre.

— Je n'en doute pas, mais à quel prix, et pourquoi ? La guerre sera bientôt finie, et vous savez qu'elle est perdue pour vous. Alors, pourquoi ne pas envisager un armistice ?

— Vous voulez dire, monsieur, une « capitulation » ? Eh bien, dites-le !

— Ne jouons pas sur les mots. Je pourrais organiser une rencontre entre vous et quelques officiers des FFI et des forces alliées, pour examiner la possibilité d'une conclusion à l'amiable.

— À l'amiable ! s'écria l'*Oberleutnant*. Vous plaisantez ! Un officier de la Wehrmacht ne discute pas avec des terroristes. Je ne vous retiens pas !

Le lendemain, au PC du commandant Didier, après nous avoir rapporté ce dialogue, M. Coyne ajouta d'un air sombre en mâchonnant son cigare :

— Je n'en menais pas large, vous vous en doutez. Je songeais qu'il me fallait mesurer mes mots pour ne pas donner prise aux soupçons de cette fine mouche d'officier. Il était blême de rage et portait la main sur la poignée de son parabellum, comme pour me faire comprendre qu'il était jusqu'à nouvel ordre le maître des lieux.

M. Coyne était depuis quelques jours revenu à l'Aigle quand Didier lui apprit par téléphone que les choses prenaient une tournure favorable. Shade s'était manifesté le lendemain pour exiger des assurances, au cas où il déciderait de mettre bas les armes. Il exigeait notamment que lui et ses hommes soient traités selon les lois de la guerre.

Ce n'étaient que les débuts de pourparlers laborieux.

Dans les jours qui suivirent, le temps parut s'être figé. Nous le passions en patrouilles inutiles, car l'ennemi ne pouvait quitter ses positions, les voies d'accès autour du barrage lui étant interdites.

L'été pesait d'un poids de plomb sur la vallée. Au-dessus des pentes couvertes de bruyères et de genêts qui embaumaient, des nuages gélatineux restaient à l'amarre.

Nos camarades, Alcon et José, se livraient à un concours original : la chasse aux vipères, abondantes dans les parages, avec comme lot, pour le vainqueur du jour, une bouteille achetée dans l'auberge du village. Gonzalès et quelques autres de nos Espagnols préféraient les couleuvres : ils les dépiautaient et les débitaient pour en faire des brochettes mises à griller sur un feu de genévrier.

Les nouvelles concernant notre situation se faisaient attendre, mais celles que déversait la radio de Londres nous remontaient le moral.

Après l'assassinat du traître Philippe Henriot, le désordre semblait régner à Vichy. Comme disait mon père, il y avait de la bisbille dans le gouvernement : Pierre Laval souhaitait engager le pays plus directement dans la collaboration ; le Maréchal tentait un rapprochement avec de Gaulle. Fin juillet, Hitler, rescapé de l'attentat à la bombe de von Stauffenberg, faisait pendre ou décapiter à la hache quelques responsables. En Italie, les armées alliées avaient atteint l'Arno. En France, les Américains avaient pris Le Mans, fonçaient sur Paris, tandis que le général de Lattre de Tassigny débarquait en Provence.

Autour du barrage de Rueyres-Sarrans, les négociations se poursuivaient interminablement. Nous restions l'arme au pied, désespérant de voir jamais arriver le terme de notre attente. Un soir où il était ivre, un de nos hommes saisit sa mitraillette en criant qu'il en avait marre et qu'il voulait en finir, même s'il devait y laisser sa peau. Il fallut se mettre à plusieurs pour le retenir et le calmer.

Le commandant Didier, en faisant, comme chaque jour, l'inspection des cantonnements, nous rassurait de son mieux :

— Les gars, patientez encore un peu ! Les négociations sont en bonne voie. J'espère obtenir une capitulation sans effusion de sang. Ce serait une double victoire.

Il oubliait que nous étions venus animés d'un esprit de vengeance, que nous voulions en découdre et que nous étions frustrés de notre guerre. Ce n'étaient pas des vacances que nous attendions en prenant position autour du barrage, et c'est pourtant ce à quoi nous étions condamnés, comme naguère dans le long hiver du Puy-Violent, sauf qu'ici l'ennemi était à notre portée, semblait nous narguer, et que nous avions les armes pour le combattre. Chaque jour qui passait déposait en nous des alluvions de déception et d'ennui qui, insensiblement, occultaient nos premiers élans. Je n'ai jamais autant dormi de ma vie, autant lu, autant joué aux cartes. C'est peut-être de cette époque et de cet événement que date ma répugnance pour les vacances sédentaires et leur symbole : la chaise longue.

Un jour, tout comme l'ivrogne que nous avions retenu de jouer les francs-tireurs, je craquai. En revanche, j'avais, moi, toute ma lucidité.

Je quittai discrètement notre poste et m'éloignai entre des haies de noisetiers qui dissimulaient mon départ. Je suivis un moment le chemin qui longe la rive et grimpai par des pentes abruptes jusqu'à une position élevée, en empruntant ce qu'on appelle chez nous des *rapetoux*, ces sentiers de chèvres qui sinuent entre des rochers et qu'on ne peut suivre qu'en usant de ses mains autant que de ses pieds.

Je pris position derrière un rocher qui dominait la retenue d'une cinquantaine de mètres et fis feu sur des sentinelles occupées, sur l'autre rive, à casser la croûte devant une batterie de DCA. Répercuté sur les pentes, le bruit de mes salves me fit un bien fou. J'avais l'impression, en appuyant simplement sur la détente, d'avoir à moi seul déclenché une bataille. Les Allemands ne tardèrent pas à riposter. J'entendais les balles s'écraser contre mon rocher et plonger en sifflant dans les fougères.

Je m'étais livré à mon baroud d'honneur avec une parfaite sérénité, sans en mesurer les conséquences. Pour m'éloigner le plus possible du lieu de mon exploit, de manière que l'on ne pût me soupçonner, j'effectuai un large crochet. Lorsque je regagnai notre position, mes camarades étaient sur les dents.

— D'où sors-tu ? me lança Gonzalès.

— Je cherchais des champignons, mais n'en ai

pas trouvé. Je ramène juste quelques framboises. Tu n'as pas entendu une fusillade ?

— Si. Même que nous avons sauté sur nos mitraillettes.

— Ça s'est vite arrêté. Sans doute des Chleuhs en train de tirer un lapin...

Mon exploit faillit remettre en question des négociations déjà laborieuses. Dans l'attente d'une enquête du commandant Didier, je n'en menais pas large. On aurait vite constaté qu'il manquait des balles dans mon chargeur.

À quelques jours de là, alors que je convoyais des malades à l'« hôpital » de Cheylade pour les confier à Piqûre, je demandai au Dr Monnerville des nouvelles du lieutenant Grosrouvre.

— Il est mort récemment, au cours d'un combat à Brioude, me dit-il. C'était un fameux soldat sous ses allures de dandy.

Je regrettai un moment de n'avoir pas suivi sa proposition : quitter mes Espagnols pour rejoindre sa compagnie. J'aurais participé à son côté à l'une de ces batailles dont la perspective m'obsédait, et je serais peut-être mort avec lui.

À mon retour de Cheylade, j'appris qu'en dépit de ma petite guerre les négociations avaient pris une tournure favorable. Le commandant Didier et l'*Oberleutnant* Shade allaient se rencontrer à l'auberge de Rueyres. J'avais du mal à concevoir ce face-à-face devant une table bien garnie. J'imaginais un dialogue plaisant :

— Reprendrez-vous du foie gras truffé, *Oberleutnant* ?

— Merci, commandant. En revanche, ce pomerol...

En fait, il n'en fut pas ainsi. L'entrevue se déroula

durant l'après-midi, et sans mondanités. L'officier allemand, entouré de quelques sous-fifres, se trouva en présence de Didier, du capitaine Parisot de Récicourt (un nom à rallonge qui dut faire impression), du major écossais McPherson et d'un officier américain dont j'ignore l'identité. Tous en tenue militaire.

Au dire de Didier, cette confrontation se passa sans incident, sinon avec cordialité. Elle aboutit à un cessez-le-feu provisoire, premier pas vers la reddition. Elle intervint le lendemain, 20 août, à quatorze heures. Shade fut autorisé à détruire toutes ses armes, afin qu'elles ne se retournent pas contre ses compatriotes. La garnison désarmée attendit que l'on statuât sur son sort.

M. Coyne avait suivi par téléphone, d'heure en heure, le déroulement de cette opération. Il arriva le lendemain, un mégot de cigare aux lèvres, radieux. Il changea de mine lorsque l'officier écossais lui jeta d'un air méprisant :

— *Damned ! I am very disappointed !* Moi qui comptais sur une bataille...

M. Coyne lui décocha un regard lourd d'indignation et lui tourna le dos. Je partageais, je l'avoue, la déception de ce va-t-en-guerre imbécile. Acquise sans gloire, cette victoire nous frustrait de nos espoirs. J'aurais aimé me trouver à Brioude ou au Lioran, où de vrais combats avaient eu lieu contre la redoutable colonne Jesser, venue de Clermont. Quelques éléments du bataillon Didier y avaient été engagés. Pas nous. J'en conçus, de même que mes camarades du Puy-Violent, de l'amertume et de la rancune. Nous avions le sentiment qu'on nous dédaignait. Cette absurde opiniâtreté dans la vindicte pèse encore aujourd'hui dans ma conscience.

J'avais souhaité ardemment venger Gaby. Je n'avais réussi qu'à me tourner en ridicule.

Les soldats allemands, embarqués dans des autobus réquisitionnés, furent conduits à l'Aigle en caravane.

Ce ne fut pas, pour ces bidasses, un voyage d'agrément. Sur leur passage, la population les injuriait et jetait des pierres, dans les vitres. L'un des soldats, alors qu'il se penchait à la portière, eut une poignée de cheveux arrachée par une virago. Il s'en plaignait en larmoyant :

— Cette folle m'a volé mon bonnet de police ! Je suis déshonoré. Tuez-moi !

Un séminariste qui accompagnait le convoi réagit vivement :

— Votre honneur ? Parlons-en ! Ces gens qui vous agressent, je ne les approuve pas, mais je les comprends. Vous avez commis tant de méfaits, vous et les vôtres, que vous mériteriez la mort. Mais voilà, nous respectons les prisonniers, nous !

De mon mieux, mais sans plaisir, je participai à l'installation des prisonniers à Aynes, sur le chemin longeant la ballastière. Ils furent logés dans des baraques entourées de barbelés et surplombées d'un mirador. S'il n'avait tenu qu'à moi, ils eussent dormi à la belle étoile.

Certains allaient être affectés aux derniers travaux du barrage. D'autres seraient répartis sur divers chantiers forestiers, notamment dans la forêt de Miers. Nous reçûmes des plaintes, certains employeurs les traitant en esclaves, les nourrissant mal et leur versant un salaire misérable. Ceux qui furent affectés au barrage étaient mieux traités, et nous n'avions pas à nous plaindre d'eux. Il y eut même des idylles. L'une d'elles aboutit au mariage entre un prisonnier et une jeune institutrice. D'autres allaient suivre cet exemple d'intégration.

La Libération étant un fait accompli dans le Cantal comme ailleurs, le bataillon Didier, du moins dans sa forme clandestine, n'avait plus sa raison d'être. Ses effectifs comptaient alors environ un millier de combattants. Les compagnies de réfugiés espagnols s'apprêtaient à mettre bas les armes et à réintégrer la vie civile.

Ce bataillon, formé en majeure partie d'éléments puisés dans le chantier de l'Aigle et placé sous le commandement d'André Decelle, était suspect au PC régional des FFI, du fait de sa composition hétérogène, de son indépendance d'esprit et de comportement, de son caractère particulier de « résistance d'entreprise ». Nous apparaissions dans l'organisation générale, entre AS et FTP, comme des francs-tireurs.

De retour au chantier, j'étais en train de mettre de l'ordre dans mon bureau quand André Decelle me rendit visite. Mal fagoté dans son uniforme disparate, un Luger pendu à son ceinturon, coiffé d'un large béret noir des Chantiers de jeunesse, il me dit en allumant une cigarette :

— Te voilà repris par la vie civile, à ce que je vois. Pas trop de regrets ?

— Seulement des déceptions. J'aurais aimé que vous me disiez : « Tu t'es bien battu ! » Mais voilà, personne ne me le dira jamais, et pour cause !

— Moi, je te le dis : tu as exécuté, et fort bien, les ordres qu'on te donnait.

— C'est-à-dire pas grand-chose.

— Pour moi, c'est beaucoup.

Il me parla de ses propres déceptions, auxquelles les miennes n'auraient pu se comparer. Après la Libération et avant qu'il ne disparût, l'état-major des FFI avait confié au bataillon Didier des tâches « subalternes » : garder les voies ferrées, exercer des actions de surveillance, tenir garnison à Mauriac et à Saint-Flour... Rien de glorieux.

— En revanche, ajouta-t-il, certains d'entre nous vont reprendre le combat à mes côtés. Nous allons partir en direction d'Autun. Nous y rejoindrons l'armée de De Lattre, pour attendre le passage des Allemands en retraite. Ça me ferait plaisir si... si tu acceptais de me suivre... avec un grade, ça va de soi ? Qu'en penses-tu ? Je peux te laisser vingt-quatre heures de réflexion. Je t'offre l'occasion de te battre, dans la peau d'un soldat, et non d'un partisan. C'est déjà une promotion...

Réfléchir était inutile. L'élan qui m'avait porté à prendre les armes pour venger Gaby était brisé. Celui qui me soutenait aujourd'hui me portait à reprendre ma tâche. Notre chantier devait retrouver son rythme de travail normal. Je ne me sentais pas le droit d'échapper à ce que je considérais comme un devoir, et je n'étais pas le seul. Des ouvriers qui avaient pris le maquis revenaient, plus nombreux de jour en jour.

— Tous ne reviendront pas, me dit Didier. Beaucoup ont accepté de me suivre. Ils ont choisi de visiter l'Allemagne à leur manière, et pas dans les trains de plaisir du Service du travail obligatoire, le fameux STO.

— Le travail au barrage n'en souffrira pas trop : nous avons la main-d'œuvre allemande pour les remplacer. Nos prisonniers se montrent disciplinés, sobres et travailleurs.

— Je te comprends..., soupira Didier. C'est donc ton dernier mot ?

— Je ne reviendrai pas sur ma décision. Tout mon temps, toute mon énergie, je vais les consacrer à mon travail. Il va falloir mettre les bouchées doubles pour permettre à l'économie de repartir. Mais ça, vous le savez mieux que quiconque.

Il eut un mince sourire en écrasant son mégot sous son pied.

— Tu parles comme M. Coyne. Tu te souviens ? Il ouvrait souvent nos réunions en disant : « Messieurs, l'heure est grave... » Quoi qu'il en soit, je ne t'en veux pas de ta décision. Pour tout te dire, j'ai moi-même hésité, et puis, tu vois, je vais continuer à me battre, et pas pour ramener des médailles...

En retournant au barrage, j'étais dans l'état d'esprit où devait se trouver un pharaon constatant que le chantier de sa pyramide avait été abandonné par ses esclaves, et qu'elle demeurerait à jamais tronquée. En escaladant les plots, j'avais l'impression de visiter une ruine. Le seul bruit sensible était celui de la rivière jaillissant en aval de sa conduite souterraine pour reprendre son cours normal. Ce chantier fantôme, ces structures crénelées de château fort, ces perspectives dantesques, des bâtiments tassés sur les premières pentes comme des mausolées, semblaient émerger du déluge.

Dans la cité ouvrière, on ne pouvait pas dire que la vie eût vraiment repris comme par le passé. Si des ouvriers étaient partis, leur famille, quand ils en avaient, était restée. Au sortir de l'école, c'était le même bruit de fête. Dans les cantines, on faisait de nouveau tourner des disques. Des odeurs de cuisine montaient de partout. Septembre était radieux. C'est chez nous, avec mai, la saison la plus agréable.

Une des distractions de la communauté était d'aller voir les Allemands dans leur réserve, comme des fauves dans leur cage. On ne leur jetait pas des pierres, on ne les injuriait pas. Ils étaient devenus des curiosités. Certains même leur offraient des cigarettes, comme on offre des cacahuètes à des singes, et tentaient de lier conversation. Le regard des filles s'attachait à ces gars blonds et bien roulés qui leur souriaient. Les Polonais n'avaient pas oublié les massacres que la Wehrmacht et les SS avaient perpétrés, mais ils plaçaient leur dignité et leur esprit de revanche dans le silence et le mépris.

À une semaine de mon retour, je profitai du congé du dimanche pour aller jusqu'à Spontour à bicyclette. Mme Croze, la mère de Gaby, était morte depuis peu et l'auberge était fermée. Elle avait dû être visitée car un volet pendait sur un gond et des carreaux avaient été cassés. Les stores s'effilochaient et des chaises brisées encombraient la terrasse donnant sur la rivière.

En me rendant sur la tombe de mes parents, je rencontrai des gens que j'avais du mal à reconnaître, comme si j'avais quitté mon village depuis des décennies. À partir d'un certain âge, on change vite de visage et d'allure. Envahie par les mauvaises herbes et des pousses de châtaignier, la tombe était dans un triste état. J'empruntai un hoyau à une voisine et me mis en devoir de la désherber. Je fis de même pour celle des Croze qui était, elle aussi, à l'abandon. Personne ne l'aurait fait à ma place.

Je poussai jusqu'à mon ancienne demeure, sans m'y arrêter. Elle avait changé d'aspect : un ampélopsis avait envahi la façade, deux enfants jouaient avec un chien sur une pelouse large comme un mouchoir de poche, du linge séchait au soleil, sur une corde, et, dans le potager, un homme sarclait je ne sais quoi...

Durant ces derniers mois, mon village avait vécu au ralenti, la plupart des jeunes ayant rejoint le maquis ou l'Allemagne. Ils revenaient les uns après les autres et se racontaient leur odyssée en buvant une chopine ou une bière à l'auberge Germane.

À Nauzenac, où je me rendis le dimanche suivant, la vie s'était pour ainsi dire arrêtée.

Dans ce grand corps à l'agonie, qui sentait toujours l'odeur vivante de l'étable, un cœur continuait à battre. Le père Soulier et sa sœur descendaient chaque jour de leur nouvelle résidence de Lamirande pour prendre soin du bétail et du jardin. L'école de Mlle Manou, de même que la ferme où elle était installée, étaient condamnées. Des barques engravées finissaient de pourrir sur la berge. Des éperviers, des mailles de toute nature et des lignes de fond pendaient aux clôtures comme des toiles d'araignée. Nauzenac anticipait sur les images de désolation qui se dessineraient, bien des années plus tard, lorsque ce village fantôme, après la vidange, resurgirait de la retenue. J'allais me retirer avec ma bicyclette lorsque mon attention fut attirée par un gémissement accompagné d'un faible aboiement. Un chien jaune, efflanqué, qui tenait à peine sur ses pattes, venait vers moi en secouant sa queue. Je le caressai. Il se laissa faire.

— Qu'est-ce que tu fiches ici ? lui dis-je. Où sont tes maîtres ?

Il se dressa, posa une patte sur moi en dansottant sur ses arrières. Il y avait dans son regard à la fois tant de détresse et d'espoir que je décidai de l'adopter. Il ne fit aucune difficulté pour me suivre et même me précéder, comme s'il lui tardait de quitter ce lieu de désolation, où plus aucun lien ne le retenait. Il n'appartenait pas aux Soulier qui ne s'étaient jamais encombrés d'un animal de compagnie. Sa famille s'appelait « personne ». C'est le nom que je lui donnai.

Faire redémarrer le chantier était pour M. Coyne une priorité.

Il avait mis nos prisonniers au travail, mais attendait avec impatience le retour du gros de nos effectifs, des cadres notamment. Ils revenaient, seuls ou par groupes, réoccupaient leurs baraques, leurs dortoirs, leur place sur les chantiers et redonnaient un regain de vie au site.

Ce qui restait du bataillon Didier, cantonné à Mauriac et à Saint-Flour avant d'être dirigé sur Autun, reçut la visite du patron. Il me demanda de l'accompagner en voiture, une Peugeot qu'il venait d'acheter à un hôtelier de Saint-Martin-la-Méanne. Je confiai la garde de Personne à l'oncle Joseph. En cours de route, alors que nous fumions un cigare américain, il me dit :

— Il ne faudrait tout de même pas que nos ouvriers se prennent pour des guérilleros parce qu'on leur a mis une mitraillette entre les mains ! Je vais leur tenir un petit discours qui les fera réfléchir avant qu'ils ne partent pour Autun.

— Ils vous écouteront, monsieur, et beaucoup réfléchiront avant de décider de partir en campagne.

Il avait décidé de se rendre à Mauriac pour une autre raison : son fils, Pierre, que j'avais connu sans le fréquenter, s'était incorporé au bataillon Didier.

Son père ne l'avait pas revu depuis des mois et n'en avait pas de nouvelles. Sa mère se lamentait.

Le commandant Didier avait réuni ses compagnies sur une petite place de la ville. M. Coyne se hissa sur un talus pour les haranguer. Je m'attendais à ce qu'il débutât son laïus par sa formule favorite : « Mes amis, l'heure est grave... » Il s'en abstint.

De cette allocution un peu longuette et ampoulée, je n'ai guère retenu que le préambule, que je pris la précaution de noter à mon retour au barrage :

— Le ministre de la Production industrielle m'a confié la mission de réquisitionner les techniciens et les spécialistes nécessaires à l'achèvement rapide de notre barrage. Nous apporterons ainsi au réseau électrique national l'importante contribution énergétique indispensable à la remise en route de nos industries vitales. C'est la raison pour laquelle le bataillon Didier doit rejoindre en bon ordre sa base, sur le chantier...

C'était net et catégorique. Pourtant, il ne s'opposerait pas (en avait-il les moyens, d'ailleurs ?) au départ des volontaires désireux de reconduire les Allemands à la frontière, l'épée dans les reins, mais il avait besoin de main-d'œuvre, surtout de cadres. Il termina en lançant d'une voix vibrante :

— Je sais que je peux compter sur votre patriotisme et votre sens de l'intérêt national !

C'étaient des mots propres à galvaniser les énergies sous-jacentes. Un concert d'acclamations accueillit ses derniers propos. Il sourit, s'essuya le front, se dirigea vers son fils, qu'il venait de retrouver. Il fallut effectuer le même cérémonial à Saint-Flour.

Quelques jours plus tard, le 29 septembre, si ma mémoire est fidèle, le reliquat du bataillon Didier défilait au pas, à travers rues et places de Mauriac dans un ordre parfait, précédé de la fanfare et escorté par une ribambelle de gamins.

Avec ce qui restait de son bataillon, le commandant Didier s'en fut rejoindre l'armée de De Lattre, débarquée en Provence et en route pour les frontières de l'Est.

3

Le déluge

À l'occasion d'une mission à Mauriac pour mon service, je passai rendre visite à Maurice Bourgès. Il avait planté son chevalet devant sa fenêtre et peignait un paysage d'automne. Il interrompit une symphonie de Schumann que jouait son poste de radio et se rassit pour reprendre ses pinceaux.

— C'est mon loisir favori, me dit-il. Si j'en avais le temps, j'y passerais des heures chaque jour, mais ils ont tous le feu aux fesses et il faut bien que je suive le mouvement.

Je m'approchai du tableau : le jardin, un énorme châtaignier roux, quelques toitures et, au loin, des crêtes de montagnes enneigées qui n'existaient que dans son imagination. Il m'expliqua qu'il achoppait sur des détails et s'en irritait.

— Ce châtaignier, par exemple. Trop pâteux... De la bouillie... Je me souviens de ce que Corot disait à ses élèves : « Quand vous peignez un arbre, il faut voir l'air passer à travers. » Facile à dire et à faire... quand on s'appelle Corot ! Je m'y suis repris à dix fois et j'y arrive pas, tonnerre de Dieu !

Il avait participé à la Libération dans une formation parallèle à celle de Didier : le bataillon Bruno, à titre de radio. Ce n'était pas une sinécure :

l'appareil datait de la guerre de 14, les écouteurs grésillaient en permanence et, les jours d'orage, il risquait de vous péter à la gueule...

— Ce vert Véronèse, peut-être... quelques traits légers pour souligner les rousseurs... Dieu merci, tout ce bordel est terminé. Je commençais à en avoir marre de faire le pied de grue dans la montagne. Si encore j'avais pu skier... Tu vois, quelques touches de vert et tout s'éclaire. J'aurais dû y penser plus tôt. Bruno a insisté pour que je le suive en Allemagne. Merci bien ! J'ai fait mon devoir, alors, qu'on me foute la paix. Je suis plus utile ici, et plus peinard. Non, décidément, c'est raté. C'est pas de la lumière mais de la merde de pigeon ! Assez pour aujourd'hui. Tu disais ?

Je ne disais rien. Pourtant une constatation faite en montant chez lui m'avait intrigué : les persiennes des deux musaraignes du rez-de-chaussée étaient closes.

— Que sont devenues tes propriétaires ? en vacances ? mortes ?

— Mortes ? Non, mais c'est ce qui a failli leur arriver.

Ces deux folles avaient dressé une liste de familles du quartier suspectes de sympathie pour de Gaulle, et qui écoutaient la radio de Londres. Comme il était remonté dans leur estime, rassurées par mes soins sur son orthodoxie, elles lui avaient confié leur intention d'envoyer cette liste au Maréchal. Il les en avait dissuadées. Alors, à Pierre Laval, peut-être ? Encore moins ! Ils n'avaient pas le temps de lire ce genre de courrier. Il leur conseilla de renoncer à cette manœuvre de délation. Tinrent-elles compte de cette mise en garde ? Il n'en sut rien. Toujours est-il qu'après la libération de Mauriac, elles reçurent la visite d'un commando de FTP qu'elles accueillirent non en leur offrant du cassis, mais avec des invectives...

— Elles ont été embarquées illico, alors que j'étais là où tu sais. Lorsque j'ai appris la nouvelle, je suis intervenu pour les faire libérer. Il était temps ! Il ne leur restait que deux ou trois jours à vivre avant d'être fusillées. En fait, elles étaient folles. Qu'en penses-tu ?

— Tu as bien fait de les faire libérer. Elles avaient fait le mauvais choix et n'étaient que des victimes de la propagande vichyssoise. Ça ne méritait pas la mort.

Je m'étonnai d'avoir vu, pour la première fois, les persiennes closes : elles leur servaient, entrebâillées, à espionner les gens du quartier.

— Elles ont abandonné leur appartement et n'y reviendront pas. Si tu veux les voir, tu les trouveras à l'hospice.

Maurice me demanda si j'avais des nouvelles de Didier, son ami de longue date. J'en avais par l'intermédiaire de M. Coyne, qui nous les livrait au cours de nos réunions de travail.

Emporté par un bel élan patriotique et guerrier, ce qui restait du bataillon Didier avait rejoint la Ire armée française commandée par de Lattre, qui remontait le Rhône en direction de l'Alsace. Il avait été incorporé au corps franc Pommiès ; sa compagnie, la 5e, était dite de « destruction ».

C'était de nouveau la misère, comme aux premiers temps du maquis : on manquait d'armes et de munitions pour faire face aux blindés, on grelottait dans des équipements non adaptés au climat et on ne mangeait toujours pas à sa faim.

En dépit de ces inconvénients, le moral était à toute épreuve, alors que s'engageait la bataille des Vosges. Cet épisode n'a pas laissé que des souvenirs glorieux, les Allemands déployant une résistance opiniâtre et une ardeur décuplée par la proximité de la frontière. Sous la neige, la pluie, la mitraille, dans le brouillard, le bataillon Didier opérait des sabotages de routes et de ponts, avec une dextérité qui devait beaucoup à son apprentissage dans notre région.

Didier ne nous avait pas oubliés. Il donnait au patron l'assurance que, la guerre finie, mission accomplie, il reprendrait sa place parmi nous.

— Je sais à quoi vous pensez en écoutant ces nouvelles, me dit M. Coyne. À votre amie, Gaby Croze, n'est-ce pas ? Il est encore trop tôt pour en avoir des nouvelles, mais rien n'interdit d'espérer. Que diriez-vous si elle revenait un jour frapper à votre porte ?

— Je ne crois pas aux miracles, vous le savez. Mais, là, je pourrais bien réviser mon jugement.

J'avais trouvé avec Personne une présence affectueuse, presque de l'amitié.

En mon absence, il s'acquittait avec conscience de ses fonctions de gardien, donnait l'alerte au moindre passage suspect, de nuit comme de jour. Un coffreur polonais lui avait confectionné une niche mais, lorsque le froid était trop intense, il couchait à l'intérieur dans le placard à balais. Le jardin était son domaine ; il en avait compissé les bordures. Lorsque le temps était favorable, je l'emmenais en promenade le long de la ballastière d'Aynes. Nous faisions halte à proximité du camp de prisonniers pour les écouter chanter ou jouer à l'harmonica des airs de leur pays.

L'ancienne collègue de Teresa, Isabelle, ne manquait pas de travail. En un seul mois, l'infirmerie avait enregistré et soigné une cinquantaine d'accidents du travail, mais, à Marèges, ç'avait été pire. La plupart du temps, ils étaient dus à des maladresses ou à des étourderies. Un ouvrier avait été proprement décapité par un filin brusquement étendu ; un autre avait eu la tête presque arrachée par le palonnier d'un élévateur.

La plupart des ouvriers, recrutés sur place, mal préparés à ce genre de travail, ne parvenaient pas à maîtriser l'antinomie entre l'homme et la machine et négligeaient, malgré les consignes de la direction, de prendre les mesures de sécurité indispensables. Les quelques photos que j'ai rapportées de la construction du barrage témoignent de la précarité des conditions de travail : ces tâcherons ne portaient pas de casques comme aujourd'hui ; ils avaient la même défroque que lorsqu'ils tenaient les mancherons de la charrue ; certains portaient des sabots ; j'en ai vu qui marchaient pieds nus...

Les efforts et la persévérance de M. Coyne portaient leurs fruits. Avec quinze cents ouvriers et employés, les chantiers tournaient à plein régime, en dépit des pénuries qui se faisaient encore sentir.

La main-d'œuvre allemande s'était parfaitement intégrée. Nous ne témoignions aux prisonniers aucune sympathie, en nous souvenant des événements de Tulle et d'Oradour, mais nous évitions de les humilier. Je ne trouvais plus trace en moi de l'esprit de vindicte qui m'avait possédé, il avait fait place à un espoir que je retrouvais chaque matin à mon réveil, comme une lampe qui aurait brûlé toute la nuit : le retour de Gaby.

J'avais renoué avec mes amis : Olivia et Juan, le Dr Dreyfus qui avait remis sa mitraillette à Didier,

M. Laurent, M. Mary, adjoint du patron, nos deux commissionnaires, Pepito et Antonio, qui nous avaient été précieux au temps du Puy-Violent. L'oncle Joseph aussi, bien sûr : il vivait un grand amour avec la fille de salle de Silli, qui lui grignotait ses économies, ce qui le laissait indifférent. Je sentais autour de moi se reconstituer une famille élective à laquelle manquait un élément essentiel : Gaby.

Après quelques mois de fermeture, les deux bordels avaient rouvert leurs portes, avec une main-d'œuvre rajeunie, une clientèle toujours aussi assidue, et un décor suggestif : des photos de pin-up en couleurs, à la mode américaine, comme on en voyait dans les poids lourds.

Les « ravageuses » effectuaient un retour discret, à la tombée de la nuit, dans les allées de la cité. Je les croisais au retour de la cantine ; elles me demandaient du feu, me proposaient leurs services que je repoussais : je voulais me garder pur pour le jour où Gaby reviendrait.

J'ai toujours eu pour ma rivière le même genre de passion que l'on peut éprouver pour une femme.

Depuis le temps des culottes courtes et des premières *tires* en *gabarou*, je lui suis resté fidèle, au point de ne l'avoir quittée que pour mon temps de maquis en Auvergne, et encore étais-je à proximité d'un de ses affluents : la Maronne, dans laquelle j'allais me baigner par temps chaud. Une passion, une fidélité sujettes à des aléas : je supportais mal ses excès d'humeur, ses grandes colères, son ingratitude lorsqu'elle me refusait ses poissons. Les récits du Pépé, à la veillée, me reviennent encore en mémoire. Il prenait les accents du vieil Homère racontant les exploits et les déboires d'Ulysse et de ses compagnons : ces deux gabariers, employés de Pierre Dufour, qui se noyèrent une nuit de Noël et dont on ne retrouva jamais les corps, Antoine Aubert qui disparut avec son embarcation dans un remous, et quelques autres, dont les noms s'inscrivaient sur un obituaire virtuel... Malgré cela, nous l'aimions et la vénérions, cette marâtre, parce qu'elle était belle et qu'elle nous faisait vivre. Les gens du plateau menaient une existence différente de la nôtre. Nous avions de bons rapports, mais sans y mêler de sentiments amicaux, sauf à de rares exceptions, comme si ces gens étaient d'une race différente. Nous nous brocardions sans méchanceté, avec même de la bonne humeur. Ils enviaient notre esprit porté à l'aventure, notre connaissance de la rivière, de son histoire et de ses légendes, ce qui ne les privait pas de nous traiter de « sauvages ».

Nous enviions leurs larges espaces, leurs champs de seigle et de blé noir, leurs granges bâties à la mode auvergnate, gorgées de foin jusqu'au lien de faîtage, leurs troupeaux opulents.

Ils étaient sédentaires ; nous ne l'étions qu'en apparence, car, tout en restant attachés à notre maison, nous avions, avec nos embarcations prêtes à prendre le large, une porte ouverte sur l'aventure, comme les Normands au temps des drakkars. Nous étions pétris d'une philosophie sommaire mais profonde et fataliste, qui rendait plus lâches nos rapports avec l'existence.

Ces disparités se retrouvaient sur les bancs de l'école. Nous n'avions guère, dans les jeux de la récré, de rapports avec nos camarades du plateau. Ceux d'en haut étaient mieux nourris et plus costauds, mais nous étions plus entreprenants et plus malins. L'âge adulte gommait ces incidents frontaliers sans les faire disparaître tout à fait. Il y avait – il y a encore – des mariages entre gens d'en haut et d'en bas. J'en connais qui furent parfaitement réussis. Une complémentarité librement consentie fait rarement de mauvais ménages.

Un jour de décembre, la Dordogne fit une crise.

Ce n'était pas un de ces accès de mauvaise humeur qui la poussait à noyer des jardins et à venir lécher le seuil des maisons riveraines. Le jour de cette crue majeure, je m'en souviens comme d'un courroux mythologique et d'un chambardement universel.

Lorsque l'imminence de la catastrophe nous fut annoncée, j'assistais, en compagnie du patron et de Marcel Mary, dans la salle des machines, à l'installation d'un stator d'alternateur dont le bobinage électrique venait d'être achevé. C'était une sorte de puits aux parois métalliques, de quelque dix mètres de diamètre, avec, au fond, une machinerie d'organes complexes. Il rappelait la gueule du calmar géant de Jules Verne, qui pouvait avaler d'un coup une dizaine d'hommes.

Salagnac accourut, les traits tirés, comme affolé.

— Monsieur Coyne, dit-il, Marèges vient de nous informer d'une crue hors du commun.

— Avez-vous fait prévenir les riverains ?

— C'est fait, mais il y aura malgré tout des dégâts. Pour nous, il faut s'attendre au pire.

Il pleuvait à seaux depuis deux jours et le ciel était d'un noir d'encre. Nos inquiétudes se confirmaient : ce n'était pas le batardeau amont qui pourrait nous protéger.

Nous sommes sortis de la salle des machines en nous abritant du déluge sous nos cirés à capuche où s'engouffraient le vent et la pluie. L'étiage avait dépassé la cote d'alerte. L'eau qui submergeait le batardeau se déversait dans la conduite de dérivation avec de gros bouillons d'écume jaunâtre. Nous étions au milieu de l'après-midi, et la vallée baignait dans une clarté louche de crépuscule.

M. Coyne gémissait :

— Dieu de Dieu, je n'ai jamais vu ça, même quand je construisais le pont de Plougastel, et pourtant, la Bretagne... La crue augmente de seconde en seconde. Elle doit atteindre deux mille mètres cubes, davantage peut-être. Non, vraiment, jamais vu ça !

Cette crue dépassait de loin ses estimations. En quelques heures, les eaux étaient montées de quarante mètres. Nous avions en face de nous, en amont, une étendue liquide de la dimension d'un lac, balayée par des rafales de pluie.

Je posai à M. Coyne une question qui parut l'irriter par sa naïveté :

— Croyez-vous, monsieur, que le corps du barrage tiendra le coup ?

— Bien sûr ! Ce qui m'inquiète, c'est que la conduite de dérivation risque d'être engorgée par des détritus, de ne plus absorber l'eau et de la rejeter vers le batardeau. Nos installations, notre matériel, vont être soumis à rude épreuve.

Je levai les yeux vers le blondin. Ses bennes dansaient sous les coups de boutoir des bourrasques, comme si elles allaient se détacher. Entre les deux rives, l'eau déferlait au niveau du batardeau avec une violence accrue, comme au-dessus d'une digue. Le chantier avait disparu. On ne voyait surnager que des éléments métalliques qui s'agitaient, comme pour nous faire des signaux de détresse. La crue avait creusé dans le mur du batardeau une faille d'où jaillissait un geyser d'une dizaine de mètres.

La rivière folle dirigeait vers nous des milliers de stères de bois arrachés aux entrepôts riverains. Les grumes étaient si rapprochées qu'on aurait pu traverser la rivière en sautant de l'une à l'autre, comme au temps du flottage.

— Regardez ! m'écriai-je. Une baraque...

Elle s'avançait vers nous en se dandinant, comme l'arche de Noé, tournant sur elle-même, menaçant à tout moment de sombrer mais resurgissant. Elle finit par voler en éclats contre la voûte du barrage.

En aval, le spectacle était moins impressionnant. L'eau qui s'engouffrait encore dans la conduite de dérivation dévastait le chantier abrité par le batardeau et cavalcadait dans l'étroite vallée, sombre comme un four.

Nous sommes restés sous un abri jusqu'à la nuit tombante, en compagnie des ingénieurs, comme si notre présence eût pu conjurer le désastre.

Le lendemain, la crue paraissant observer une trêve, arriva l'heure du bilan : il était catastrophique. Le chantier allait rester inactif durant des semaines. Toute l'activité se borna à déblayer et à réparer les dégâts. La crue avait endommagé les vannes, prodige de technicité, et les avait rendues inutilisables ; elle avait arraché des pans de béton récemment coulé, ouvert une brèche dans le batardeau amont, amoncelé des milliers de stères de grumes dans la galerie de dérivation... Quant aux voies d'accès aux ballastières, aux usines à béton, aux villages riverains, au camp de prisonniers, ils présentaient un spectacle insoutenable.

À diverses reprises, je vis M. Coyne désemparé, accablé par un sentiment d'impuissance, s'éponger les yeux. Il resta une journée entière, comme prostré, ne répondant pas aux questions qu'on lui posait et lui-même n'en posant pas. Il réagit bientôt, pourtant, avec une vigueur qui nous stupéfia.

Lorsque le gros de la crue se fut retiré et que la neige eut pris le relais, il convoqua l'ensemble des techniciens et me demanda de prendre des notes sur cette assemblée.

— Nous avons été victimes, dit-il, d'une crue d'une telle intensité que les habitants de cette vallée n'en ont jamais connu de pareille. Il va donc falloir prendre des mesures exceptionnelles et ne pas ménager nos efforts. Cette centrale doit être capable de fonctionner à la date prévue. Ne me dites pas que c'est impossible ! C'est un mot qu'il faut rayer de votre vocabulaire...

Mon chien, Personne, est mort au cours de cette nuit tragique. Ne me voyant pas revenir à l'heure habituelle, il a franchi la clôture pour venir à ma rencontre. Des voisins l'ont vu partir sous la pluie en direction du barrage, mais pas revenir. Un coffreur qui tentait avec des moyens dérisoires de colmater une brèche l'a aperçu, assis sur son arrière-train, à l'extrémité d'un promontoire de sable, aboyant contre les éléments déchaînés. Une vague boueuse l'a emporté alors qu'il semblait vouloir revenir sur la terre ferme.

J'ai pleuré, je l'avoue, ce bon compagnon. Il m'a manqué quelque temps, au point que j'espérais qu'il ait pu échapper à la rivière et que je l'entendrais aboyer à ma porte. Personne n'est jamais revenu.

Il y eut deux autres victimes de la crue : les Soulier, le frère et la sœur.

— Pourtant, me dit Salagnac, je les avais prévenus la veille, dès que nous avons été avertis d'un risque de crue, mais ils n'ont rien voulu entendre. Abandonner leur bétail était pour eux une idée insoutenable.

Si je les connaissais... Le vieux m'avait donné du fil à retordre, le moment venu de convaincre les gens de Nauzenac de se retirer avec leurs biens, leurs morts et leur indemnité d'expropriés. Lui, il n'avait fait qu'une concession : s'installer à Lamirande et faire la navette entre l'ancien et le nouveau domicile. D'autres l'avaient imité.

Salagnac envoya les gendarmes prévenir Soulier du danger, mais ils avaient affaire à un irréductible. Lui et sa sœur ne quitteraient leur demeure qu'à la nuit tombante, après la traite, comme d'habitude. Il affirmait que ce n'était pas la première fois qu'on déclenchait ce genre d'alerte et que, chaque fois, c'était une précaution inutile. La Dordogne viendrait lécher leurs sabots ? Et alors ? Si elle s'obstinait à monter plus haut, ils trouveraient refuge dans leur maison. La rivière n'allait pas monter jusqu'au grenier, non ? Alors, qu'on lui foute la paix. Après la traite, comme le couple s'apprêtait à remonter à Lamirande, il était trop tard : l'eau entourait la maison et le courant avait emporté leur baraque. Dans l'étable, les vaches, les chèvres et les cochons donnaient des signes de panique. Soulier leur ouvrit la porte pour leur permettre de se disperser sur les pentes. Que ne les ont-ils suivis !

Ce n'est qu'à la nuit tombante que Soulier dut prendre conscience de sa folie : le village baignait dans l'eau, des poules et des lapins tournoyaient dans les remous, entre les maisons, du bétail prisonnier s'agitait dans les étables, des barques fantômes, mêlées à des débris divers, se fracassaient contre les maisons, des grumes venues des villages d'en haut heurtaient les murs comme des boutoirs, avec un bruit sourd.

Le rez-de-chaussée inondé, Soulier et sa sœur se réfugièrent dans le grenier. Ils veillèrent autour de leur lampe à pétrole, jusqu'au moment où des clapotis leur indiquèrent que l'eau atteignait leur niveau. Ils se hissèrent sur la vieille maie dans laquelle ils rangeaient des sacs de jute et de vieilles nippes. La demoiselle, qui était dévote, fit sa prière ; lui, qui ne croyait ni à Dieu ni à diable, ne soufflait mot.

Et l'eau montait toujours. Lorsqu'elle frôla le bord de la maie, Soulier entreprit une ultime opération de sauvetage : il fit sauter quelques lauzes afin de pratiquer une ouverture suffisante pour sortir de ce piège par le toit. Il n'en eut pas le temps.

Lorsque la rivière se fut retirée, on retrouva leurs cadavres. Comme disait Salagnac, ces deux malheureux n'étaient pas victimes de la rivière mais d'une obstination qui confinait à la démence.

M. Coyne s'était montré trop optimiste quant à la remise en activité des chantiers. Il avait fallu plus d'un mois pour évacuer les épaves, nettoyer les divers sites de la boue et des débris qui les recouvraient, déblayer la galerie de dérivation et remettre l'outillage en état de marche.

Les chantiers ne retrouvèrent leur capacité de production qu'au mois de mars, après des semaines d'efforts constants et épuisants. Je mis moi-même la main à la pâte, mon travail au bureau pouvant attendre. Je faisais équipe avec Salagnac et quelques prisonniers dans le batardeau amont, fortement endommagé. Nous nous reposions en fumant une cigarette et en buvant. Certains, qui parlaient un peu le français, nous racontaient leur odyssée guerrière à travers l'Europe. C'étaient de bons compagnons de travail, je ne puis dire le contraire : jamais un mot plus haut que l'autre, toujours prêts à obéir aux ordres, heureux que l'on daignât les saluer d'un geste ou plaisanter avec eux. Corrects...

Des gens des villages environnants, ceux du plateau et ceux de la vallée, nous prêtèrent main-forte. Silli et Luigi nous envoyèrent leur personnel pour quelques heures par jour. On vit même des filles du bordel retrousser non leurs jupes mais leurs manches, pour les opérations de nettoyage. Il est vrai qu'elles s'y connaissaient en matière de boue. Elles firent du bon travail et mirent de l'entrain.

À la mi-juin, tout était en place pour la mise en eau. Pour moi comme pour beaucoup d'autres, ce fut un crève-cœur.

Rien de comparable avec la crue de décembre. La rivière docile acceptait sereinement sa captivité. Elle se contentait de submerger les rives mètre par mètre, les maisons l'une après l'autre, de supprimer de la carte Nauzenac, l'abbaye de Saint-Projet et, ici et là, des fermes isolées, des moulins, des *peissières*, des *peyrats*... Les progrès de la submersion étaient impressionnants. Comme engrossée, la Dordogne prenait, au pied du barrage, la dimension d'un lac.

M. Coyne se projetait allégrement dans l'avenir.

— Vous verrez, nous disait-il, que ce barrage n'aura pas pour la région que des conséquences négatives.

Il voyait déjà arriver sur les rives de la retenue des légions de pêcheurs à la ligne, des amateurs de farniente et de sports nautiques, et même des gabares de tourisme, comparables à celle qui, en 1936, nous avait promenés de Spontour à Argentat. Il y aurait des terrains de camping et des auberges sur les rives. Des gens viendraient des grandes villes pour passer là leurs vacances...

— Vous verrez, mes amis, vous verrez... Une nouvelle économie va naître autour de ces barrages. On assistera à une vaste mutation parallèle. Après l'épopée des barrages, ce sera l'épanouissement du tourisme. Il a toujours le dernier mot. On a bien créé des oasis pour millionnaires en plein désert. Il en sera de même ici. Vous verrez Spontour transformé en station balnéaire !

Là, je me dis qu'il exagérait, que son goût pour la prospective le poussait aux chimères. Il me demanda ce que je comptais faire.

— Ce travail me convient. Lorsque la centrale fonctionnera, si vous vouliez de moi au Chastang et à Bort, je vous suivrais volontiers.

En apprenant qu'un autre barrage allait naître en aval de Spontour, j'avais craint que sa retenue n'engloutît mon village, comme celui de l'Aigle l'avait fait de Nauzenac. M. Coyne m'avait rassuré : seuls risquaient de disparaître les chantiers de gabare, mais ils n'étaient plus en activité.

Les prophéties de M. Coyne quant à l'avenir de la vallée se révélèrent exactes.

Un jour, alors que je m'étais rendu à bicyclette dans les parages de Valette où subsistent, dans un superbe méandre, des ruines de l'ancien monastère cistercien de *Vallis Laeta* (la Vallée heureuse), j'ai assisté à un spectacle augural : un groupe de jeunes d'une colonie de vacances de Paris barbotait dans une eau couleur d'ambre. À quelques jours de là, je surpris des filles nues allongées comme des couleuvres sur un rocher plat, au-dessus de Nauzenac.

Didier nous revint d'Allemagne riche de gloires, de souvenirs... et décoré. Il retrouva son poste dans la semaine qui suivit.

Au cours d'un repas à la cantine, il me dit :

— Émile, il faut que je te parle de Gaby Croze. Je ne voudrais pas te donner trop d'espoir, mais... hum... voilà... il est possible qu'elle ait survécu au régime des camps de concentration. Je dis bien « possible » !

Je le pressai de m'en dire plus. Il semblait qu'il en eût déjà trop dit, mais il ajouta :

— J'ai assisté à la libération des camps. Beaucoup de femmes figuraient parmi les rescapés, dans l'état que tu imagines, mais vivantes. Alors, Gaby, pourquoi pas ?

— Je l'ai dit à M. Coyne : je ne crois pas aux miracles.

— Il ne s'agit pas d'un miracle, mais d'une éventualité.

Je vécus des jours qui me parurent interminables, avec cette éventualité en tête. Je me disais que Didier, économe de ses mots et prudent dans ses propos, n'aurait pas éveillé en moi cet espoir s'il n'avait eu quelque élément de certitude.

Et puis, un matin de juin...

Alors que je revenais de Mauriac pour une mission et une visite à Maurice Bourgès, Salagnac me héla comme je rangeais la voiture.

— Tu en as mis du temps ! me lança-t-il. Ça fait une heure qu'on t'attend. Sors de cette bagnole, nom de Dieu !

— Laisse-moi au moins récupérer ma sacoche ! Qu'est-ce qu'il y a de si pressé ? Qu'est-ce qu'on me veut ?

— Ferme ta gueule et suis-moi. On t'attend.

Je le suivis en bougonnant, persuadé que j'allais essuyer une semonce dont le motif m'échappait. Nous passâmes devant mon bureau sans nous arrêter. Salagnac m'entraîna vers mon domicile, sans répondre à mes questions, sinon en répétant :

— Ferme-la ! Tu sauras bien assez tôt !

Je m'attendais au pire. Comme nous arrivions devant ma baraque, il poussa le portillon et me lança d'un air radieux :

— Vas-y, mon gars ! Tu es attendu...

J'avoue que j'aurais eu du mal à la reconnaître. Elle était vêtue de hardes issues de quelques stocks humanitaires et coiffée d'un béret verdâtre. Maigre à faire peur, avec des mèches de cheveux raides qui lui tombaient sur les joues, des yeux de momie, trop grands pour son visage émacié. Une longue cicatrice joignait son œil droit à sa bouche.

Ni elle ni moi n'avons soufflé mot. J'avais dans la gorge une boule d'émotion qui m'en aurait empêché. Elle était assise au bord du lit. Je l'ai aidée à se relever ; elle était légère comme une brassée de sarments. Ce n'est qu'au bout d'un moment, en la serrant contre moi, que j'ai pu articuler deux mots :

— Gaby... toi...

Elle se montra plus loquace que moi, mais tout aussi émue semblait-il.

— Oui... moi... Tu vois, je me suis accrochée, j'ai tenu bon autant que j'ai pu, mais dans quel état ! J'ai hésité à venir vers toi. Je me disais... je me disais que j'allais te faire peur !

— Me faire peur... me faire peur... Tu es folle ?

— J'ai bien failli le devenir, là-bas. Je ne cessais de me dire : qu'est-ce qu'Émile a pu devenir depuis tout ce temps et après les misères que je lui ai faites ? Il est sans doute marié, il a peut-être des enfants. Il a dû m'oublier.

— T'oublier, Gaby ? T'oublier ?

Je versai quelques larmes dans son épaule avant d'ajouter en la faisant s'asseoir près de moi :

— Non, je ne suis pas marié. Je vis seul et je t'attendais. Pour tout dire, je commençais à désespérer. Des gens revenaient des camps, et pas toi ! Je savais que tu ne pouvais pas donner de tes nouvelles, mais j'attendais chaque jour le facteur avec impatience. Et rien, jamais rien. Tu ne peux pas savoir.

— Je sais ! dit-elle. Le désespoir, ça me connaît...

J'aurais pu poursuivre, lui dire que, de tout ce temps, malgré quelques aléas, je n'avais cessé de penser à elle, que j'avais la certitude qu'elle reviendrait vers moi en dépit de ses inconstances, de ses trahisons, lui avouer même qu'il m'était arrivé de la détester...

Elle posa la tête sur mon épaule, chercha ma main.

— Je suis si fatiguée, Émile. Épuisée. Tu l'as peut-être appris : j'étais à Dachau. C'était l'enfer, il n'y a pas d'autre mot. Et ce voyage de retour, interminable, dans des wagons confortables mais peuplés de fantômes, et toutes ces formalités aux arrêts... Je n'ai commencé à reprendre vie qu'en débarquant à Brive, en compagnie d'Edmond Michelet, une sorte de saint laïque, sans qui beaucoup ne seraient plus de ce monde. L'air du pays, tu comprends ? C'est comme si on m'avait fait boire une liqueur forte. J'étais comme ivre, j'avais du mal à marcher, à répondre aux questions. Je te cherchais dans la foule, oui, Émile, je te cherchais. C'est absurde.

— Et maintenant ?

Elle parut surprise de ma question, resta quelques instants sans répondre, haussa les épaules.

— Maintenant... maintenant... Que veux-tu que je te dise ? Si tu veux toujours de cette loque que je suis devenue, je te l'abandonne bien volontiers. Qui d'autre voudrait de moi ?

J'ai épousé Gaby Croze quelques semaines plus tard, à la mairie de Soursac, civilement ; après ses épreuves, elle avait cessé de croire en Dieu. L'été rayonnait autour de nous de toute sa chaleur, de toute sa lumière. À la fin du repas de noce qui regroupait quelques intimes à l'auberge d'Alberto Betti, près du pont, M. Coyne y est allé de son petit laïus.

Quelques mois plus tard, je quittai le barrage de l'Aigle, que l'on venait de mettre en route, pour celui du Chastang, qui était encore dans les limbes. Une belle situation m'attendait dans l'administration. M. Coyne avait réuni autour de lui quelques-uns de ses anciens collaborateurs.

Plutôt que de retrouver le confort rudimentaire des baraques Bibendum, prêtées par les usines Michelin de Clermont-Ferrand, je choisis de louer, quoi qu'il pût m'en coûter, une « maison de caractère », comme disent les architectes, au village de Lavastroux, sur la rive droite, non loin de mon lieu de travail, où je me rendais à moto : une Terrot achetée neuve. Nous nous sommes meublés sommairement avec l'argent qui restait de mes économies.

Gaby aurait pu vendre l'auberge de ses parents ; elle préféra, avec mon accord, la conserver. Nous pourrions, me dit-elle, en faire une résidence pour nos vieux jours.

L'idée me paraissait intéressante et j'appréciais que ma femme eût demandé mon avis pour une affaire qui ne concernait qu'elle. Cette demeure était assez vaste pour abriter une famille nombreuse ; outre le premier étage, celui des chambres, on pourrait aménager le grenier.

— Les enfants s'y plairont sûrement, me dit-elle. Tous les enfants aiment les greniers.

Des enfants... Je pourrais avoir des enfants de Gaby... Ce qui n'avait été qu'un espoir devint chez moi une obsession. Je craignais que, malmenée comme elle l'avait été, violée par des gardiens comme elle me l'avoua, constamment affamée, son ventre pût se refuser à engendrer.

Nous eûmes notre premier enfant, un garçon, trois ans après son retour, l'année où la centrale de Chastang, après celle de l'Aigle et avant celle de Bort, fournit l'énergie électrique dont le pays avait besoin. Nous donnâmes à ce nouveau-né le prénom de mon grand-père, François. Il nous est venu, deux ans plus tard, un autre garçon ; Gaby a tenu à lui donner le nom de son père, Julien.

Je nourrissais de pénibles appréhensions durant les semaines et les mois qui avaient suivi le retour de Gaby. Malgré les soins que je déployais pour surveiller son alimentation, les visites que lui consacraient le Dr Dreyfus et Isabelle, elle était lente à retrouver son appétit et son équilibre physique et mental. Elle semblait vivre encore dans le cocon de souvenirs dont elle ne parvenait pas à s'extraire. Elle m'éveillait la nuit par ses gémissements ou ses crises de larmes et s'excusait en se blottissant contre moi. Je lui demandais ce qui la tourmentait ; elle me répondait que ce n'était rien, que cela passerait, que je ne m'inquiète pas. Ce qui l'obsédait, je n'avais aucune peine à le deviner.

Elle manifestait, j'ignore pourquoi, du dégoût pour l'alimentation carnée, au point d'avoir des nausées lorsque nous passions devant des étalages de viande. En revanche, elle se gavait de fruits.

Le temps que nous sommes restés dans la baraque, à Aynes, des voisines espagnoles et polonaises sont venues lui tenir compagnie. Elles lui offraient des œufs de leurs poules, des fruits et des légumes de leur jardin. Fille d'aubergiste, elle appréciait le vin. Je devais veiller à ce qu'elle n'en abusât pas. C'était l'occasion de querelles sans gravité, dont nous étions les premiers à en rire.

Elle me disait :

— Avant d'être arrêtée, j'avais avec Édouard des disputes qui parfois tournaient mal, souvent jusqu'à nous battre. Pour me consoler et me donner la force de poursuivre ma mission dans la Résistance, je me suis mise à boire, si bien qu'en revenant de son étude il me trouvait ivre. Il me traitait de « pocharde » et moi je le traitais de « collabo »...

Elle faisait tourner son verre dans la lumière.

— Si tu savais comme le vin me fait du bien, et ça depuis toujours. Quand j'aidais mes parents, les dimanches où des clients descendaient de Mauriac, je finissais les fonds de bouteille et de verre. Quand j'étais là où tu sais, je me serais laissé couper un doigt pour un seul verre. Tu ris ? Tu ne me crois pas ? Pourtant c'est vrai, je le jure ! Tu ne peux pas savoir.

Elle répétait souvent, avec un soupir et en détournant son regard, cette phrase sibylline : « Tu ne peux pas savoir. » Elle n'allait guère plus loin dans sa confidence, sinon, de temps à autre, en lâchant un souvenir, un détail, comme pour me laisser le soin de recomposer un puzzle. Savoir comment elle avait vécu cet enfer, je le souhaitais, mais elle se dérobait à ma curiosité. Ce n'est que plus tard qu'elle se décida à vider pour moi son sac à souvenirs, alors qu'ils se faisaient moins prégnants.

La santé physique et mentale de Gaby évolua rapidement dès qu'elle eut la certitude de trouver en moi le soutien qui lui était indispensable. Quelques mois après son retour, elle avait retrouvé ses couleurs, ses formes initiales, et, délivrée de ses obsessions, parlait de reprendre son métier d'institutrice. Je m'y opposai avec fermeté, pour lui éviter toute fatigue et pour ne pas la voir s'éloigner de moi. Je parvins sans peine à la convaincre de renoncer, d'autant qu'elle peinait encore à se déplacer et s'essoufflait vite. J'aurais dû la surveiller en permanence, mais mon travail ne me le permettait pas et je n'avais pas une vocation de garde-malade. Elle débordait d'un besoin d'activité, comme le jardinage, mais son corps ne suivait pas. Comme elle s'était remise à fumer, je dus me gendarmer. Elle me promettait d'arrêter, mais je n'étais pas toujours là pour la surveiller, et elle persistait. Je trouvais des paquets de gauloises dans ses poches et des mégots dans le cendrier.

La naissance d'une petite Mathilde mit un comble à l'équilibre et au bonheur de notre ménage. L'accouchement fut difficile et l'enfant était chétif, mais il se rétablit vite, grâce aux soins d'Isabelle qui rendait chaque jour visite à la mère et au nourrisson. Contrairement à ce qu'elle avait fait pour François et Julien, Gaby avait décidé de la nourrir de son propre lait.

J'avais eu du mal à provoquer le réveil de sa sexualité.

Durant la semaine qui avait suivi son retour, nous avons dormi enlacés, mais sans que je la désire car elle n'était guère désirable, et surtout parce que cela eût confiné à un viol. J'attendis sans impatience. C'est elle qui, à mon grand soulagement, fit les premiers pas. Depuis, nos relations ont retrouvé leur cours normal : pas celui d'une grande passion, mais d'un amour sage et consensuel.

Gaby s'est intégrée sans contrainte au groupe de mes intimes : notre « famille parallèle », comme elle disait. Les Blanch avaient gardé leur demeure et leur lit à baldaquin, ce qui obligeait Juan à des déplacements fastidieux. Nos soirées éveillaient en elle à la fois le désir de se concilier l'amitié des gens que j'aimais et celui de briller en société.

Elle me disait :

— Tu as su choisir tes amis. Je n'en connais pas un qui dépare l'ensemble. Ils ne sont pas obnubilés par leur profession, comme je le craignais, et ils sont tolérants. Je me plais en leur compagnie, celle d'Olivia notamment.

Gaby allait la rejoindre à bicyclette, malgré la distance. Elles passaient des heures à disputer des parties de cartes, à jardiner, à parler de leur gynécée. Sans doute aussi de leur mari.

Jamais Gaby et moi n'avons évoqué notre passé sentimental et nos aventures personnelles. C'était notre jardin secret, et nous étions convenus implicitement de ne pas le violer. J'ignore si elle eut connaissance de mes amours avec Véra et Teresa, que je n'arrivais pas, l'une comme l'autre, à détester et à oublier. Elle ne me parlait qu'incidemment, et sans s'y attarder, de son mari, Édouard. Elle ignorait où se trouvait son cadavre et paraissait s'en moquer. Il se passerait des fleurs de la Toussaint.

Un jour, à ce propos, nous eûmes une petite querelle, vite étouffée.

— Je n'aurais pas épousé Édouard, me dit-elle, si tu t'étais proposé. Mais tu traînais les pieds !

— Avec les femmes, tu le sais, je ne fais jamais les premiers pas. Il me faut des signes favorables pour que je me décide à attaquer. Si tu m'avais mis, comme on dit, le marché en main, je n'aurais pas hésité. Il te fallait des relations plus relevées. Moi, je n'étais qu'un bouseux !

— Tu es injuste, Émile. Que tu aies été un bouseux, comme tu dis, m'importait peu. Je t'aimais, imbécile ! Si tu m'avais épousée, je n'aurais pas rencontré cette crapule d'Édouard, je n'aurais pas connu les camps de concentration et j'aurais peut-être remplacé M. Soudeille !

Je suis plus sensible aux petites musiques du bonheur quotidien qu'aux symphonies de la passion qui, en général, ne sont que feux de paille. Avec Gaby, j'ai trouvé le personnage et l'ambiance qui me convenaient. Elle me nourrit de sa présence. Elle est mon pain et mon vin. Discrète sans être soumise. Nous nous aimons sans avoir envie de nous le dire, sans répliques de cinéma, par pudeur. Notre couple, étayé par notre progéniture, était fait pour durer.

Il dure encore.

4

Les fantômes de la rivière

Été 2001, barrage de l'Aigle

La retraite venue, ce n'est pas dans l'ancienne auberge de Spontour que nous avons décidé de nous retirer, mais en ville. Cette masure qui consommait lentement sa ruine, nous l'avons pourtant retapée, en partie de nos propres mains, et meublée de façon à la rendre sinon luxueuse, du moins confortable, pour des séjours d'été, sans jamais songer à en faire notre résidence principale. Les hivers dans la vallée ne m'ont pas laissé que des souvenirs romantiques.

Gaby était de mon avis. Elle me disait avec son franc-parler :

— Les hivers à Spontour, le brouillard, la pluie, la neige, la solitude, j'en ai soupé ! Toi, tu pouvais occuper ton temps libre, en dehors de l'école, à pêcher avec ton Pépé, à ramasser les champignons et les châtaignes. Moi, je n'avais pas le droit de sortir. Il fallait que j'aide à l'auberge. Alors, aujourd'hui, passer des jours devant la télé ou à regarder la pluie tomber, je dis non ! Merde ! ça nous conduirait tout droit au cimetière...

Je pensais comme ma femme. Elle donna la maison restaurée aux enfants pour qu'ils en fassent ce qu'ils voudraient. Ils nous en sont reconnaissants. Nous nous sommes réservé la possibilité de passer dans sa chambre au rez-de-chaussée quelques semaines, durant les beaux jours.

Lorsque j'appris, au printemps de cette année, la décision de la Société d'énergie de la moyenne Dordogne de provoquer une vidange du barrage, je dis à Gaby :

— Cet été, si tu es d'accord, nous irons faire une petite promenade à Nauzenac.

— À Nauzenac ? Tu veux dire à Spontour.

— J'ai bien dit Nauzenac.

— Tu devras te trouver un équipement de plongée sous-marine, et à ton âge, avec ton souffle au cœur, il faudra aller te repêcher.

— Je ne plaisante pas, sauf qu'il s'agit d'une simple promenade. On procède à la vidange du barrage. Nous pourrons nous promener dans le village, comme au temps de ce vieux fou, le père Soulier...

Cette perspective parut la déconcerter et la laissa songeuse un moment. Peut-être des souvenirs se réveillaient-ils en elle au simple énoncé de ce nom.

— Alors, me dit-elle, il faudra prendre des cannes et des bottes. Il doit y avoir, depuis toutes ces années, une belle épaisseur de vase, et ça peut être dangereux. Tu es sûr de vouloir faire cette excursion ?

J'en étais sûr. Elle soupira :

— Quand je pense...

— Que veux-tu dire ?

— ... que Spontour a failli connaître le sort de Nauzenac... Tu imagines ? Nous devons une fière chandelle à ton ami, M. Coyne, qui a choisi de construire son barrage en aval de Spontour. Sans lui, nous ne serions pas ici aujourd'hui.

Elle ajouta :

— D'accord pour cette promenade. Quand tu voudras...

Nous avons décidé de rester une quinzaine, cet été, avec les enfants.

La vieille maison semble rajeunie par l'odeur d'ambre solaire qui y règne. Des maillots de bain sèchent au soleil, le long de la palissade, près des canoës et des kayaks qui dorment sur la pelouse, à l'ombre des peupliers. Contre la façade envahie par un ampélopsis et des roses trémières, où subsistent des traces de l'inscription : Auberge Croze, les enfants de François et Julien ont posé leurs cuissardes, leurs gaules et leurs paniers d'osier.

Notre petite-fille, Marie, la fille de Mathilde, qui aura seize ans en juillet, est restée dans sa chambre pour préparer la rentrée, en écoutant Maxime Le Forestier et Francis Cabrel. Elle vit là comme dans un cocon, en compagnie de Miette, la petite-fille de François. Je retrouve en elle, déjà, les qualités et les vertus qui valaient à sa grand-mère les louanges de M. Soudeille, la jalousie de quelques filles du plateau et, chez moi, une sorte de vénération qui ne s'est pas estompée avec les années.

Malgré les protestations de Gaby, l'ancienne salle d'auberge s'est transformée, comme après le passage d'un ouragan, en capharnaüm. Il y trône un piano désaccordé, acheté d'occasion, et qui a perdu quelques touches comme un vieillard ses dents. Le soir, les « gosses », comme dit Gaby, et quelques copains, transforment cette vaste pièce en salle de concert et en piste de danse. On y boit de la bière, on y fume un peu, pas forcément du tabac. Gaby m'a demandé d'intervenir pour éviter que la drogue ne fasse son entrée dans cette vénérable bâtisse familiale, mais il n'y a pas inscrit sur mon chapeau de paille « Gendarmerie nationale ».

Nous avons, à chacune de nos visites, l'impression d'être importuns, de déranger un ordre (ou un désordre) issu d'un consensus tribal auquel nous sommes étrangers. En fait, pour eux, nous faisons figure d'extraterrestres, vestiges d'une très ancienne civilisation, revenus sur terre non pour la conquérir ou lui délivrer des leçons de sagesse, mais pour éprouver la qualité et l'intensité de ce que je n'ose appeler leur bonheur. S'ils sont heureux, ils le cachent bien. Dans notre jeunesse, nous étions joyeux ; ils sont tristes, jusque dans leurs distractions. Il est vrai que la marche du monde, précédée de fanfares guerrières, n'a pas lieu de les réjouir.

Par chance, ces nouveaux Vandales n'ont pas investi notre chambre du rez-de-chaussée. Son unique fenêtre ouvre au nord, sur la pente d'une colline boisée qui compte deux hameaux : le Boucharel et le Poumeyrol. Elle embrasse, à proximité, une partie du village qui aligne ses maisons anciennes sur la rive droite de la Dordogne, l'église haut perchée et, au-dessus, au milieu d'un espace de forêt, une superbe demeure moderne fleurie de géraniums, d'où la vue se déploie largement sur la vallée. Cette chambre était celle de ma femme dans sa jeunesse. Je m'y sens bien. Gaby a remplacé la vue du Mont-Saint-Michel et la photo du mariage de ses parents par des reproductions d'œuvres modernes : Salvador Dalí, Picasso, Matisse. Nous sommes dans le présent sans avoir renoncé au passé. Pour l'éradiquer, il faudrait murer la fenêtre par laquelle, jadis, à la nuit tombée, j'entrais dans cette chambre.

Un dimanche matin, au retour d'une virée en kayak sur l'« onde calme et noire » du poème de Rimbaud, où ne voguent que des Ophélie balnéaires en string et seins nus, Pierre, le fils de François m'a dit :

— Maman nous a parlé de votre intention d'aller demain visiter le site de Nauzenac. Comment irez-vous ?

— Quelle idée ! En voiture, évidemment. Tu sais que ta mère s'essouffle vite.

— Je vous le déconseille. Depuis la vidange, et d'après les articles de *La Montagne*, des bagnoles arrivent par centaines, de toutes parts, surtout le dimanche. Vous aurez du mal à trouver une place pour la vôtre. Le mieux serait de vous y rendre à pied ou d'attendre un jour de la semaine. Après-demain, par exemple. Je pourrai, d'ailleurs, vous y conduire...

Nous avons suivi son conseil et sommes montés dans la voiture, avec Pierre comme chauffeur.

Débarrassé de ses baraquements, des ballastières et des vestiges du camp de prisonniers allemands, le village d'Aynes, étalé comme Spontour sur l'ancien chemin de rive, est devenu un refuge de retraités et de vacanciers. Le clocher de la chapelle endormie émerge d'un édredon de verdure sombre. La maison « de caractère » habitée jadis par M. Coyne et sa famille est toujours là, à mi-pente, pavoisée de géraniums. Le tourisme a tout avalé du village ancien pour le restituer sous forme de résidences secondaires.

Nous avons laissé la voiture sous les arbres d'un square où l'on danse le soir, sous les lampions.

J'ai dit à Gaby :

— Tu te sens la force d'aller jusqu'au barrage et de pousser jusqu'à Nauzenac ?

— Qu'est-ce que tu crois ? Je ne suis pas une infirme ! D'ailleurs François m'a fait prendre une pilule pour le cœur. Si tu ne marches pas trop vite, comme tu en as l'habitude, je reviendrai peut-être vivante de cette promenade. Si je flanche, Pierre me portera sur son dos.

Des files de voitures, certaines d'origine étrangère, étaient alignées le long de la voie d'accès. Une musique d'accordéon donnait à cette visite une note folklorique dont je me serais bien passé.

Nous avons marché d'un pas de retraités jusqu'au couronnement du barrage. Un groupe de visiteurs entourait le technicien de l'EDF qui donnait des informations sur la centrale. On ne visite pas les installations intérieures : le plan vigipirate l'interdit.

En se penchant au-dessus du parapet qui donne sur l'amont, Gaby a été prise d'un léger vertige.

— Ce n'est rien, me dit-elle. Ça va passer. L'émotion, tu comprends...

Il est vrai qu'un spectacle de désolation s'offrait à nos regards.

Jusqu'aux premières pentes menant à Chalvignac s'étendait un vaste cimetière d'où la vidange venait d'exhumer des squelettes de bâtisses dont ne subsistaient que des murs et des pignons, entre des arbres fantômes. Une végétation sauvage avait mis à profit le retrait des eaux de retenue pour envahir le site, d'un bord à l'autre de la vallée. Quoi qu'on dise, la nature reprend toujours ses droits : il suffit de quelques racines, de quelques graines enfouies.

Aurait-on laissé cet endroit dans l'état où il se trouvait ce jour-là, nous aurions eu, en quelques années, l'image d'une résurrection. La forêt en attente aurait progressé par vagues lentes jusqu'à la rivière réinstallée dans son lit d'origine. La Dordogne aurait digéré les alluvions jaunâtres, retrouvé ses contours et ses méandres, aurait donné naissance à un nouveau site auquel n'aurait manqué que la présence humaine. Mais peut-être une nouvelle génération de gens de la rivière serait-elle venue s'installer sur ses bords, non pour le travail, comme jadis, mais pour l'agrément.

Nous avons entraîné Gaby, à pas lents, en la tenant chacun par les bras, vers une échancrure dans la verdure bordant la route de Chalvignac, d'où la vue plonge sur Nauzenac et le lointain méandre de Valette. Des panneaux déconseillaient aux visiteurs de s'aventurer dans le village en dehors des itinéraires balisés, sans être accompagnés d'un guide.

— Normal ! dit Pierre. On risque de s'enliser, comme au Mont-Saint-Michel. D'ailleurs il faut des bottes et une connaissance des lieux...

— L'église Sainte-Madeleine..., dit Gaby. Je la reconnais. Elle n'a pas de clocher, mais son porche est encore en place.

Cette église, je la connaissais aussi. Elle n'avait pas de quoi retenir l'intérêt des archéologues et des photographes, avec son architecture cistercienne dépouillée à l'extrême, mais ses murs avaient résisté au dynamitage qui avait précédé la mise en eau. Dans ma jeunesse, j'y faisais des incursions pour grignoter des hosties et boire du vin de messe dans la sacristie ouverte à tout venant.

L'une des deux auberges que comptait ce village émergeait d'un petit archipel couvert d'une herbe d'un vert acide, tapis uniforme traversé par un réseau de ruisselets. Cette onde de verdure ne tarderait pas à disparaître, pour renaître dans dix ans, et ainsi jusqu'à la fin des temps.

— Cette auberge, dit Gaby, je la reconnais. C'était celle des Lagrave. Elle se situait près des piles de l'ancien pont. Mes parents étaient très liés avec ses propriétaires. Lui, c'était un original. On l'appelait le Boyme, parce qu'il avait épousé une bohémienne qui fabriquait des paniers d'osier...

Les Lagrave, je ne les avais pas connus. En revanche, il m'arrivait d'aller chercher mon père, quand il tardait trop à rentrer, au bistrot tenu par Lespinasse, un drôle de personnage celui-là ! Il jouait de la cabrette pour ses pratiques, et le soir, pour son plaisir, sur un rocher de la route de Chalvignac, qui domine la vallée. Il disait qu'il jouait pour les oiseaux. On l'a retrouvé un soir de neige, raide mort, son sac en peau de bique sur le ventre.

— Lespinasse..., murmura Gaby, je crois que son café était situé dans ce bouquet d'arbres morts, là-bas, à droite.

— Tu fais erreur. Il se trouvait... attends un peu... oui. C'est ce pignon en forme de pyramide, où l'on voit les gens se promener.

Des moulins, il ne reste que des amoncellements de pierres, des ruines informes. En revanche, la maison d'école de Mlle Manou a résisté en partie à la dynamite. Elle est aisément reconnaissable à son austère structure, nette comme une épure. Si elle est encore de ce monde, cette enseignante aurait des choses à nous apprendre sur la vie à Nauzenac avant le grand séisme.

— Savez-vous ce que cet endroit me rappelle ? dit Pierre. Le désert de Nubie.

Pierre a vu juste. Nous avons fait le voyage avec

lui, alors qu'il était adolescent, pour le récompenser de son succès au bac. Les sites émergeaient du sable doré, avec leurs pyramides tronquées, leurs mausolées, des esquilles d'obélisques... C'était, comme à Nauzenac, la même détresse, la même solitude.

La même solitude ? Voire...

— Regarde ! s'écria Gaby. Ils sont fous !

Un groupe de jeunes, sac au dos, une canne à la main, descendait en riant l'ancien chemin conduisant au village.

— Ils n'iront pas loin, dit Pierre. Ils n'ont pas de bottes. S'ils avaient lu les panneaux...

Ils ne les avaient pas lus. Déjà, ils commençaient à patauger, glissaient sur les pentes boueuses et s'accrochaient aux racines.

Je songeai à la grande tourbière du Longeyroux, au pied du mont Bessou, sous le chemin du Loup, dans le haut pays corrézien. Il y a quelques années, j'y ai conduit Gaby. Nous avons abordé cette austère solitude avec un sentiment de danger imminent : nous risquions, à chaque pas, de tomber dans une nappe de tourbière en gestation, d'où personne ne serait venu nous extraire. Dans les temps anciens, à ce qu'on dit, un hameau avec sa chapelle ont été engloutis par cette grande dévoreuse. Autre danger : les vipères. Il fallait regarder où nous posions nos pieds.

— Ils n'iront pas loin, les gars, répéta Pierre. Regardez : ils commencent à rebrousser chemin...

Nous sommes retournés à Spontour, alors que la chaleur commençait à décroître, après avoir pris des rafraîchissements à l'auberge du pont.

Paul, le fils de Julien, tripotait ses engins de pêche, assis sur le seuil. Il commençait à perdre patience.

— Grand-père, dit-il, faut que tu m'aides. Seul, j'y arrive pas.

— Qu'est-ce que tu comptes pêcher ?

— Des anguilles. Je sais où en trouver.

— Attends voir. Je vais t'expliquer. Regarde bien...

Dans ma jeunesse, le Pépé et moi allions pêcher ce poisson à la *colée*, tantôt avec des lignes de fond, tantôt à la nasse, que nous immergions en aval des goulets du moulin. Entraînées par le courant, attirées par la tripaille faisandée, les anguilles s'engouffraient dans cette cage et y restaient prisonnières. Ma mère allait les vendre le lendemain, encore vivantes, dans des auberges de Lamirande, de Soursac ou de Chalvignac.

— Le mieux, dis-je, c'est la nasse, mais, des traditionnelles, on n'en trouve plus que dans les brocantes. Peut-être à Mauriac ou à Lapleau...

— Trop tard ! J'ai promis aux copains de passer les prendre demain matin.

— Le soir, c'est mieux, à la colée. Je vais te montrer. Va chercher des vers de terre, là-bas, sous les peupliers où il reste un peu d'humidité. Tu les mélanges à de la terre, tu pétris bien pour en faire des boulettes que tu accroches aux hameçons. Si tu n'en trouves pas, de la tripaille de poulet fera l'affaire, ou encore les têtes de poisson que ta mère a jetées ce matin dans la poubelle. L'anguille est parmi les poissons les plus voraces.

— Beurk...

— Il faut savoir ce que tu veux ! Tu n'attireras pas les anguilles avec des friandises. Si tu veux mon avis, c'est la truite que tu devrais pêcher, à la mouche, comme mon copain Gilbert Bordes, un spécialiste. Il a écrit des livres sur le sujet. Moi, quand j'avais ton âge, c'était ma passion. J'en ai pêché, du côté de Valette, qui n'entreraient pas dans ton panier. La plus grosse pesait...

— Je sais... je sais... Tu nous as raconté dix fois cet exploit.

— Pardonne-moi. Je rabâche. C'est l'âge, tu comprends ? Tu devrais revoir le film de Robert Redford que j'ai enregistré à la télé : *Et au milieu coule une rivière...* La truite, c'est autre chose que l'anguille...

J'ai aidé Paul à remettre en état ces lignes de fond qu'il avait retrouvées dans la cave, avec des hameçons en bon état, et lui ai appris comment placer les boulettes en guirlande. Il trouva que ça faisait joli.

Plutôt que le matin, comme il l'avait prévu, c'est au soir tombant que nous sommes allés placer nos cordes entre le village et le pont, sous un à-pic vertigineux. Nous les avons levées le lendemain matin. C'était loin d'être une pêche miraculeuse, mais nous en avions suffisamment pour permettre à Gaby d'en faire un bon plat. J'ai laissé à François le soin de les tuer et de les écorcher, ce qui me répugne. Miette a poussé de hauts cris. Elle ne pouvait supporter le spectacle de ces pauvres bêtes qui se tortillaient après que François les eut écorchées. Nous les avons fait griller à l'ancienne, sur la braise du barbecue, en les saupoudrant d'herbes.

Les journées sont longues à Spontour. J'ai fait une sieste d'une heure et passé le reste de l'après-midi à lire dans mon fauteuil d'osier, sous les peupliers, face à la rivière noire et profonde où glissent silencieusement barques et canoës. Une gabare de tourisme descendant vers le barrage du Chastang est passée sur le coup de quatre heures, comme d'habitude. Des passagers m'ont fait signe de la main. Le pilote a ôté son chapeau pour me saluer. Quand la chaleur a commencé à tomber, j'ai invité Gaby à une petite promenade jusqu'au pont. Quand nous sommes revenus, après quelques haltes pour laisser souffler ma compagne, la vallée s'endormait dans ce grand silence du soir que ne troublent plus le chant des oiseaux et les rumeurs de l'auberge. Il restait, au-dessus de la Roche-Viole un joli rai de soleil, comme un clin d'œil au ras des cimes.

En attendant le moment de l'apéritif et du dîner, je me suis assis sur le banc du seuil, au milieu des roses trémières, dans une odeur d'eau et de verdure fatiguée par la chaleur torride de l'après-midi, et j'ai allumé ma pipe, à laquelle je me suis mis depuis quelques années. J'aurais bien aimé fumer le cigare, mais je n'ai jamais retrouvé le parfum et le goût de ceux que m'offrait M. Coyne. « Vous prendrez bien un havane, Émile ? » Il est mort en 1960, après avoir construit plus de quatre-vingts barrages, en France et à l'étranger, dont celui de Tignes, avec des innovations qui témoignent de son génie. J'ai lu le résumé de sa carrière dans le Larousse. J'écoutais, les yeux mi-clos, la musique de Sibelius venant de la chambre de Julien. Non la *Valse triste*, qui tourne à la rengaine, mais une symphonie sur la légende du *Kalevala*, dont les accents s'accordent parfaitement à l'ambiance romantique de la vallée, quand j'ai senti une pression sur mon genou. J'ai cru que c'était notre chien qui sollicitait une caresse. C'était Miette, la petite-fille de François.

Elle grimpa sur le banc, posa sa tête ébouriffée contre mon épaule.

— Dis, pépé, me dit-elle, c'est vrai qu'on entend encore les cloches de Nauzenac quand l'église est sous l'eau ?

— Bien sûr, mais il n'y avait qu'une seule cloche.

— Tu l'as entendue, toi ?

— Ça m'est arrivé, mais il faut bien tendre l'oreille. Elle est vieille et fatiguée, tu comprends ?

— Et moi, tu crois que je pourrais l'entendre ?

— Peut-être. Il suffit d'être là au bon moment, quand il n'y a pas de touristes. On voit aussi, quelquefois, des fantômes remonter de l'eau et se promener sur la route de Chalvignac.

— C'est quoi les fantômes ?

— Des créatures qui n'ont pas de corps, si bien que tu pourrais voir le jour à travers elles. Il y a des gens qui y croient, d'autres pas.

— Tu y crois, toi ? Tu en as vu, des fantômes ?

— J'en vois tous les jours. Il y en a dans la maison. Il suffit de feuilleter l'album de photos pour les voir.

Elle s'est mise à rire et a couru s'amuser avec le chien.

Il ne faut pas détruire les légendes.

Petit lexique de termes régionaux

Argentat : Embarcation destinée au commerce fluvial. Gabare.
Assée : Poisson de rivière.

Banchou : Petit banc.
Bader : Rester bouche bée, ouvrir la bouche.
Baquer : Prendre l'eau.
Biasse : Porte-monnaie.

Cabrette : Sorte de cornemuse.
Cap-tourn : Brusque demi-tour, heurt.
Cantou : Coin de cheminée.
Carassonne, merrain : Éléments destinés à la futaille.
Couasne : Bras mort de la Dordogne.
Couderc : Enclos pour la volaille, derrière la ferme.
Courajou : Petite gabare.
Crabatou : Petite cravate.
Croustet : Morceau de pain.

Eschanti : Feu follet.
Escousière : Sentier pour raccourcir.

Gabarot : Petite gabare.
Gabarou : Petite gabare.

Gagnou : Porc.
Guillade : Aiguillon.

Lure : Fainéant.

Malpas : Passage dangereux de la Dordogne.
Meilhe : Passage calme de la Dordogne.

Peilharot : Chiffonnier, marchand de peaux de lapins.
Peissières : Pêcheries de rivière.
Peyrat : Petit port fluvial.
Pitchou : Terme affectueux : petit.

Rajol : Rapide sur la rivière.
Rapetoux : Sentier escarpé.

Sadouler : S'enivrer.

Vime : Osier.
Vote : La fête foraine au village.
Voyage : L'eau est « de voyage » quand elle est navigable.

Table des matières

LIVRE I

LIVRE II

LIVRE III

LIVRE IV

Cet ouvrage a été composé et mis en pages
par ÉTIANNE COMPOSITION
à Montrouge.

12, avenue d'Italie - 75013 Paris Cedex 13

Composé par Nord Compo
à Villeneuve-d'Ascq (Nord)

Imprimé en Espagne par
Liberdúplex
à Sant Llorenç d'Hortons (Barcelone)
en décembre 2010

POCKET – 12, avenue d'Italie – 75627 Paris Cedex 13
N° d'impression : 21256
Dépôt légal : janvier 2011
S18328/01